JN033794
ブランカ
サナ
ロボ
ハナ
異世界転生の
冒険者
8

「元気だな～」
俺の見ている先では、エイミィ、ティーダ、
ルナの三人が数センチほど積もった雪を
かき集めて雪合戦をしている。

異世界転生の冒険者 8

ISEKAITENSEI NO BOUKENSYA

㊔ケンイチ ㊋ネム

contents

第八章

第一幕

「テンマ、そろそろ川が見えてくるはずだ。その川に沿ってしばらく進むと、野営に向いている場所がある。少し早いが、今日はそこで休もう」

ブランカが窓を開けて、御者をやっている俺に提案してきた。

空を見るとまだまだ明るいが、この先にそこ以上の場所はないそうなので、ブランカの提案を受け入れることにした。

「テンマ、あそこだ。あの丘になっている所だ」

「わかった」

ブランカの言った通り、川の近くに高台になっている所があり、俺はライデンをそこまで進ませた。丘に着いて辺りを見渡すと、周囲は丈の低い草ばかりが茂っている草原が広がっていて、何かが近づいてこようとすれば、すぐに気がつく場所だった。しかも、今夜は満月なので、余計わかりやすいだろう。

「水場も近いし、休憩にもってこいの場所だな」

「ああ、難点があるとすれば、敵を発見しやすいと同時に、相手からも発見されやすいところだな」

「二人共、お喋(しゃべ)りよりも先に、準備を終わらせるぞ」

ブランカと話していると、馬車から降りてきたじいちゃんが火をおこす場所を探していた。こういった場所だと、前にここを使った者たちの跡があるはずなので、そこを探しているのだ。

「マーリン殿、確か馬車の後ろの方にあるはずだ」

「おお、あったあった」

ブランカの言った通り、馬車の後ろの方に一か所だけ土を掘り起こした場所があり、湿った炭や燃えかすが転がっていた。

「あふ～～……もう着いた？」

周囲の確認と探索が終わったところで、馬車からアムールがあくびをしながら出てきた。その後ろからは、同じく寝ていたシロウマルとソロモンも続いている。

「お嬢、寝すぎだ。さっさと顔を洗ってこい」

「ん～……」

アムールは、半分目が閉じた状態で馬車の中に戻っていった。少し時間がかかったが、次に戻ってきた時には完全に眼が開いていたので、眠気は飛んだようだ。

「日暮れまではまだ時間があるから、近くで燃やすものを探そうか。ついでに食べるものも」

俺の提案に皆は頷き、馬車から見える位置まで探すことになった。馬車の近くにはライデンがいるし、念の為スラリンたちも待機させているので、誰かが馬車から離れすぎたり何かが近づいてきたりした場合、シロウマルかソロモンが知らせに行くように指示を出した。

「俺は川の方に行ってみるか」

「私も行く」

じいちゃんとブランカが草原の方に行ったので、俺は食料が一番手に入りやすそうな川に向かうことにした。アムールもついてくると言うので一緒に向かった。

「川に到着っと……馬車も、しっかりと見えるな」

一応馬車の位置を確認したが、馬車から川までは一〇〇メートルも離れていないので、無用の心配だったようだ。川原をパッと見ただけでも、流木や石などがかなり転がっているので、食料以外でも役に立ちそうなものは簡単に見つかりそうだ。

「アムール、俺はこっち側を探すから、向こう側は頼むな」

「わかった」

アムールと二手に分かれ、流木や手頃な石などを集めていると、水面を魚が跳ねているのが見えた。竿(さお)や網を持っていないので魚を狙うつもりはなかったが、ガチンコ漁やビリ漁なんかだと行けるかもと思い、川の様子を見てみることにした。

「なんか、ナミタロウと出会った時のことを思い出すな」

そんなことを思っていると、水中から巨大な何かが近づいてきた。

「まさかのフラグ回収かっ！」

自分の言葉に少し後悔しながらも、ナミタロウかもしれない生き物用の準備をした瞬間、水中の何かは俺目がけて飛び出してきた。

「ナミタロウ……じゃない！」

飛びかかってきたのはパッと見で二メートルを軽く超える、巨大なサケだった。サケは俺を食べようと、口を大きく開けて水面から飛び出していたが、俺は焦らずにナミタロウ対策に準備していた『ガーディアン・ギガント』でサケをキャッチした。

「食料、ゲット！　とりあえず、締めとこ」

本当は神経抜きや血抜きをした方がいいのだろうが、面倒臭かったので、ギガントで首の骨を折って処理した。処理したサケは、すぐさまマジックバッグに入れたので、後で解体することにして、水中に向けて『探索』を使用した。

「小さい反応の中に、大きいのがもう一つあるな」

『鑑定』の結果、どうやらタイラントサーモンという魚らしいので、先ほどのサケと同じ種類なのだろうと思い、せっかくなのでこいつも捕まえることにした。

「ビリ漁を試してみるかな？」

前世で、ガチンコ漁やビリ漁というものがあるのは知っていたが、実際に試したことはなかった。何せ、日本のほとんどの川では、それらの漁は禁止されていると聞かされたからだ。しかし、この世界にはそんな法律は存在しないので、思い切って試してみることにした。

「電流を流す感じかな……ほいっと！」

サケがいる所を通るように雷魔法を使うと、少し拡散したみたいだが、思った通りにサケが水面に浮いてきた。ついでに小さな魚が数十匹浮いてきたが、回収が大変だったので、コイのような大きな魚以外はそのまま放置することにした。運が良ければ蘇生（そせい）するだろうし、ダメだったとしても他の魚や鳥などの餌になるだろう。

「それにしても、この世界でサケを食べるのは初めてだな。刺身でいきたいところだけど、さすがに無理かな？」

この世界でマスは見たことがあったのだが、サケはまだ見たことがなかったので、どんな味がするのか楽しみだった。サーモンの刺身や寿司は結構好きだったので、ちょっとだけ食べてみようかとも思ったが、寄生虫が怖かったのでやめた。冷凍すればいけるだろうが、確か二～三日は凍らせないといけないはずだったので諦めた。普通サイズで二～三日ならば、このサイズだとどれくらいの時間がかかるかわからないし、異世界の寄生虫のことをよく知らないので安全第一でいこう。

その場でサケやコイなどに簡単な処理を施して、一度馬車に戻ることにした。これだけあったら、数日間はおかずに困らないだろう。

「『鑑定』で毒がないのはわかっているけど、味はどうなんだろうな？」

そんなことを考えながらアムールを探してみると、川下の方で何故か水浸しのアムールが、パンパンに膨れた麻袋を担いでこちらに向かってきていた。

「テンマ、大漁！　何故か魚が流れてきた！」

アムールが喜びの声を上げながら開けた袋の中は、俺が先ほど回収しなかった小魚でいっぱいだった。

「……そうか、良かったな」

袋の中でピクピク動いている小魚を見て少し複雑な感情を抱いたが、喜んでいるアムールに言うほどのことでもないと思い、当たり障りのないことを話しながら一緒に馬車まで戻った。

馬車に戻ると、屋根の上で見張りをしていたスラリンが何か言いたそうにこちらを見ていた。どうやらスラリンは、何故アムールが魚を簡単に捕まえることができたのかを知っているようだ。だが、スラリンは空気の読めるスライムなので、喜びながら袋の中身を見せびらかすアムールに対し、驚いた感じを出しながら出迎えていた。

「おお、大量だな！　情けないことに、俺の方はほぼゼロだ」

「わしも似たようなもんじゃ。どうやら小動物や魔物は、この辺りが自分たちにとっての危険地帯とわかっているみたいじゃ」

二人はそんなことを言いながらも、しっかりと食べられる野草を採集していた。しかも、ノビルや百合根（ゆりね）、たんぽぽにミツバといったもので、調理が簡単なものばかりだった。念の為、『鑑定』で毒の有無を確認したが、問題はないようだ。

「俺も大物を仕留めたけど、今日はアムールの魚と、二人が採ってきた野草で料理を作ろうか」

アムールが捕まえた魚は、ハヤやフナといったものが多かった。なので、フナは三枚に下ろして水にさらし、少しでも泥臭さを取るようにした後で小麦粉をつけて焼き、スパイスを利かせたムニエル風にすることにした。ハヤの方は小さくて量があったので、内臓を取り除いて塩を軽く振って、一本の串に数匹まとめて刺して焼くつもりだ。

「じいちゃん、百合根とノビルはよく洗っておいて。ブランカとアムールは、かまどを二つ作って火おこしを頼む。かまどができたら、油をひいたフライパンと水を張った鍋を火にかけておいてくれ」

俺はそれぞれに指示を出して、料理の準備を進めていく。今日は肉を使わないメニューなので、シロウマルたちには物足りないかもしれないが、サーモンと一緒に確保したコイなどを回すので、我慢してもらうことにする。

「これで完成っと」

調理開始から一時間もしないうちに、数品の料理を作ることができた。メニューは比較的簡単なものばかりだが、普通の野営で食べるような料理ではないとブランカが驚いていた。

「それと、少しだけど酒もあるから。念の為、一人一杯分の量しか作ってないけど」

酒といっても蒸留酒を多めの水で割ったものなので、よほど酒に弱くなければ酔うことはないだろう。少なくとも、じいちゃんとブランカがこれくらいで酔うことは絶対にないと言い切れる濃さにしてある。

酒の入った壺（つぼ）を料理の脇に置くと、思った通りじいちゃんとブランカが、先を争うかのように酒をコップに注いでいった。まあ、目の前の料理が酒の肴（さかな）になるようなものばかりだから、仕方がないといえば仕方がない。

結局、二人は俺とアムールの分の酒も飲み、料理の中でも味の濃いものばかりを食べていた。

「今日の夜番だけど、最初がブランカで、二番目が俺、最後がじいちゃんとアムールでいいか？」

負担の大きい二番目に経験豊富な者を持ってくるのがセオリーだとは思ったが、ブランカは昼間に一番長く御者をしていたので長く眠れそうな一番目にし、じいちゃんは一番経験が浅いアムールと組ませる為に三番目にした。

理由も話して三人の了解も取ったので、それぞれ夜の準備を始めた。ちなみに、今回の旅の為に数枚の衝立（ついたて）を作ったので、男女別のスペースを確保することができた。まあ、スペースといっても簡易的なものなので色々と気をつけないといけないが、それでも（主に俺の）精神的な負担は格段に減った。何せ、アムールはわざと俺の前で服を脱ごうとしたり、俺の着替えを覗（のぞ）こうとしたりするのだ。一応そういう時は、風呂場に逃げ込むようにしているが、そういった時に限ってじいちゃんかブランカのどちらかがトイレを使用しているので、風呂場に逃げ込むことができなかったりするのだ。つまりこの衝立は、デビュー当日にもかかわらず二桁近い回数の活躍をした、オオトリ家（というか、俺）期待の新人なのである。

「そろそろ寝るとするかの。二人はどうするのじゃ？」

「俺は少しブランカに訊きたいことがあるから、もう少し起きてるよ」

「じゃあ、私も起きてる」

「いや、お嬢は寝ろ。ただでさえ野営に不慣れなのに、不安要素を作ってどうする」

座り直そうとしたアムールを、ブランカが一喝して無理やり馬車へと向かわせた。渋々従ったアムールは、馬車に到着するまで何度か引き止めてほしそうにこちらを振り向いていたが、そのたびにブランカが睨んで歩を進めさせていた。

「で、テンマは何を訊きたいんだ？　まあ、大方の予想はつくがな」

俺が訊きたいことが何なのか心当たりがあるらしいブランカは、わざとアムールをきつい言葉で追い払ってくれたらしい。

「まあ、ブランカの予想は多分合っていると思うぞ。訊きたいことというのは、アムールの家族のことだ。アムールは俺と結婚するとか言っているけど、名誉が付くとはいえ子爵の令嬢なんだから、そう簡単にはいかないだろ？　下手すると、父親のロボ子爵の機嫌を損ねることになると思うんだが」

正直、俺個人としては、アムールの父親で名誉子爵とはいえ、会ったことのない人物に嫌われたとしてもどうということはない。だが、王家からの使者として行く以上、俺がロボ子爵の機嫌を損ねるということは、王家とロボ子爵の関係が悪化してしまう可能性がある。これがただの子爵なら問題はないが、ロボ子爵は南部自治区のまとめ役のような人物だと聞いている。つまり、名誉子爵にしては力を持ちすぎているのだ。

「まあ、はっきり言って、義兄はテンマを敵視するだろうな。あの人はアムールを溺愛していてな。早い話、子離れができていないんだ。だから、アムールが好意を寄せるテンマにきつく当たると思う。それは諦めてくれ。だが、これだけは言える。南部自治区が王家と敵対することはない」

はっきりと言い切るブランカに俺は驚いたが、きっぱりと敵対することはないと聞いて少し安心した。

「そこまで言い切れる理由は何だ」

「簡単な話だ。俺がさせない。仮にそうなったら、義兄と刺し違えてでも止める。さすがに義兄のわがままと、南部自治区の住人たちの命では、どちらが重いか比べるまでもない。まあ、その前に義姉に止められると思うがな。あの人は義姉に頭が上がらないし、何より義姉の方が強い。それに、義兄が名誉子爵を名乗ってはいるが、血筋は義姉の方が直系だ。義兄は婿養子のようなものだな」

なので、本気でロボ子爵が王家に反旗を翻したとしても、住人は奥さんの方につくだろうとのことだ。そもそも、ロボ子爵がアムールに嫌われてまで強行する可能性はないに等しいらしい。

「それで、義姉のことだが……アムールの母というよりは、姉のようだと思った方がいい。それくらい似ている……主に内面が」

最後の情報は俺にとっては不安材料でしかないが、普通の常識はあるそうなので、そこはあまり心配しなくていいらしい。

「まあ、アムールの母親に普通の常識があるのは俺としては喜ばしいことだ。それと、もう一つ訊きたいんだが、アムールの曽祖父のケイじいってどんな人だ？」

俺の中で、『ケイジ・トラ・大男』といったら、日本で一番有名な戦国時代の傾奇者しか連想できない。もしかしたら、あの傾奇者ファンという可能性もあるが、どちらにしても俺と同じ転生者である可能性が高い。

そんな異世界転生の先輩が、どのように生きてきたのか気になってしまうのだ。聞く限りでは、転生者だと自ら語ったとは思えないが、俺とケイじいに共通点があり、参考にできるところがあるのなら知りたいと思ったのだ。ちなみに、同じ異世界転生の先輩であるナミタロウは、とてもではないが参考になるとは思えないので数に入れてないし、これからも入れる予定はない。

「まあ、簡単に言えば、『南部史上、最強の男』だ。そして、これは俺個人の見解ではあるが、獣人史上、最強の男だとも思っている。たとえ俺が二人……いや、三人いたとしても、全盛期のあの人には勝てないだろう。そう思わせるくらいの男だ」

ブランカの表情から察するに、決して誇張して言っているわけではないようだ。もっとも、戦いで絶対はないし互いの相性もあるから、一概にブランカの三倍強いというわけではないだろうが、それでも規格外の男だということがわかる。

「ちなみに訊くが……俺とケイじいさんが戦えば、どちらが勝つと思う？」

俺の馬鹿げた質問に、ブランカは難しそうな顔をしながら真剣に考えて、

「状況にもよるが、一対一の戦いで、近距離で戦えば九対一でケイじいさん。距離を置いた状態から戦えば、七対三でテンマといった感じだ。俺の勝手な想像の上での話だがな」

つまりブランカの考えとしては、俺とケイじいさんでは、総合的にケイじいさんの方が強いとい

う結論なわけだ。自分が史上最強だとは思っていないが、少し信じられなかった。もちろん、ブランカが贔屓目（ひいきめ）で見ているとは思わないし、両方を知っている実力者（ブランカ）が熟考した上でそう言うということは、大きく外れているとは思えない。だが、それでもこの世界において、才能だけなら史上最高だと思っていたのは事実だ。何せ、この世界の神たちから、直々にもらった才能だ。しかも、それぞれが複数の能力を詰め込んでくれたのだし、その神たちが心配するほどの力だとも言われたのだ。

それを踏まえた上で、少し角度を変えて考えてみた。この世界での身体能力が、神から与えられたものではあるが、獣人と人の違いからケイじいさんより少し劣るものだとする。しかし、才能自体は上回っていると考えてみる。そうすると、全体的な能力では互角に近いはずだ。つまり、差が出た原因は、この世界ではなく、前世にあるのではないかとも考えられるはずだ。

なので、もしケイじいさんの正体が俺の考えている通りの人物だとしたら、差が出るのは仕方がないことだろう。何せ前世の俺は、色々な達人から教えを受けたといっても、それは平和な時代での話だ。対して、ケイじいさんが戦国時代に生きた人物だとしたら、それはこの世界と同じく人の命が俺の時代より軽い時代だ。その中で自ら進んで戦（いくさ）へとその身を投じていたのだとしたら、経験という見えないものが差となって現れたとしてもおかしくはない。

「気を悪くしたか？」

考え込んだ俺を見てブランカが声をかけてきたが、俺なりに考えをまとめてみたら、全て納得できるものだった。

「いや、ブランカがそう言うのなら、それは本当のことなんだろう。でもな、ブランカが比較に使ったケイじいさんが全盛期で、反対に俺は成長途中なのだとしたら……逆転の目はまだ残っているということだよな？」

過去の人と実力を比べるのは馬鹿げているかもしれないが、それでもブランカの想像上のことといえ、負けたままでいるのは悔しかった。

「ぐはははっ！　確かにそうだ。俺はケイじいさんの全盛期は知っていても、テンマの全盛期は知らんな！」

ブランカは俺の言葉を聞いて、豪快な笑い声を上げた。大きな声だったせいで、寝ぼけ眼のアムールが馬車の窓から身を乗り出しながら、自分の武器である槍を投げてきたくらいだ。

「ふ～、危なかった。半分寝ぼけているというのに、的確に俺の眉間を狙ってきたな。案外、お嬢は寝ぼけている方が、命中精度が上がるのかもな」

言葉とは裏腹に、アムールの槍を簡単に掴み取ったブランカは、余裕の顔をしながら槍を近くの地面に突き立てていた。

「そろそろ、交代の時間かな？　じゃあテンマ、後は頼むぞ」

アムールの槍事件の後、そのままブランカと話を続けていたせいで、俺の見張りの時間が来てしまった。まあ、俺の担当する時間はせいぜい三時間くらいなので、このまま起き続けていても問題はない。むしろ、中途半端に寝てから見張りをするよりはいい。

「座り続けていたせいで、少し体が固くなっているな。軽く運動でもするか」

あまり大きな音を立てたり、運動に熱中するのも良くないので、ラジオ体操をしたり、馬車を中心に円を描くように周囲を歩き回ったりして時間を潰した。

そして、何度目かのラジオ体操をやっていると、見張りの交代の時間が近づいてきていたようで、じいちゃんとアムールが起きてきた。

「何をやっておるんじゃ、テンマ？」

じいちゃんはラジオ体操を知らないので、俺がまた不思議なことをしていると思ったようだが、すぐに体をほぐす為の動きだとわかったらしく、俺にやり方を訊きながらラジオ体操を始めた。

「あれ？　何で私の槍がここに？」

じいちゃんがラジオ体操を終わると同時に、それまで寝ぼけていたアムールの意識が完全に覚醒したみたいで、ブランカが突き立てた槍に気がついて不思議そうな顔をしていた。

「テンマ、あの山の手前にある村が今日の予定地だ。まだ日が暮れるにはかなり時間があるが、あそこを過ぎるとあとは野宿ばかりになる」

そう言いながら、ブランカが村のある方角を指差した。ここまで来るのに二週間以上かかっており、そろそろ安全な所でゆっくりと休憩したいと思っていたのだ。ちなみに、ここはすでに南部自治区に入っており、セイゲンから旅の目的地まで、およそ三分の二の位置に存在している村である。

目的の村はあまり大きくないが近くの山が資源の宝庫である為、村にしては珍しく、冒険者ギルドが置かれている。まあここに来る冒険者は、駆け出しや低ランクの者たちがほとんどらしい。ギルドとはいうものの、そういった理由から建物自体は小さいそうだ。その反面、馬車で来る者がほとんどなので敷地は広いのだとか。

「村の入口はあそこか……おい、ブランカ。なんか、ガチガチに装備を固めている奴らが入口を守っているんだが……お前、何かやったのか？」

「俺は関係ねぇっ！　……って、マジで物々しい雰囲気だな。少し話を聞いてくるから、入口から離れた所に停めてくれ」

もしかしたら、ライデンを警戒しているかもしれないとのことなので、俺は入口から一〇〇メートルほど離れた所でライデンを停止させることにした。ブランカはライデンが止まるとすぐに馬車から降りて、入口へと走っていったが、入口にいた人たちは駆け寄ってくるブランカに驚いた様子で持っていた武器を向けていた。まあ、すぐに武器を下ろして頭を下げていたので、ブランカの顔見知りでもいたのだろう。

ブランカはその人たちに頭を上げさせると、時折俺たちの方を指差して何かを話していた。そのうち、入口にいた何人かが村の中に走っていき、ブランカも馬車へと戻ってきた。

「何があったんだ？」

「ああ、どうやらこの村は厄介なことに巻き込まれているらしい。そのせいで、警戒が厳重になっているそうだ。そんな中で、魔物のような馬が引く馬車が近づいてきたせいで、思いっきり警戒したそうだ」

厄介なことは気になるが、ブランカは予定通りこの村で休むと決めたそうだ。アムールがいるのにそう決めたということは、そこまで危険ではないと判断したのだろう。

「とりあえず、このまま村の中にライデンを進めていいのか？」

「ああ、中に入ったらそのまままっすぐ進んだ所にある、赤い屋根の建物を目指してくれ」

「了解、っと」

ブランカの指示に従ってライデンを進めると、すぐに赤い屋根の建物が見えてきた。それはログハウスのような建物で、入口の上に『冒険者ギルド』と書かれた看板がかけられていた。

「馬車は、あそこの杭が打たれている所に停めてくれ。村長とギルド長から話があるそうだ」

「つまり、この村が抱えている厄介事の対処を、わしたちに頼みたいということじゃな」

「……すいません」

「まあ、いいさ。どうせブランカのことだから、俺たちなら大丈夫と判断したんだろ？」

「うちのブランカが申し訳ない。デキの悪い子なので、許して、ぐへっ！」

「テンマたちには本当に申し訳ないと思うが、お嬢に関しては思っていないから調子に乗るな。むしろ、お嬢は俺と一緒に頼む側だ！」

平身低頭して俺とじいちゃんに詫びるブランカの隣でアムールがふざけていると、案の定ブランカの拳がアムールの頭に落ちた。毎度お馴染みの光景だが、アムールはこの件に関しては本当に学習しない。

二人の漫才を見た後で揃ってギルドへ入ると、一番大きなテーブルに二人の男性がいた。二人は俺たちに気がつくと、すぐに立ち上がって頭を下げた。

「こちらがこの村の村長で、その隣にいるのがギルド長だ」

村長と紹介された男は頭が寂しい状態であったが、その反面がっしりとした体つきをしている。その隣のギルド長は細身で、少し頼りない感じがした。もしブランカに教えてもらわなかったら、二人の肩書きを間違えてしまっただろう。

「さっそくで悪いが、詳しい話を聞かせてくれ。俺も入口の所で、山で魔物が大量発生しているとしか聞いていないんだ」

ブランカはそう言って話を聞こうとするが、俺たちはそれすらも初めて聞いた。まあ、ここでそのことを追及しても仕方がないので何も言わなかったが、俺とじいちゃんの視線に気がついたブランカは、またも頭を下げた。そして、アムールはまた何か言おうとしていたが、ブランカに口を塞がれていた。

「すまない。何分、村全体がバタバタしているのでな。大量発生しているのはゴブリンだ」

「ゴブリンが？」

ブランカの声に驚きが混じっていた。おそらくゴブリンが増えたことよりも、何故ゴブリンでここまで慌てているのかと思っているのだろう。確かにゴブリンが大量発生したら、普通の村人だと対処は難しいだろう。だが、Cランク程度の力を持った冒険者が数人とそれなりに戦える村人が五～六人もいれば、ゴブリンの一〇〇や二〇〇くらいなら対処可能だろう。そしてこういった山のそばにあるような村だと、山で猟をしたり衛兵の役割を担ったりする村人がいるはずなので、それなり以上に戦える村人が数人はいるものである。

俺たちが疑問に思っているのがわかったのか、今度は村長に代わってギルド長が口を開いた。

「確かにゴブリン程度にと思うでしょうが、そのゴブリンの群れが普通じゃないんです。確認されただけで数は五〇〇以上。そして一番の問題が、その群れを率いているのが『ゴブリンキング』だということです。しかも、他の上位種の存在が確認されています。こうなるとゴブリンといえども難易度は跳ね上がってしまい、最低でもBランク以上の冒険者がいるパーティーが複数必要です」

その為ギルド長は、ロボ子爵が住む街に応援を頼んだそうだ。だが、応援が来るまで早くてもあと数日はかかるそうで、それまでの間俺たちにこの村に残って助けてほしいそうだ。

「まあ、話はわかったけど……それだったら、俺たちが討伐しに行った方が早くて確実じゃないか？」

ゴブリンが五〇〇以上いるとしても、所詮はゴブリンだ。上位種のキングでも、ランク的にはB⁻くらいと言われているので、ここにいる四人なら問題なく倒すことができる……というか、群れそのものを壊滅に追い込むことも可能だろう。たとえ逃がしてしまったとしても、俺の『探索』を使えば探し出すことはできる。

「確かにそうだが、問題はこの村の守りをどうするかということだ。壊滅できたとしても、残党がこの村になだれ込んだら、被害が出ることは確実だぞ？」

「それは大丈夫じゃ。テンマはゴーレムを何十体も持っておるし、スラリンやシロウマルたちもおる。万が一に備えて村人たちにはまとまって避難してもらい、その周りにゴーレムを重点的に配置すれば、守りは万全と言っていいじゃろう」

「それと、村にゴーレムたちの司令官としてスラリンを、遊撃にライデンを残せば、最低でも俺たちの誰かが戻ってくる時間は稼げるはずだ」

「なら大丈夫か。村長、ギルド長、この村で全ての村人を収容できそうな場所は？」

俺たちの会話に、村長とギルド長はポカンとした顔をしていた。だが、ブランカに話を振られ、一瞬言葉に詰まっていたが、すぐにこの冒険者ギルドの近くにある集会場で、村の全員を収容できると言った。

「じゃあ、すぐに避難させてください。避難が完了するまでに準備を終えますから、それからすぐに討伐に向かいます」

そう言って俺たちは冒険者ギルドを出て、馬車へと向かった。冒険者ギルドから出ると、先ほどまで見かけなかった村人たちが何人か外にいた。どうやら、ライデンやシロウマルをひと目見ようと出てきたみたいだ。

「南部自治区だけあって、村人は獣人ばっかりだな」

「まあ、そうだな。もっと大きな村や街に行ったら、獣人以外も珍しくはないが、ここみたいな小さな村だと、昔から住んでいる者ばかりだからな」

村人たちは俺たちに気がつくと、軽く会釈をしていた。ブランカは村人の中に顔見知りがいたようで、事情を説明して避難を開始するように言い、他の村人たちにも伝えるように頼んでいた。

「それじゃあ、話し合いを始めようか。一応俺としては、スラリンとライデンを村に残し、ゴルとジルは馬車でディメンションバッグの中に入って待機。それ以外が討伐に向かうという感じで考えているけど、皆はどう思う？」

「それで問題はないだろう」

「そうじゃな」

「大丈夫」

ここは当初の予定通りとなった。ゴーレムに関しては、大型を一〇体、中型を二〇体、小型を四〇体出し、一部を避難所の周辺を重点的に守らせることにして、残りは村の外で守らせることにした。これで残党が村へ押しかけたとしても、外のゴーレムを見て他の場所に逃げるかもしれないし、そうでなくとも守りの堅い避難所は避けるだろう。

それと、全てのゴーレムに対し命令権の一位を俺、二位をスラリンとして登録した。スラリンは二位となっているが、俺が討伐の為村を離れるので事実上の一位である。これなら一位にしてもいいかとも思うが、俺を一位にしておかないと、追加したり回収したりする時に手間が増えるので、誰かに命令権を与える時はいつもこうしているのだ。

スラリンは説明を受けると冒険者ギルドの建物の上に上っていき、周囲の下見を始めた。この辺りでは、冒険者ギルドの建物が一番高いので、周囲を見渡すのにちょうどいいのだ。

「そろそろ避難も完了しそうだな。じゃあ、ゴーレムを配置して村長たちに挨拶をしたら、森に向かうとするか。皆、準備はできてるな」

「もちろんじゃ」

「おう！」

「いつでも行ける！」

じいちゃんは、いつもの服装に愛用の杖を装備している。メンバーの中で一番重量のある武器を持っているが、（年齢を考えると少しおかしい気もするけれども）筋力的には何度振り回しても大丈夫だし、飛空魔法で空から行くので、他のメンバーに遅れることはない。

ブランカもいつもの軽装だが、武器は森の中で取り回しがしやすいように、いつもより短い槍を持ち、腰に俺が渡したショートソードを差している。ちなみに、ショートソードにはオオトリ家の家紋（ナミタロウなしバージョン）が刻印されており、俺の関係者とわかるようになっている。なお、この刻印を許可なく勝手に使用したり、俺から渡された以外の何らかの理由で手に入れて悪用したりした場合、程度にもよるがかなり重い罰が課せられる。

アムールはいつもの虎装備に加え、俺が貸したショートソードとマチェットの二刀流で行くそうだ。愛用の槍は森の中で取り回しに難があるし、他に持っている予備の槍も長いので、今回槍は使用しないらしい。

最後に俺だが、いつもの防具ではなく、セイゲンで作ったチョッキのような上着を服の上に着ている。このチョッキは一見耐久性が低そうに見えるが、全体にバイコーンの革を使い、胸や背中の部分の内側に薄いミスリルの板を入れているので、実は並の鎧(よろい)より丈夫だったりする。そしてこのチョッキには、いくつものポケットが内外にあり、そこに手裏剣を収めた。さらにベルトポーチとウエストポーチを装着し、そちらにも手裏剣やクナイを入れてある。今回は前衛ばかりなので、俺はどういったスタイルでも対応できるように、投擲(とうてき)武器と魔法中心で戦うのだ。まあ、本音は手裏剣やクナイを実戦で試したいからだけどな。

「それじゃあ、行くぞ。皆、群れの位置は覚えているよな。俺とシロウマルは、群れの背後に回る。じいちゃんとソロモンは空から群れに突っ込んで、ブランカとアムールは正面から頼む。順番はじいちゃんたちが突っ込んだ後にブランカたち。二組が襲いかかった時点で、上位種は皆に襲いかかるか逃げ出すかのどちらかの行動を取ると思う。皆に向かった場合は、俺とシロウマルは雑魚(ザコ)を減らすことに集中するけど、逃げた場合は俺たちが上位種を狙う。俺たちが上位種を相手にしている間、皆は雑魚を減らし続けてくれ。ただ、上位種が少なくなると群れの雑魚の多くは逃げ始めるはずだ。多少、雑魚を逃がしてしまうのは仕方がないが、絶対に上位種だけは逃すなよ。それと、じいちゃんとソロモンは、間違っても広範囲の魔法は使わないように。ゴブリンの代わりに、俺たちがここら一帯を破壊したら意味がなくなるから」

「了解じゃ……」

「キュイ……」

派手に登場しようとでも思っていたのか、じいちゃんとソロモンは気落ちしたような声で返事をした。

そんな二人を無視する形で作戦の最終確認をし、俺とシロウマルは一足先に森の中へと足を踏み入れた。ギルドが確認したゴブリンの群れがいる場所は、村から五キロメートルほど離れた位置にいるとのことだったが、俺の『探索』で調べてみると、ギルドが調べた位置より一キロメートル以上村の方へと近づいていた。しかも、木々を切り倒して集団で休憩できるような場所を作っているようだ。もしかしたらそこを拠点にして、今日明日にでも襲撃を仕掛けてくるつもりだったのかもしれない。

「シロウマル、少し遠回りになるけど、山を迂回しながら近づくぞ。予定していたルートだと、ゴブリンの斥候とかち合うかもしれない」

「ウォン」

少し遠回りをして群れの背後に回ると、辺りが見渡しやすい場所に身を隠した。その場所で俺は、絶えず『探索』を展開することにした。その情報によると、キングや上位種と思われるゴブリンたちは群れの中心に陣取っているようで、外に行くほど弱いゴブリンが多くなるみたいだった。

「来た」

俺が呟くと同時に、空からじいちゃんとソロモンが下りてきた。さすがに森の中での戦いなので、じいちゃんは火魔法を封印し、風魔法を連射していた。ソロモンはじいちゃんの魔法の範囲外にいるゴブリンを狙い、上空からの急降下を繰り返している。

群れ全体のゴブリンの注意がじいちゃんたちに向いた時、今度はブランカとアムールが正面から襲いかかった。ブランカたちの進行方向にいたゴブリンたちは背後を取られる形となり、瞬く間に数十匹が体をバラバラにされた。このままじいちゃんたちだけで終わらせることができるのかもと思った瞬間、ブランカとアムールの動きが止まり、じいちゃんもゴブリンに囲まれ始めた。

「上位種が行ったか。それでも時間稼ぎにしかならないと思うけど……そういうことか。シロウマル、出番みたいだぞ」

「アフ？」

暇すぎてうつらうつらしていたシロウマルは、間抜けな声を出しながら立ち上がった。そんなシロウマルの背中を軽く叩きながら、俺はゴブリンの群れがいる場所を指差した。

「どうやら、キングはわずかな護衛だけを連れて、この場所から逃げるみたいだぞ。あの群れ全てを目くらましに使うくらいには、知恵があるみたいだ」

そう言った瞬間、数匹の上位種を連れた一際大きな体をしたゴブリンが茂みをかき分けて姿を現した。

「シロウマル、挨拶をしてやれ。間違ってもここで……」

「グルゥ……グルアアアアァァァァ!!!」

村まで響けと言わんばかりのシロウマルの挨拶に、ゴブリンキングたちは腰を抜かしたようだった。キングたちは、腰を抜かした状態で我先に逃げ出そうとして、仲間同士でぶつかったり、自分たちがかき分けていた木の蔓にからまったりしていた。しかし、シロウマルの鳴き声で一番の被害を受けたのは、間違いなくすぐ横で挨拶を聞かされることになった俺だろう。さっきから耳鳴りに加え、頭がフラフラとしてまっすぐに立っていられない。

「うっ、足がもつれる……シロウマル、俺の真横じゃなくて、『あいつらの目の前で吠えてやれ』って言う前に吠えたな……」

「ク、ク～ンク～ン」

俺の指示を聞き終わる前にフライングしたシロウマルは、腹を見せて許しを請うような声を出していた。

「シロウマル、帰ったらお仕置きな。ただし、倒したゴブリンの数で俺が負けたらお仕置きはなしだ！」

「ガ、ガウ！」

平衡感覚が戻ってきたところで、シロウマルに条件を出してからキングたちへと突っ込んだ。シロウマルは仰向けになっていたことが災いして、俺よりスタートがかなり遅れてしまい、焦った声を出しながら走り出した。

「まずは一匹！　続いて二匹目！」

俺は、まだ腰を抜かしていたゴブリン目がけて手裏剣を投げつけ、立て続けに上位種の命を奪った。シロウマルも俺に遅れて前足を振るい、一匹二匹と切り裂いていた。

「さてと、もう一匹は……おっと」

シロウマルの戦果を確認した俺は、もう一匹殺そうとしたところで大きく後ろに下がった。俺が飛びのいた場所には、大きな棍棒（こんぼう）が叩きつけられて地面に穴を空けていた。

犯人はゴブリンキングだ。さすがに他の上位種とは違うようで、いち早く体勢を立て直していたらしい。

「伊達にキングってわけじゃないか……それでも！」

キングは力任せに棍棒を引き抜き、もう一度振りかぶろうとしていたが、俺は素早く刀を取り出し、踏み込むと同時に棍棒を持った腕を切り飛ばし、返す刀で首を切り落とした。

「よし。これで終わりだな」

最大目標であるキングと、その取り巻きの上位種の討伐が終わったので、この群れはもう終わりだ。仮に残りを見逃したとしても、逃げ延びたゴブリンだけでは脅威になるほどの群れを作ることはできないだろう。

「シロウマルの戦果は……三匹か」

「オン！」

「じゃあ、引き分けか……残念だったな、シロウマル」

「ワン？」

「何で？」といった感じのシロウマルだが、俺が負けたらお仕置き回避であり、『俺よりゴブリンを多く倒すこと』がシロウマルに課せられた条件だったのだ。引き分けということは、俺が負けたわけではないから、シロウマルはお仕置きの回避に失敗したというわけなのだ。

「ワォ〜〜〜ン」

シロウマルはそのことに今気がついたという顔をして、森の中へと突っ込んでいった。おそらく、じいちゃんたちに群がっていたゴブリンを倒しに行ったのだろう。

俺もキングたちの死体を回収してから、急いで皆の所へと向かうと、そこには打ちひしがれた表情のシロウマルと、暴れ回ってすっきりした表情の三人+ソロモンに、辺りを覆い尽くさんばかりのゴブリンの死体が俺を出迎えた。

「テンマ、シロウマルが落ち込んでるけど、何かあった？」

俺に気がついたアムールがトコトコと近づいてきて、シロウマルを指差しながら尋ねてきた。そこで、俺がシロウマルに出した条件の話をすると、じいちゃんとブランカはシロウマルに同情していたが、アムールとソロモンは笑っていた。

「グルゥ……グル？」

シロウマルは、そんな一人と一匹をジト目で睨んでいたかと思うと、何かに気づいたように走り出した。

しばらくして戻ってきたシロウマルは、木の蔓を巻きつけたゴブリンの死体を引きずってきた。

シロウマルが引きずってきたゴブリンの死体は一体であり、これで俺を上回ったということだろう。

それにしても、死体をわざわざ蔓を使って引きずってきたということは、さすがのシロウマルでも汚いゴブリンはくわえたくはないということなのだろう。

「しかし、あの声はやはりシロウマルだったか。一瞬、別の魔物が現れたのかと驚いたぞ。もっとも、俺たち以上にゴブリン共の方が驚いて、怯えていたがな」

ブランカは、楽しそうにゴブリンを駆逐していた時のことを話し始めた。

「テンマの方の話も聞きたいところじゃが、先にゴブリンの死体を集めた方がいいのではないかのう？　ここにほったらかしにしておくと、別の魔物を引き寄せてしまうかもしれんぞ」

「二人共、さっさと働く！」

じいちゃんの言葉に、俺とブランカの話に加わろうとしていたアムールが、いち早くゴブリンの死体を集め始めた。そんなアムールに俺たちは苦笑しながら、ゴブリンの回収作業に加わることにしたが、いかんせん数が多すぎるので、ゴーレムを何体か出して手伝わせることにした。

しかし、ゴブリンの死体を集めるといっても、肝心のゴブリンはかなりの割合で体をバラバラにされており、全てを拾い集めるのはかなりの手間だった。そこで、ゴブリンの唯一の素材とも言える魔核がある胴体と、討伐の証明部位である耳だけを重点的に集め、残りは適当に穴を掘って捨てていくことにした。これだけでもかなり楽になり、作業の速度は上がった。

「そろそろ燃やすぞ」

「いつでもいいぞい」

全ての選別と回収が終わったので、穴に捨てられたゴブリンを魔法で燃やして処分していく。全てが灰になったところで、飛び散らないように気をつけながら土をかぶせ、最後に水魔法で周囲を濡らした。これは、もし土の中で火がくすぶっていた場合、山火事になる可能性が出てくるので念の為だ。

ここでやることがなくなった俺たちは、村に帰ることにした。そしてその帰り道に、予期せぬことが起こるとは、この時誰も予想していなかった。

「生き残りがいたか」

そう、生き残ったゴブリンの一団と遭遇したのだ。その一団に一番に気づいた俺は、反射的に手裏剣を投げて秒殺で壊滅させたのだった。壊滅させたゴブリンの一団は全部で一〇。つまり俺は、シロウマルに大逆転で数を上回ったということになる。シロウマルが再び俺を上回るには、ゴブリンを一〇匹も探さないといけないことになった。

シロウマルはその事実にショックを受け、周囲の匂いを必死になって嗅いでいたが、俺の『探索』にはゴブリンの影も形も見当たらないので、ここら一帯に集まっていたゴブリンは、先ほどの一団が最後だったということだ。

その後、何度も周囲にゴブリンはもういないと言ったのだが、それでもシロウマルはゴブリン探しをやめようとはしなかったので、最終的にあの一団は時間外での成果だとし、ノーカウントにすると俺が言ったことで、ようやくシロウマルはゴブリンを探すのをやめたのだった。

第二幕

「しかしテンマ、本当に良かったのか？」

ブランカが言う良かったのかとは、あの村を襲ったゴブリンたちの魔核のことだ。

ゴブリンの討伐を終えて村に戻った俺たちは、真っ先に村長とギルド長に会いに行き、全滅に近い状態に追い込んだので危険は去っただろうと報告した。その結果、村人たちから大変喜ばれ、村を挙げての宴会が催され、俺たちは主賓として招かれたのだった。

「あれだけ色々なものを食べさせてもらったんだ、ゴブリンの魔核くらいどうってことないさ。むしろ、シロウマルたちの食った量のことを考えると、こちらが金を払わないといけないかもって思ったほどだ。それに、キングたち上位種の魔核は受け取ってもらえなかったから、収入がゼロというわけではないしな」

「まあ、それを言われるとな……お嬢も何人前食ったかわからんし」

アムールの食べっぷりを思い出したのか、ブランカはため息をついていた。

シロウマルとソロモン、そしてアムールで、村人が出してくれた食べ物の半分近くを食べたのではないかというくらいの勢いを見せていたのだ。

村人たちがその食べっぷりを微笑ましそうに見ていたのが救いだったが、俺とブランカにしてみれば、頭の痛い光景であった。ちなみにじいちゃんの方はというと、村人と飲み比べをし、挑んできた人たちをことごとく沈めていくという、別の意味で頭の痛くなるようなことをしていた。まあ、倒れた人たちにすぐに水を飲ませて回復魔法をかけたおかげで、何とか急性アルコール中毒になった人はいなかったが、一歩間違えれば大変なことになっていたのは想像に難くない。

そういうわけで、罰としてシロウマルとソロモンには馬車の進行方向と周囲に魔物がいないかを確認させ、じいちゃんとアムールには御者を交代で一日中させることにしたのだ。そこまで大した罰ではないかもしれないが、それでも何かやらせないと俺とブランカの気が済まなかった。

「今日一日で、少しは反省してくれるといいんだけどな」

「確かに、ほんの少しでも、のわっ！」

ブランカが俺に同意しようとした瞬間、馬車の速度が急に上がった。この馬車は色々と手を加えたおかげで、多少の揺れや衝撃を感じないような造りになっているので、これは通常ではあり得ないことだった。

「何かあったのか！」

「じいちゃん、アムール、何があっ……た」

御者席の後ろの窓を開けて、何が起こったのかをじいちゃんたちに訊こうとした瞬間、思わず声を失ってしまった。何せ、

「むう、シロウマルに追いつけない」

「さすがのライデンでも、馬車を引いた状態では勝負にならんのう」

あろうことかこの二人は、併走していたシロウマルと競走を始めたのだ。いくら平地続きだからといって、こんな速度を出し続けていたら、すぐにでも馬車、特に車輪が壊れてしまうだろう。

「まだ、次の下り坂で勝負！」

「よし、行くのじゃ！」

「「おい」」

「「うおっ！」」

俺とブランカは、張り切って飛ばそうとする二人の後ろ襟を掴んで止めた。二人は『しまった』という顔をして、ライデンに急ブレーキをかけさせた。その結果……

「ぬわぁあああ！」

「のぉおおお！」

二人揃って馬車の前へと投げ出された。そして、俺とブランカも窓に叩きつけられた。

「つぅううう……」

「あがっ！」

揃って顔を押さえる俺とブランカだったが、俺たち以上にじいちゃんとアムールのダメージは大きかったようだ。二人はライデンの横で顔面を押さえながら、地面をのたうち回っている。

「ブランカ」

「すまん、助かる」

俺は自分の顔に回復魔法をかけた後で、ブランカにも魔法を使った。二人共ただの打撲で鼻血が出た程度だった為、軽く魔法をかけただけで治った。

「さて二人共、何か言いたいことはあるか？　特にじいちゃん。じいちゃんならこの馬車の強度くらい、見たら大体はわかるよね？」

「お嬢、これは……いや、今回もやりすぎだ！　お前の頭の中には、反省と学習という言葉は入っていないのか！」

俺とブランカは、じいちゃんとアムールを地面に正座させ、二人で思いっきり叱りつけた。さすがの二人も、下手な反論はまずいと感じていたのだろう、最後まで黙って大人しくしていた。ただ、アムールは叱られている間中、足が痺(しび)れたようで集中力を欠いていたが、何とか耐え切ったという感じだった。

「あ、歩けない……ひぃっ！　シロウマル、やめて！　ソロモン、ハウス！」

足の痺れでまともに立つことができないアムールは、槍を杖の代わりに使いながら少しずつ馬車の方へと歩いていたが、その様子を遊んでいると勘違いしたシロウマルとソロモンが、アムールの足を鼻でつついていたのだ。しかも、アムールの抵抗がいつもより弱々しかったので、二匹は調子に乗っていた。そのせいで、アムールは何度も転んでいた。

「ふっ……まだまだじゃの」

そんなアムールの様子を見たじいちゃんは、何故か勝ち誇った顔をして馬車の方へと向かっていった。しかし、

「シロウマル、ソロモン、じいちゃんが遊んでくれるってよ！　しかも、おやつもくれるらしいぞ！」

「な、何を言っておるのじゃテンマ！　こ、これ、来るんじゃない！　のあぁぁああっ！」

俺にはわかっていた。じいちゃんも足が痺れており、まともに立てる状態ではなかったということが。それなのに何故アムールのようにならなかったのかというと、じいちゃんはこっそりと魔法

を使っていたのだ。回復魔法だとバレやすいと考えたのか、浮遊魔法で地面すれすれを浮かびつつ、さりげなく杖を使って移動していたのだった。

「じいちゃん、せこいよ。そこまでするなら、普通に回復魔法を使えばいいのに」

「反省しておるから、こやつらをどけてくれ～～～！」

いつまでもここに留まっても意味がないので、シロウマルとソロモンを餌でじいちゃんから引き離し、ついでに二人の足に回復魔法をかけた。

「今回の罰として、ロボ子爵の街に着くまで、二人だけで御者と夜間の見張りな」

ここからなら、街まで一週間くらいで着くということなので、キツめの罰を出すことにした。

じいちゃんくらいの冒険者ならこれくらいは経験したことは何度もあるだろうが、アムールのサポートもしないといけないので、負担は格段に上がるだろう。経験不足のアムールの方は、言わずもがなだ。

「「申し訳ない……」」

二人共その一言を残し、トボトボと御者席へと歩いていった。シロウマルとソロモンも、馬車の前の方へと移動を始めたので、たとえじいちゃんとアムールが張り合おうとしても、速度を落として俺の所へ来るように言い聞かせた。さすがに怒られてすぐにもう一度繰り返すとは思わないが、競り合う形で自然と速度が上がってしまうこともあり得るので、念の為の指示だ。

そんなことがあってから三日後、馬車がまた急停止をした。あれから二人は安全運転を心がけていたので、今度こそ何かあったのかもしれない。

「じいちゃん、何があったの？」

「何やら、武装した一団が向かってきておるわい。まだまだ先の方にいるから、おそらく向こうはこちらに気がついていないじゃろう」

そう言いながらも、じいちゃんは右手で望遠鏡のような形を作り、片目に当てて遠くの方を見ている。初めて見る魔法だが、使い方からして遠くを見る為の魔法なのだろう。

俺も『探索』を使って確かめてみると、およそ三キロメートル先に五〇人ほどの集団がいた。そのうちの一人に『鑑定』を使ってみると、目的の街に所属している獣人の正規兵だった。

「何か他に見える……っていうか、その魔法を教えて」

『探索』と『鑑定』は秘密にしている為、じいちゃんの使っている望遠鏡のような魔法は隠れ蓑にちょうど良さそうだ。それに、自分の目で確かめることができるというのは、『探索』にはない強みだ。なので、簡単にできるようなら、今ここで教わろうと思った。もっとも、じいちゃんはおそらく俺が『探索』と『鑑定』、もしくはそれに類似する魔法を使えることはわかっていると思う。仮にも賢者と呼ばれているし、そもそもその二つの魔法自体、相当なレアではあるがこの世界に存在する魔法なのだ。まあ、かなり精度の低い魔法であっても、それらを使える者はほぼ全員が貴族か闇社会の者に所属すると言われている。しかも、その存在は公表しないし、されないことがほとんどだ。何せ、精度が低くても簡単に犯罪に使えるし、相手の弱みを握ることも可能なので、秘密裏に囲われるか始末されるのだとか。ちなみに、俺は何度も使っているが、これは『隠蔽』があるからできることで、もし『探索』や『鑑定』を使っていることがバレたら、下手をすると犯罪者のレッテルを貼られる可能性がある。王城の秘密の通路や、王様たちの個人情報（年齢や能力）を勝手に調べるのは、さすがに最重要機密へのハッキングに属するものだからだ。まあ、あの人たちなら多少の文句を言うくらいで済むかもしれないが、周りがうるさいだろう。特に改革派が。

少し思考がそれてしまったが、そういった理由から俺はじいちゃんにも言ってないわけだ。

「まあ、慣れれば難しい魔法ではないぞ。やり方は、筒を真似た手の両端に結界を張るような感じかのう。それで、一番のコツじゃが……」

「あっ、できた。ありがと、じいちゃん」

「なぬっ！」

じいちゃんの説明から、まんま手で作った筒を、結界を使って望遠鏡にするのだと思いついた。簡単に言えば、結界をガラスのような物だと考えて、凸レンズと凹レンズのような形の結界を作り出して、手で作った筒の両端にはめ込んだのだ。初めはかなり精度が悪かったが、ピントが合うまで微調整を繰り返しているうちに問題はなくなった。

「わしがこの魔法をモノにするまで、何年かかったと……」

「その話は後で聞くから。ブランカ、アムール、おそらく二人の知り合いたちだと思うぞ」

「本当か？」

「本当？」

「多分だけど、虎の獣人が多く見えるし、着ている鎧なんかも揃っている。そして何よりも先頭の方に、アムールに似た女性がいる。アムールのお姉さんか親戚の女性じゃないかな？」

「「お姉さん？　親戚？」」

二人揃って首をかしげているので、ただ単に面影が似ているだけかもしれないが、あれだけの人数が規律の取れた行動をしているのだ。この間ゴブリン騒動のあった村に頼まれた兵士たちで間違いないだろう。もし仮に違う街の兵士だったとしても、マリア様から預かった書簡の紋章を見せれば下手なことはできないはずだ。

そう考えた俺は、すぐに書簡と身分を証明できるようにじいちゃんと御者席を代わり、ライデンの手綱を握った。その際、俺の横に兵たちと同じ種族の獣人が座っていた方が話を聞いてくれやすいだろうと思い、ブランカにその役を頼もうとしたのだが、アムールがブランカに場所を譲ることを頑(かたく)なに断った為、仕方なく俺とアムールで御者席に座り、前方からやってくる一団の方へとライデンを進ませた。


「そこの馬車、停止せよ。貴様らは、この先の村を経由してやってきた者たちか？」

「もしそうだとしたら、この先の村のことで訊きたいことがある」

俺たちの接近に気がついた一団から、二人の若い虎の獣人が駆け寄ってきた。この二人は俺たちの正体を判断する為にやってきたようだ。

「そうだ。俺はセイゲンからある方の依頼を受けてやってきた、テンマ・オオトリという冒険者だ。隊の責任者を呼んでもらいたい」

そう言った俺に二人の獣人は怪訝(けげん)な顔をしたが、俺が見せたオオトリ家の家紋に、念の為にと見せたサンガ公爵家とサモンス侯爵家の家紋のおかげで、片方の獣人が一団の責任者へと知らせに走っていった。この際、オオトリ家の家紋は渡したが、公爵家と侯爵家の家紋は渡すことを拒否した為、二人はかなり怪しんでいた。なので、残った一人は露骨に俺たちを警戒していた。ただ、アムールを見た時に、何故か首をかしげていたのが気になった。

「こうして見ると、かなりの迫力があるな」

俺の視線の先に、こちらに向かってくる獣人の一団があった。そのほとんどが虎の獣人なので、かなりの強面揃いであり、これから敵対組織へと乗り込みに行く裏社会の者たちも、顔を真っ青にして道を譲りそうな迫力があった。

「お前がテンマと名乗った冒険者か……オオトリ家という名もこの家紋も知らないが……ん？」

集団の先頭にいた虎の獣人が、俺にオオトリ家の家紋を投げ渡したところで、何故か動きを止めた。その視線の先には、俺にピッタリと寄り添っているアムールと、その後ろの窓から顔を覗かせているブランカがいた。

「何で、アムールとブランカがこの小僧と一緒にいるんだ？　というか、アムールから離れろ、小僧！」

牙をむいて怒る男を見て、アムールはさらに俺に引っついてくる。そんなアムールを、俺は顔を押して引き離したのだが、そんな様子を見た男が今度は、「アムールに何の不満があるんだ、小僧！」と、先ほどとは矛盾したことを言い出した。

「すまんテンマ。あれは俺の義兄でアムールの父親であるロボだ。それと、お前がアムールの姉と言っていたのはおそらく……」

「早く離れんか、小僧ぉおおおっ！」

全く離れる気配のない俺（実際には、アムールが服を掴んで離れない）に対し、痺れを切らしたロボ子爵が俺に飛びかかろうとしたが、

「静かにしなさい！」

ロボ子爵の後ろにいた女性が、後ろから頭を叩いて止めた。手に持っていた槍で、かなり強い力で……

「うぼふっ！」

後ろから叩きつけられたロボ子爵は、地面に顔をめり込ませていた。しかし、自分たちのトップがひどい目に遭っているというのに、部下の兵士たちは誰も驚いた様子を見せていない。

「ごめんなさいね」

女性が謝る姿を見て、ブランカの横から顔を出していたじいちゃんが、「アムールのお姉さんかのう？」と言った。するとブランカは微妙そうな顔をし、アムールは大爆笑し出した。

「ナイスジョーク！」

親指を立てて笑うアムールに、女性の顔が少し引きつっているように見えた。女性が槍を握る手に力を入れたことに気がついたブランカは、馬車の中へと静かに顔を引っ込めたが、アムールはそんな周りの様子に気がついていないようで続けて、

「あれは若作りしているだけ。その正体は、立派なおば……へぶっ！」

言い切る前の大爆笑中のアムールの額に、女性の鋭い槍の一撃が放たれた。その一撃は鋭すぎて、アムールの横にいた俺ですら、かろうじで動いたというのがわかった程度だった。仮にこれが俺を狙った一撃だったとしたら、アムールと同様に額に槍の一撃を受けて後ろの壁に後頭部を強打していただろう。それくらいすごかった。救いは槍の石突きでの一撃だったことと、額に当たった瞬間に槍を引き戻しているということだろう。それがなかったら、確実にアムールは悶えることなく息絶えていたはずだ。それでも、頭蓋骨にひびが入るくらいは余裕でしてそうだ。

「とりあえずアムール、回復魔法をかけてやるからオデコをこっちに向けろ」

「テンマ……ちゅーで治し、ワギャ！」

ふざけたアムールのオデコに、キスの代わりにデコピンをお見舞いした。デコピンした感じでは、アムールの頭はあまりひどいことになっていない（中身はいつも通りみたいだったが）みたいなので、魔法ではなく塗り薬で処置した。

「テンマのいけず……でも好き」

「お友達でお願いします」

「アムールは嫁にはやら、ぐべっ！」

「仲がいいわね～」

いきなり復活したロボ子爵は、女性に頭を踏まれてまたも地面にめり込んだ。今度は先ほどよりも深くめり込んだようだ。

「それで、こちらの女性がアムールのお姉さんじゃないとすると、もしかして？」

「アムールのお母さんで～す！」

「年を考えないと……はっ！」

「ちっ、外した」

俺としては、アムールの母親の行動は少しわざとらしく感じたが、若く見えるせいかそこまでおかしな感じはしなかった。しかし、身内であるアムールには違和感満載だったようで、思わず突っ込んでしまったようだ。そして、すぐに体を横に倒して回避行動をとり、今度はあの鋭い一撃を完璧にかわしていた。

アムールがかわしたことで、一見被害者が出なかったようにも見えるが、実はしっかりと被害者は出ていた……アムールの母親の足の下で、ロボ子爵が踏み台にされていたのだ。頭を……

「お父さん、死んだ？」

「このくらいなら大丈夫でしょ。一番の取り柄が頑丈さなんだから」

などと地面にめり込むロボ子爵を見ながら、母娘は会話をしていた。あの家では、悲しいくらいロボ子爵の地位は低いみたいだ。

「まあ、そんなことは置いておいて、あなたがアムールの選んだ人ね。じゃあ、戦いましょうか？」

女性はそう言って、何故か嬉しそうに準備を始めたのだった。

「どうしてこうなった……」

「諦めい、テンマ。あれは一種の病気じゃ。獣人は力試しをしたがる者が多いからのう」

俺の呟きに反応したのはじいちゃんだけで、他は大盛り上がりで向かい合う俺とアムールの母親（ハナさんというそうだ）に声援を送っていた。

ハナさんは周りを気にすることなくロボ子爵とアムールを沈めた槍を振り回し、準備運動のようなことをしており、やる気満々といった様子だ。対する俺は、いつも練習に使っている棒を取り出して、軽く体をほぐす程度の運動をした。

正直に言って、勝っても負けても面倒なことになりそうなので、できればやりたくはない。だが、あの動きを見ているとそんな考えでは負けてしまうと思う。アムールやブランカが自分たちの中で一番強いと言っていたのだ。少なくとも本気のブランカと戦った時と同じ覚悟でやらなければ、今度は腕一本では済まないだろう。

「準備はできた？」

「はい」

「じゃあ、始めようか。ブランカ、合図をお願いね」

「はいよ……その前にルールの確認だが、武器は刃にカバーをつけたものか刃がないものを使う。そして、噛みつき、目潰し、急所への攻撃は禁止だ。あとは、気絶した相手への追撃も禁止。勝負はどちらかが降参するか、俺が戦闘不能、もしくは続行不可能になったと判断したら止めて、判定に持ち込む。双方、同意するなら位置について構えろ……では、始め！」

終始ブランカは、すまなそうな顔をしながらルールの確認をしていた。心の中では何らかの理由で中止になってくれと思っているのだろうが、さすがにそんな都合のいいことは起こらなかった。

「せいっ！」

ブランカの手が振り下ろされるとほぼ同時に、ハナさんは槍を突き出してきた。かけ声は一回だけだったが、実際に槍の攻撃は三度あり、どれもひと呼吸のうちに繰り出された。

俺はこの攻撃を見るのは三度目（一度目と二度目はアムールに繰り出されたもの）だったこともあり、最初にこの攻撃が来ることは予想していた。ただ、同時に三回も突かれるとは思っていなかったので、カウンターを仕掛けることはできなかった。

「あらら、外れた……なんてね！」

「ちっ」

ハナさんは初手を完全にかわされると思っていなかったのか、一瞬だけ攻撃の手が緩んだ。だが、それ自体が罠だったようで、隙を突こうと距離を詰めかけた俺を、今度は槍の横なぎで迎撃しようとした。

俺は直撃を逃れる為に、咄嗟に棒を立てて攻撃を防ごうとしたが、そのまま強引に飛ばされてしまった。アムールの母親ということからかなりの力を持っていると予想はしていたが、正直ここまでとは思っていなかった。

「ちょっとヤバイかな？」

「その割には余裕そうだけど、ねっ！」

ハナさんは俺の軽口に答えながらも、槍の間合いを守りながら突きを繰り出してくる。しかも、それぞれ速度に変化をつけているので、潜り込むタイミングが取りづらい。

そんなハナさんの猛攻に対し、俺は徐々に後ろに下がらされていき、後手に回り始めた。

「どうした、どうした！ ビビってんのか！ そんなんじゃ、認めてやることはできないぞ！」

この時、一番はしゃいでいたのはロボ子爵だった。彼は俺が反撃に出ることができないのを見て、まるで自分が戦っているかの如く野次を飛ばしている。

「うるさい！」

「うごっ！」

しかしその時、突然ロボ子爵の顔面に石がぶつけられ、子爵は後ろ向きに倒れて動かなくなった。石を投擲したのはハナさんで、どうやらハナさんもロボ子爵をウザく感じていたようだ。そして倒れた子爵を見たアムールが、「今こそ好機！」などと言いながら、どこからか縄を持ち出してきて子爵を縛りつけていた。しかも、ほどけないように何重にも巻いた後で、ゴミでも捨てるかのように遠くへ放り投げていた。

「あら？　今の隙に襲いかかってきてくれても良かったのに」

「あの隙を突くのは、何か怖かったので遠慮しておきました。まあ、俺も子爵がウザかったのもあったので」

あの騒動の中、俺は攻撃が中断された時のままで動きを止めて、事が終わるのを待っていた。ハナさんはそんな俺の行動と言動が面白かったのか、コロコロと笑った後で槍を改めて構えた。

図らずも仕切り直しのようになってしまったが、それでも俺の間合いに入れない以上、先ほどと同じ展開になるだけだろう。

（力はブランカ並で、瞬発力はブランカ以上。身軽さはアムールと同等かそれ以上……厄介だな）

そんな分析をしながら、俺はある一つの賭けに出ることにした。

今のところ、ハナさんの攻撃は離れた状態では突きを繰り出し、近づこうとすれば横なぎを仕掛けていた。このうち、突きはかわしているが、横なぎは全て棒で受けるしかできず、しかも完全に受けきれないで飛ばされていた。

そこで、遠心力で威力が上がる横なぎではなく、回避できている突きを狙うことにした。狙いを絞った俺は棒を上段に構え、突きを誘った。ハナさんは、突然構えを変えたことに一瞬戸惑ったが、狙いやすくなった俺の胴目がけて突きを放ってきた。

「せいやぁあああっ！」

気合の声と共に振り下ろした俺の一撃は、見事ハナさんの槍を外れた。いや、外された。しかも、勢いよく地面を叩きつけることになってしまった棒は、真ん中辺りから二つに折れるという有様だ。

「残念でした！」

槍が狙われていると分かっていた様子のハナさんは、俺の攻撃に合わせて槍を引き、そのすぐ後で再度突きを繰り出してきた。しかし、俺はこの状況も想定していた。

「ふっ！　しっ！」

半身になって突きをかわした俺は、手に持っていた棒をハナさんに投げつけた。棒の先端は叩き折られたことで尖って（とが）おり、腕で防ぐことはできない。案の定ハナさんは大きく身をひねって棒をかわし、初めて本当の隙を見せた。

「せいっ！」

そこで俺はハナさんの槍を踏み、その勢いで回し蹴りを繰り出した。だが、ハナさんが咄嗟に槍を手放したことで、俺の蹴りはハナさんの頬を掠める（かす）に留まった。

「これで間合いは互角ですかね？」

ここまでが俺が想定した展開だった。まあ、あわよくばさっきの蹴りで決まればいいなとは思ったが、さすがにそうは問屋が卸さなかった。掠め取った槍は、この戦いの最中に再びハナさんの手に戻ることのないように、できるだけ遠くへ投げ捨てた。まあ、投げ捨てた先にロボ子爵が転がっていて槍が当たってしまったが、穂先にはカバーがしてあるし、横回転で当たったので死にはしないだろう。頑丈さはハナさんのお墨付きらしいし。

「ここまで読んでいたのね……でもね、私はこの間合いも好きなのよ！」

ハナさんは、自分から間合いを詰めてきて、接近戦を仕掛けてきた。さすがに自分で好きだと言うだけあって、攻撃の切れや威力は申し分なかったが、その攻撃自体はここ最近でよく見かけたものだったので、対処はそう難しくはなかった。

「アムールね」

答えは簡単で、アムールの攻撃によく似ているのだ。確かにアムールより上ではあったが、それ自体は予想していたし、そもそもアムールと練習をした時には全て完勝してきたのだ。槍で戦われるよりも、格段にやりやすい。

「なら、これはどう？」

そう言ってハナさんは俺の胸襟とその反対側の袖を摑み、柔道の内股と同じ技を繰り出そうとした……が、

「あれ？」

俺が腕を突っ張って跳ね上げられそうになっていた足を引いたことで、逆に宙を舞うことになってしまった。いわゆる、内股すかしをくらったような状態だ。

「……降参するわ」

地面に叩きつけられたハナさんの首元に揃えた指を添えると、ハナさんはすぐに降参を宣言した。

「勝負あり！　勝者、テンマ！」

俺の勝利宣言をするブランカだったが、その表情には特に何事もなく終わったことで安堵していたのがありありと見て取れた。

「これでもういいですね」

「そうね。力は見せてもらったわ」

ハナさんに手を貸して体を起こすのを助けると、ハナさんは意味ありげな笑みを浮かべていた。

「テ～ン～マ～」

そんな様子を見たアムールが、俺たちの方へと突っ込んできたので、親子の再会を邪魔しないように半身になってかわし、さらにハナさんの方向へとアムールを軽く押してそらした。

「あら、熱烈な抱擁ね。でも、痛いわよアムール」

「ぎっ、ギブ、ギブぅ～」

勢いをつけてぶつかってきたアムールをハナさんは軽く受け止めて、抱擁を返すかのようにベアハッグでアムールを締め上げた。たまらずアムールはギブアップしているが、ハナさんはアムールを離さなかった。

「中身……漏れる……」

数分後に解放されたアムールは、地面に横たわり何かを呟いていたが、近くにいた俺とハナさん以外は誰も聞き取れていなかったようだ。

「なら、次は俺だ。ハナの仇(かたき)を取らせてもらう！」

「いいかげんにしろって、兄貴」

「離せ、ブランカ！」

ロボ子爵が名乗りを上げたが、すかさずブランカに止められていた。大変ありがたい。ここで変に戦って遺恨を（向こうが勝手に）残したりしてしまったら、マリア様の依頼に支障をきたすかもしれない。もっとも、書簡を渡した時点で依頼自体は終了するが、何が書かれているのかわからないし、最低でも返事をもらうまでは大人しくしていたい。それにしても、ハナさんには石を投げつけられ、アムールには放り投げられ、俺にまで槍をぶつけられたというのに、その状態+縛られたままでも戦おうとする姿勢を見せるその姿は、さすが南部のトップ……とでも言えばいいのだろうか？　頑丈さは、俺が出会った人物の中でも間違いなくトップクラスみたいなんだけどな。

そんなことを思っていると、何やらアムールとハナさんがヒソヒソと話をしながら盛り上がり始めた。何となく嫌な予感がしてきたので、目をそらして馬車に戻ろうとすると、たまたま目に入ったブランカも、同じような顔をしながらロボ子爵を放置して馬車へと歩き始めていた。

「決めたわ！　テンマをアムールの婿にする！」

「ママ、素敵！」

「「「ふぁっ！」」」

少し離脱するのが遅かったようだ。ハナさんの衝撃発言に驚きすぎて、口から変な声が漏れてしまった。もっとも驚いたのは俺だけではなく、じいちゃんにブランカ、そしてロボ子爵も同様に変な声を出している。

「二人共ちょうどいい年齢だし、これだけ強いならアムールに相応(ふさわ)しいわ。アムールは当然いいわよね？」

「いいとも～」

盛り上がる二人をよそにブランカは顔を青くし、ロボ子爵は顔を赤くしている。じいちゃんは指を折りながら何かを数えているし、周囲を囲んでいた兵士たちは何か賭け事のようなものをしている。そんな中、

「ますます戦いたくなったなぁ……小僧」

俺の後ろへとやってきたロボ子爵が、血の滲んだ腕を俺の肩に置いて微笑んだ。力ずくで、無理やり縄を引きちぎったようだ。そして、腕だけでなく顔も真っ赤で目は血走り、口元にも血が滲んでいる。

「あなた、アムールのお婿さんにそんな怖い顔を近づけないで」

「俺は認めんぞ！」

ロボ子爵が叫ぶと同時に、俺の肩に指が食い込んだ。あまりにも痛かったのと、厄介事に巻き込まれた怒りで、思わずロボ子爵の手を思いっきり握ってひねり上げていた。握った時に、合谷と呼ばれる親指の付け根付近にあるツボに指を入れたこともあり、ロボ子爵は悲鳴を上げて膝をついた。

「テンマがお父さんも倒した……はっ！　障害を排除した！」

「やるわね。あの一瞬で倒すなんて」

「いや、そんなのはどうでもいい。だが義姉さん、アムール、俺も婿取りには反対だ」

「よ、よく言った……ブランカ」

二人に待ったをかけたブランカに、ロボ子爵も立ち上がりながら同意している。そうしているうちに、アムール&ハナさんVSブランカ&ロボ子爵の構図が出来上がり、両陣営の間に火花が散り始めた。そして、そんな二組を見ながら、周囲を囲んでいた兵士たちはヒートアップしていく……主に賭け事方面で……

「じいちゃん、本当に虎の獣人は血の気が多いね……」

「ここまでとは思わんかった……わしも驚いておるわい」

二対二で戦い始めたアムールたちと、それを肴に騒ぐ虎獣人の兵士たちを横目に、俺とじいちゃんは揃って引いていた。戦い自体はかなり激しく、手の内を知り尽くした同士の戦いなので見ごたえがあり、これが王都の武闘大会、ペアのトーナメント決勝だ！　と言われても納得できるような試合だった。

あの四人の中で一番強いと思われるのはハナさんだが、二番三番はブランカとロボ子爵で、四番がアムールといった感じなので、一見バランスは取れているようである。だが、アムールは他の三人と比べると身体能力に加え、試合運びや技の練度においても劣る為、全体的に見るとアムールとハナさんのペアが押され気味だった。

「どらっ！」

「うにゅ！」

一瞬の隙を突いて、ブランカがアムールを体当たりで大きく吹き飛ばし、ほんの数秒だけハナさん対ブランカ&ロボ子爵という状況を作り出した。その数秒で二人はハナさんを取り囲み、ブランカが気を引きつけたところで、ロボ子爵がハナさんを背後から羽交い締めで動きを止めることに成功した……傍(はた)から見ると、かなり犯罪臭のする場面だった。

ハナさんの動きが止まったところで、ブランカが向かってきたアムールを無力化して勝負はついた。ただ、ハナさんは最後の最後まで激しく抵抗したので、羽交い締めで密着していたロボ子爵のダメージがすごいことになっていた。わかりやすく言うと、両足は何度も蹴られたり踏みつけられたり、頭突きのせいで口や鼻から血が流れ、目には青タンを作っていた。そんな状況でもハナさんを離さなかったのは、すごい根性だと思った……よっぽどアムールの結婚が嫌なんだろうな。

「ブランカ！　この人はともかく、何であなたが反対なのよ！」

「義姉さん……結婚となったら、相手であるテンマの意思も重要だろうが。それに、テンマは王家から直々に家名を賜ったばかりだ。そんな中で勝手に婿に迎えてみろ、王家はいい顔をしないぞ。それに、テンマの結婚に関しては王妃様が何か考えているみたいだ。だから下手なことをして、南部と王家の間に溝を作ってしまうような可能性は避けるべきだ」

ブランカの説明を聞いたロボ子爵は、ボロボロの顔でニヤついていた。ヤクザのような悪役が似合う人だと感じてしまった。正直、ハナさんはアムールが自分に似た顔で生まれて安心しただろうな……とも。

「王家から家名を賜った？　テンマは貴族なの？」

ハナさんの疑問に、俺は首を振って否定した。

「テンマ自身が爵位を望まなかったから貴族にはならなかったが、王都では望めば伯爵は堅いだろうという噂(うわさ)が出ていたほどだ。もちろん、王家もそのつもりだろう。ちなみに、テンマの両親は国王様と王妃様の親友で、そこにいるテンマの祖父は、賢者として有名なマーリン殿だ。テンマ自身も、武闘大会の個人戦とチーム戦のダブル優勝に、王都付近に出没した地龍の討伐、クーデターの阻止に加え、過去には国王様の命を救い、ゾンビと化した古代龍をほぼ単独で討伐したと言われている。むしろ、貴族になっていないことの方が不思議なくらいだ。正直な話、王家にとっては兄貴よりも重要な人物だろう」

伯爵云々(うんぬん)の話は直接聞いたわけではないが、俺が望めばあの人たちはすぐにでもその準備をするだろう。それくらいの功績は上げたと自分でも理解している。ハナさんは俺が否定をしないのを見て、ブランカの言ったことが本当だと判断したようで少し考え込み……

「なら、婿ではなく嫁に出すのなら問題はないのね？　貴族に近いというのなら、嫁は何人いてもいいわけだし」

などと言い出した。ブランカも、「それならギリギリで大丈夫だとは思うが……」などと言った為、アムールは歓喜し、ロボ子爵は絶望の顔をしていた。

「ならいいわ。アムールに子供を二人以上産んでもらえば、我が家としても問題はないわけだし」

俺を無視して勝手に話が進んでいく中で、ロボ子爵の顔はさらにすごい形相になっていった。さすがに王家と繋(つな)がりがあると言われてすぐに行動に出ないだけの理性は残っているようだが、それも時間の問題だと思われる。

「とにかく、家に戻りましょう……じゃなくて、この先の村に用事があるんだったわ」

「もしかして、ゴブリンのことか？　それなら問題はない。寄ったついでに、俺たちで討伐してきた。一応様子見に何人かは行かせた方がいいだろうが、ゴブリンのボスとその側近は討ち取ったし、逃げたのは全体の一割もいないだろう。たとえ残っていたとしても、村の連中でどうにかできる範囲のはずだ」

「そう、なら隊の半分を向かわせて、事後処理と村の周辺を調べさせましょう。ブランカが言うなら大丈夫だとは思うけど、念を入れるに越したことはないしね。残りはここで引き返すわ」

ハナさんはブランカの話を聞いてすぐに隊を二つに分け、片方を村へと向かわせた。もう片方は、俺たちと一緒に帰るそうだが、その前にキングや上位種の確認をしたいと言われたので、マジックバッグから取り出してハナさんたちの前に出した。

「これだけの数の上位種を相手に完勝しただなんて、本当にすごいわね」

「はんっ！　これくらいなら、俺でも楽勝だろう。別に威張るほどのことでもない」

ハナさんが俺の戦果を褒めているとロボ子爵が張り合ってきたが、ハナさんに睨まれて大人しくなった。

「あなた、本気で言っているの？　確かにあなたなら倒せるでしょうけれども、これだけ綺麗な状態で勝てるの？」

「まあ、無理だろうな。兄貴は俺やアムールと同じで、どちらかというと力任せに戦う方が得意だからな。一対一ならともかく複数を同時に相手にした場合、上位種の素材はボロボロになっているだろうな」

ハナさんとブランカに言われ、ロボ子爵は黙って俺を睨んでいた。何故そこまで睨んでいるのかというと、先ほどからアムールが俺のそばにいるからだ。睨んでいる時は決まってアムールがロボ子爵から視線を外している時で、目が合いそうになるとすぐにそらしている。

「ロボ子爵」

「お、おう。何だ？」

俺に話しかけられるとは思っていなかったのか、ロボ子爵は若干口ごもりながら返事をした。そんなロボ子爵に、俺はマリア様から預かった書簡を取り出して、

「こちらが王家より預かりました書簡になります」

「うむ、ご苦労。すぐに依頼達成を証明する書状を書くゆえ、少し待っておれ」

ロボ子爵はそう言って近くにいた部下に紙とペンを持ってこさせ、その場で何かを書こうとして

いたが……

「お待ちなさい」

ハナさんが横から紙を奪い取り、くしゃくしゃに握り潰した。

「書簡の受け取りはともかく、証明書はここで書くのはおかしいわ。内容の確認もしないといけないし、場合によっては返事を書かなければならないもの。その場合、王都と同じ方向に帰る人に頼んだ方が、色々と都合がいいわ」

その言葉に、俺とロボ子爵の企み(たくら)は頓挫した。ロボ子爵は俺とアムールを引き離し、俺は自由に南部自治区を回るという企みが。まあ、俺の方はそっちの方が楽そうだというだけなので、正直成功しようがしまいがどちらでも良かったのだが、ロボ子爵は俺とは違いかなり本気だったようだ。その為、露骨に落ち込んでいた。

「とにかく、私たちの家まで同行してもらうわよ」

そう言ってハナさんは、何故か俺たちの馬車に乗り込むのだった。ちなみに、ロボ子爵は兵士たちがいるので、ハナさんとは別に馬に乗って移動することになった。

第三幕

「見えた。テンマ、あそこが『ナナオ』」

「南部自治区の中心で、アムールの曽祖父のケイじいさんと、祖父のクロウさんが造った街だ」

アムールの説明に、すかさずブランカが補足を入れた。

ロボ子爵たちと合流してから四日目で、ようやく目的の街に着いたのだ。パッと見では、ナナオは南部自治区の中心という割にはそこまで大きな街には見えないが、それはナナオが丘の上に作られた街だからであり、俺たちのいる位置からだと大きく見えなくても、実際はセイゲンの三分の二ほどの大きさがあるらしい。

ナナオが丘の上に造られた理由の一つが、この街がクラスティン王国軍と戦うことを想定していたからだそうだ。

南部自治区は一〇〇年ほど前に王国から半ば強引に独立する形でできたのが始まりで、南部共和国と名乗っていた時期があるらしい。ただ、元々が王国の領土だった為、何度も王国軍との間で争いが起こり、最終的には自治区という形で王国に降(くだ)ることになったそうだ。

ナナオが造られ始めたのは王国に降る少し前のことで、東に険しい山があり西には魔物が闊歩(かっぽ)する深い森が広がり、北と南にはなだらかで長い坂道が続くこの場所に目をつけたケイじいさんとその息子であるクロウさんが基礎を築いたそうだ。結果的にナナオまで王国軍が来る前に戦いは終わったが、街造りはそのまま続けられて今に至るらしい。なお、南部が自治区として認められた理由に、開戦に至った理由の一つが獣人への差別だったことや、南部とぶつかり、国力が低下することを恐れた当時の王様が決めたなどがあるそうだ。元々平均的に人族より強い獣人族が死に物狂いで戦えば、国力の差から勝つことはできても、被害が甚大なものになることは間違いなかったそうだ。

ゴブリンを討伐に向かった兵士たちが予定より早く戻ってきたのを見て、門番や街の人々は驚いていたが、すぐにロボ子爵が問題は解決したと宣言すると、俺たちは大歓声に包まれた。街の中には日本式とも言えそうな建物が並んでおり、この世界で一般的な洋式の建物はあまりないみたいだ。

歓声に包まれたまま街の中心部へと進むと、前方に二階建ての砦(とりで)のような建物が見えてきた。どうやら、あれがアムールたちの屋敷らしい。

迎えに出てきた兵士にハナさんが何か説明すると、その兵士がライデンの前にやってきて誘導を始めた。その誘導に従ってライデンを進めると、馬小屋のようなスペースが見えてきた。そこに馬車を停めてライデンを回収すると、今度は女中のような女性たちが現れて建物の中へと案内された。

ここは屋敷以外にも敷地の中にいくつかの建物が集まっているそうで、兵士たちの宿舎や使用人たちの宿舎などがあるらしい。

「テンマ、ここで靴を脱ぐ」

女中たちに案内されたのは一番大きな建物の玄関で、そこからはアムールが案内するそうだ。その際、じいちゃんが土足で上がろうとしたので、アムールが説明を始めたのだった。

まず、南部自治区の多くの建物では、中に入る際に靴を脱ぐか室内用の上履きに履き替える必要があるらしい。場所によっては靴を脱いだ後に足を洗う所もあるそうで、これは建物の床を汚さない為の工夫だと教えられた。他にも色々と細かいルールがあったのだが、その多くは日本の一般常識に近いものだった。

「屋敷に入るのに、わざわざ室内用の靴に履き替えるのは面倒じゃな。しかし、テンマはあまり気にしておらぬようじゃな」

「ククリ村でも王都の屋敷でも、自分の部屋では脱ぐか履き替えるかしていたからね。汚れた靴で歩き回ると、掃除が面倒だったし」

「そういえばそうじゃったの」

この世界では珍しい部類のルールになるが、俺としては部屋の中でも外履きの靴を使用するのは抵抗があったので、いつも履き替えていたのだ。さすがに他の人にまで強制はしなかったが、アイナだけは真剣に取り入れるかどうか迷っていたみたいだった。

「上履きは来客用のものが常備されてるから、それを使うといい」

そう言ってアムールが靴箱から出したのは、大きめのスリッパだった。ケイじいさんの正体が俺の想像している人物だったとすると、その時代にスリッパがあったとは思えないが、必要なものは世界や時代が違ったとしても自然と形が似るのかもしれないと思った。

「ふむ、この上履きはなかなか履き心地がいいのう。締めつけがないから楽じゃわい」

じいちゃんはこのスリッパを気に入ったようで、どこで買うことができるのかをブランカに訊いていた。その後、控え室のような部屋で少し待たされて、今度はブランカが俺たちを呼びに来た。

「ここで兄貴と義姉さんが待っているそうだ」

そう言ってブランカが足を止めたのは、屋敷の端の方にある一室だった。転生者が関わっている可能性が高いと考えているせいか、「この街は異世界に存在する日本なんだな」と、目の前にある花の絵が描かれた襖(ふすま)と、縁側から見える日本庭園風の庭を見て感じていた。

「テンマとマーリン様を連れてきた。入っていい?」

「おう」

アムールが外から声をかけて入室の許可を取ると、中にいたロボ子爵が許可を出した。その許可を聞いたアムールは少々乱暴に襖を開き、ずかずかと中に入っていった。そんなアムールに続いて中に進むと、正面の奥にロボ子爵とハナさんが座り、子爵たちに続く道を作るように部下たちが座っていた。まるで時代劇で見るような謁見のシーンそのものだ。

「テンマ、頭は下げなくていい。そのまままっすぐ歩いていって、部屋の中央辺りで座ってくれ。座る時も礼はいらない」

入る時に思わず頭を下げそうになった俺を、ブランカが小声で止めた。ブランカは簡単に説明をした後で、部下たちの後ろを通ってロボ子爵の近くに座った。

俺とじいちゃんはブランカに言われた通りに歩いていくと、部下の何人かが睨んでいたが、どれもその隣の同僚に肘で小突かれていた。そのまま中央辺りまで来たので、普通にあぐらをかいて座ると、じいちゃんも俺の右側に同じように座った。そして、左側には何故かアムールがいる。

「アムール、あなたはこっちよ」

ハナさんに注意されたアムールは、渋々といった感じで立ち上がってハナさんの隣へと移動して座り直した。そんな様子を、ロボ子爵は苦々しい顔で見ていたが、さすがにこの場では何も言わなかった。

「テンマよ。王家の書簡をよく届けてくれた。それで……」

「その前に、眷属(けんぞく)がいるのなら出していいわよ。いつまでもバッグの中にいたのでは、かわいそうだし」

ロボ子爵の言葉を遮って、ハナさんがスラリンたちを出すように言ってきた。ナナオに来るまでに、俺がテイマーだという話はしたが眷属の種類までは伝えていない。万が一の時に切り札になるかもしれないからだ。もっとも、ブランカやアムール、もしくは何らかの情報網で知っているかもしれないけれど。

眷属と聞いて、ロボ子爵は顔色を変えなかったが、部下のうちの半数以上がざわついていた。おそらく、この場でスラリンたちを使って奇襲をかけることが可能だったと気がついたのだろう。俺としては奇襲をかけるつもりは毛頭ない。まあ、逆に襲いかかられた時の戦力としては当てにはしていたが。

「では、お言葉に甘えまして」

俺は自分の後ろに、まずはスラリンを出した。この時、スラリンを見た部下の何人かが、馬鹿にするような目で見ていたが、続いて出てきたシロウマルを見て顔を引きつらせ、さらにソロモンが出てきた時にはひっくり返りそうなほど驚いていた。

「この他にも、馬車を引いていたライデンと蜘蛛(くも)の魔物が二匹いますが、ライデンを出すにはここは狭いですし、蜘蛛の二匹は人見知りするのでご容赦ください」

俺はまだ戦力を保有していると、主にスラリンを見て馬鹿にしたような目をしていた奴らに向けて言葉を発した。ただ、他にも戦力であるゴーレムたちに関しては、この場では伝えない。後でブランカかハナさん経由で知ってもらって、存分に肝を冷やしてもらうつもりだ。

「王都から来た商人が噂していたのは、やっぱりあなただったのね」

ハナさんは噂の主が俺だとアタリをつけていたみたいで大して驚いていなかったが、ロボ子爵の方はかなり驚いていた。もしかしたら、ハナさんは俺の馬車に乗った時に匂いで薄々感づいたのかもしれないが、ロボ子爵は馬車には必要以上に近づかなかったので気がつかなかったのかもしれない。

「ねえ、少し触ってみてもいいかしら?」

ハナさんはシロウマルとソロモンを見て手をわきわきとさせていたので、二匹に訊いてみて大丈夫そうならいいですよと言うと、喜々としてシロウマルたちに近づいてすぐに許可を取っていた。そして……

「この子が一番触り心地がいいわ」

ハナさんはスラリンをいたく気に入っていた。どうやら、スラリンのぷよぷよひんやりとした感触にやられたようだ。この時の、シロウマルとソロモンの悔しがっている感じがとても面白かった。漫画のように吹き出しをつけるとすれば、「「いつもちやほやされるのは自分たちなのに!」」といったところだろうか。

「ふ〜……じゃあ、話の続きをどうぞ」

「お、おう……」

満足顔のハナさんは、いきなりロボ子爵にバトンタッチして、スラリンを抱いたままその場に座り込んだ。話はロボ子爵に任せて、自分はスラリンを思う存分堪能するつもりのようだ。

「ん、んっ……とりあえず、渡された手紙は読ませてもらった。内容については話し合いを続けておる。そのせいで返事を書くにはしばらく時間が必要な為、テンマには依頼達成を王家に伝えて……」

「ほしいから、しばらくはナナオに滞在してね。その間の宿はこちらで手配するし、料金もこちらが持つわ。本当はこの屋敷で寝泊まりしてもらいたいのだけど、ここだと自由に行動しにくいと思うのよね……血の気の多い者揃いだから」

ロボ子爵の言葉を遮って、俺の斜め後ろにいたハナさんが言葉を続けた。その言葉に、「依頼ですか？」と訊くと、ハナさんは頷いていた。

「返事を届けるだけなら、ナナオの冒険者に依頼を出せばいいだろ！」

「あなた、その場合は通常の依頼料に加えて、王都までの行きと帰りの賃金も負担しないといけないのよ。場合によっては、往復時の危険手当も必要です。それを考えたら、行きの料金のみで済むテンマに頼んだ方が安くなるわ。しかも、実力からして確実に、しかも短時間で届けてくれるでしょう」

「しかしその場合でも、テンマには依頼完了の証を持ってきてもらわないといけないのではないか？」

「それは、セイゲンか王都で活動している商隊に預けてもらえばいいことです。彼らに王家あての返事を預けることはできなくても、証を預けて持って帰ることくらいはできます。それに、彼らの元締めは南部自治区名誉子爵のあなたなのですから、問題はありませんせん」

「ぬぅ……」

二人の言い争いは、ハナさんに軍配が上がったようだ。勝者の笑みを浮かべたハナさんは、部下の一人に耳打ちして外へと向かわせた。

「依頼料だけど、基本料が五万Gに危険手当が一万Gの合計六万G。その他にここで滞在する時にかかる宿代と宿で必要な食費はこちら持ちでどうかしら？」

ざっと頭の中で計算してみたが、ライデンがいる俺としてはかなり割のいい仕事と言えると判断し、依頼を受けることにした。念の為じいちゃんにも確認したが、じいちゃんも問題はないようだ。

「もう少ししたら……ちょうど部下が戻ってきたわ。アムール、いつもの宿だから、テンマを案内してちょうだい」

「わかった！」

「なっ！」

「あなた、ブランカ、相談したいことがあるから少し残っていてね」

ハナさんに引き止められた二人（特にロボ子爵）は、嫌そうな顔をしながらもその場に座り直し、それを見た部下たちはこの後の予定を話し合いながら部屋から出ていった。

「それじゃあテンマ。宿に案内する」

「ああ、頼む。スラリン、シロウマル、ソロモン、バッグに戻ってこい」

そう言うと、三匹は順番にバッグの中へと戻っていった。その際、スラリンがハナさんの腕の中からするりと抜け出し、ハナさんが悲しそうな顔をしていた。

アムールはそんなハナさんを無視して、俺の手を引いて部屋の外へと向かっていった。が……

「テンマ……足が痺れた……少し待ってほしいのじゃ……」

じいちゃんは足が痺れたらしく、足をもつれさせて四つん這いになっていた。仕方がないので回復魔法を使おうとじいちゃんに近づくと、何故かバッグからシロウマルとソロモンが飛び出して、じいちゃんの足をつつき始めた。どうやら、旅の途中でじいちゃんの足をついたことの反応が面白かったのを覚えていたのだろう。後に、二匹はじいちゃんからしこたま怒られることになった。

「テンマ、宿に行く前に寄る所がある」

アムールは屋敷を出た後で、そんなことを言って歩き出した。どこに行くのかと思ったら、屋敷から少し歩いた場所にある別の屋敷だった。宿屋の前に寄る所と言ったので宿屋ではないことは確かだが、何の為にここに寄ったのかがわからない。そんなことを考えている間に、アムールは勝手知ったるといった感じで屋敷の門をくぐっていく。そして、

「サナねぇ、来たよ」

アムールは玄関を開けながら、大きな声でサナねぇという人を呼んだ。その声を聞いて現れたのは……

「アムールの……いや、ハナさんのお姉さん？」

アムールとハナさんに似た女性だった。ただ、アムールやハナさんより大人びて見えるので、アムールではなくハナさんの姉だと思ったのだが、実際は違った。

「違う。お母さんの妹で、ブランカの奥さん」

「初めまして、サナです」

子供っぽいところのあるアムールとハナさんに比べ、サナと名乗った女性は綺麗な所作で頭を下げた。それを見て、俺とじいちゃんは急いで自己紹介をした。

「アムール、この人はあなたのいい人？」

「そう！」

「違います」

「あら残念」

　即座に頷いたアムールよりも初対面の俺の言葉を信じたサナさんは、楽しそうに笑いながら屋敷に上がるように言ったが、アムールがただ挨拶に寄っただけで、俺たちを先に宿に案内しないといけないと言うと、残念そうにしていた。だが、ブランカが帰ってきていて、今自分の屋敷（うち）にいると言うと、頬を染めながら嬉しそうな顔をしていた。

「本当にサナさんは、ハナさんの妹なのか？　姉じゃなくて？」

「本当、サナねぇはお母さんの妹……多分」

　落ち着いた様子や雰囲気から、サナさんの方がハナさんより年上に見えるというのはアムールも昔から思っていたことらしく、若干自信がなさそうに答えていた。

　ちなみに三人を比べてみると、あまり差はないがサナさん、ハナさん、アムールの順で背が高い。体型はほぼ同じみたいだ（一部が背の順と同じ並びではある）が、ハナさんとアムールが動きやすそうな服なのに対し、サナさんは着物のような服を着ている。そういったところも、一番年上に見える要因かもしれない。アムールとは母・叔母という間柄だが、何も知らない人が三人一緒のところを見たら、三姉妹と勘違いしてもおかしくはない。

「じゃあ、宿の方に案内する」

「頼む」

「そういえば、サナさんは何か店をやっておるのか？　屋敷の奥の方から、何やらカタカタと音が鳴っておったが」

サナさんの屋敷を出て少し歩いたところで、じいちゃんが俺も気になっていたことを質問した。何か気になっていたのは、屋敷の奥……正確には裏側の方から、小さな音が聞こえていたことだ。何か機織り機の音のようだったので気にはなっていたが、アムールの発言のせいで訊くタイミングを逃してしまったのだ。

「サナねぇは……ナナオの工芸品？　の元締め？　のようなことをしている……正直、あまり興味がないから詳しくは知らない」

近くに住んでいる身内の仕事を知らないのは少し問題があるような気もするが、アムールの場合、装飾品などよりも食べ物か武器の方に興味がありそうだから仕方がないのかもしれない。

「へ～今度、見学できるか頼んでみようかな」

「ブランカに頼んだらいいと思う……着いた。ここが宿屋」

アムールに案内されたのは、宿屋というよりも旅館と言った方がしっくりくるような三階建ての建物だった。場所はサナさん（ブランカ）の屋敷を通り過ぎて少し歩いた所にあり、アムールの屋敷からは一キロメートルあるかないかくらいだ。他の宿屋のことはわからないが子爵名義で用意した宿なのだから、おそらくナナオでもトップクラスの宿だろう。

アムールが受付と話をするとすぐにオーナーらしき人が現れて、俺たちを一階の奥の方にある離れに連れていった。向かっている最中に、案内の人から離れは他の階から覗かれないような造りになっていると聞いた。ついでに、この離れは子爵家専用になっており、他の地からやってきた貴族でも、そう簡単に使用許可が下りないとも……ちなみに、一番最近使われたのは三年ほど前まで遡らなければならないそうで、利用した客はアーネスト様だったとか。

「いい部屋だな」

「この『リュウサイケン』は、ナナオで一番の宿。元はケイじいが始めた……途中で面倒臭くなって、全部部下に任せたって言っていたけど」

リュウサイがどういった漢字を当てるのかはわからないが、ケンの方は『軒』だろう。やはり、この町の造りや建物の造りから、この宿屋の基礎を築いたのはケイじいさんだと思った方がいいかもしれない。一緒にナナオの基礎を築いたという、息子のクロウさんもその可能性がある。

「失礼します。お嬢様、屋敷に戻るようにとお迎えが来ております」

「うむ……だが、断る！」

「断る！　じゃない！」

仲居さん（のような人）が、迎えが来たとアムールに知らせに来たが、アムールは即座に断った。しかし、それを見越していたかのようにブランカが離れに現れて、アムールの首根っこを摑んで持ち上げげた。

「やめて！　離して！　人攫(さら)い！」

「騒がせて申し訳ない。テンマ、マーリン殿、この宿は一応一週間取っているから、その間ゆっくりと過ごしてくれ。あとの説明は頼んだ」

ブランカは騒ぐアムールを完全無視して、仲居さんにあとのことを任せて戻っていった。

「では、ご説明させていただきます」

仲居さんも、アムールなどいなかったかの如く説明を始めた。その説明によると、食事は基本的に朝と晩のみで、昼は早めに宿側に伝えて別料金で作ってもらうか、自分で用意する必要があるらしい。

食事以外では、風呂のことも説明してくれた。風呂はこの離れにも備わっているそうだが、本館にある方が大きいらしい。ただ、本館の方は全ての宿泊客が使用できるので、運が悪いととても騒がしいそうだ。しかも、夜遅くだと風呂は閉まってしまうとのことだった。その点、離れに備わっている風呂の方は本館ほど大きくはないが、ほぼ一日中使い放題なのだそうだ。ちなみに、リュウサイケンの本館に混浴の風呂はない。なので、できるだけ本館の方を利用すれば、アムールの奇襲をかわせるということだ。

他にも細かなことがいくつかあったが、基本的に故意に部屋を汚したり傷つけたりしなければ大丈夫とのことで、ライデン以外なら部屋の中で過ごさせてもいいとのことだった。ライデンが駄目な理由は、大きすぎる上に重すぎるからだった。ただ、離れ専用の庭に出す分には問題ないそうだ。試しに出してみようとすると、狭いので嫌がっていたが……

「じいちゃん、俺はせっかくだから外を回ってくるけど、ついてくる？」

「わしは風呂に入ってみようかのう。今の時間なら、本館の風呂もすいておるそうじゃからの」

ということで、別れて行動することになった。ちなみに、シロウマルとソロモンは俺についてくるそうで、スラリンは久々に外に出てくるゴルとジルの面倒を見る為に残るそうだ。

「それじゃあ行ってくる。一応、宿の人にスラリンたちが残っていることは言っておくけど、勝手に本館の方に行かないようにな」

俺の忠告に、スラリンは触手を伸ばして答えていた。

「お土産をよろしくの～」

じいちゃんはさっそく風呂に行くようで、備え付けの着替えと手拭いを持っていた。

「ちなみにテンマ。この服はどうやって着るのか、知っておるかのう？」

じいちゃんは浴衣のような服を広げ、首をかしげていた。一応浴衣の着方は知っているが、この世界での正しい着方とは限らないし、俺が知っているのもおかしいと思うので、仲居さん（呼び方は合っていた）を呼んで一緒に教えてもらうことになった。結論として、着方は同じだった。

じいちゃんと別れた後、俺はナナオのギルドへと来ていた。目的は周囲の魔物の情報と危険度を調べることと、シロウマルたちを連れて歩く為に、事前に話を通しておこうと思ったからで、依頼を受ける為ではない。

ギルドの職員に目的を告げると、シロウマルたちのことはハナさん経由ですでに話が来ていたそうで、眷属ということがわかるようにすることと、眷属の責任は主（あるじ）の責任といった普通の忠告を受けるだけで済んだ。周囲の魔物に関しては、森のクマ型の魔物と草原の狼（おおかみ）型、そして山で時々見かけるワイバーンの危険度が高いそうで、その他はそこまでランクの高い魔物は現れないそうだ。ただ、数年から十数年に一度の割合で地龍や走龍（そうりゅう）（地龍より防御力と攻撃力は劣るが、速度と持久力で勝る下級龍のこと）の目撃例があるので、完全に油断することはできないそうだ。

それと、ギルドの受付嬢から気になる話も聞かされた。どうやら他の冒険者ギルドに、俺の偽者が現れたそうだ。偽者はどれも俺の名前を騙（かた）っただけの、似ても似つかない者たちばかりだったそうだが、詐欺の被害に遭った人も出ているらしい。もっとも詐欺に遭ったと言っても、ツケで食事してそのまま逃げたとか、女性を口説いたとかいう程度のものが大半らしく、ギルドも被害者もすぐにそれが偽者とわかったそうなので、ほとんどが笑い話で済んでいるらしい。ただ、中には大金を騙し取られた者もいるそうで、各地の街やギルドに指名手配書や注意書が回り始めたそうだ。

そして帰り際に、受付嬢数人から握手を求められた。どうやら、王都の大会優勝と今回の偽者騒ぎで、俺の名前が広がりつつあるそうだ。握手をした時に俺のことを偽者と思わなかったのかと訊いたところ、今回はロボ子爵（正確にはサナさん）経由で俺の情報が来ていたそうで、本物だとわかっていたのだそうだ。しかも、わざわざロボ子爵の配下が俺の似顔絵と、背格好や特徴を事細かに教えに来てくれたそうで、ギルドに入った瞬間に俺だとわかったのだとか。

少し照れくさいが、ソロモンを眷属にした上に大会でW優勝した時からこうなることは予想していたので、そこまで驚くことはなかった。

ギルドから出て、ナナオの街を本格的にぶらつくことにしたのだが、街中ではソロモンにバッグの中で待機しているように頼んだ。ソロモンは不服そうだったが、ナナオの街のどこに何があるかわからない状態で、ソロモン目当ての人たちに囲まれるのは勘弁してほしかったので、街の外に出た時に思いっきり飛ばせてやるのと、街で見かけたおいしそうなものを買ってやるということで納得させた。

ナナオの街の賑わいは、これまでの街とは少し違っていた。これまでの街は屋台といえば食べ物しかなかったのだが、ナナオでは縁日のような遊びを売りにした屋台が多く出ていた。多くは子供向けのものばかりで、内容も『的当て』『輪投げ』『くじ引き』『魚すくい』『カラーひよこ』など、

前世でも見たことのあるようなものが多かったが、後半二つに関しては、ペット感覚というわけではないようだった。何せ、

「お母さん、この魚が大きくなったら、おいしく焼いてね」

「母ちゃん。こいつ絶対に俺が大きくするから、おいしく料理してくれよ！」

といった言葉が多く聞こえたからだ。ちなみに、魚すくいはうちわほどの大きさになるフナに似た魚の子で、ひよこは鶏を少し大きくしたような鳥の雛(ひな)だった。どちらも見本なのか、大きく育ったのを展示していた。なお、カラーひよこは白っぽい羽毛に、赤・青・黄・黒・ピンクのどれかの色を使って、色々な模様を描いていた。どの色も天然素材から抽出したそうで、ひよこにも人体にも無害だそうだ。

それらの屋台には子供連れを中心に人だかりができており、シロウマルを出して歩くのは憚(はばか)られたので、ソロモンと一緒にバッグで待機させることにした。

屋台を冷やかしながらブラブラと歩いていると、懐かしく感じる匂いが鼻をくすぐり、腹が鳴った。

「こっちからか」

俺の足は自然と匂いの元へと向かい、徐々に速度を上げていった。

「へい、らっしゃい！」

たどり着いたのは、焼きおにぎりを売っている屋台だった。しかも、ただの焼きおにぎりではなく、ちゃんとした醤油(しょうゆ)を使った焼きおにぎりだった。その他にも、味噌(みそ)を塗って焼いたおにぎりもある。

「これとこれと、あとこれを七個ずつください」

買ったのは普通の醤油味と、味噌を塗ったものと刻みネギを混ぜたねぎ味噌の焼きおにぎりだ。買った焼きおにぎりを、シロウマルとソロモンに一種類ずつあげてから、俺は焼きおにぎりを頬張った。かなりおいしく、俺たちはあっという間に三個のおにぎりを食べてしまった。残りの焼きおにぎりをシロウマルとソロモンは狙っているみたいだったが、これは宿に残ったじいちゃんたちへのお土産なので諦めさせた。

「醤油と味噌は、絶対に買っておかないといけないな」

絶対に醤油と味噌を購入することを今日一番の目的に決めて、さっそく探してみることにした。道行く人におすすめの店を訊いてみたところ、教えてもらったのが、

「ジェイ商会か……」

セイゲンでお馴染みの商会だった。ここで取り扱っているなら、セイゲンにいる時に相談すればよかったのか……

まあ、それでも本場で買った方が安いだろうと、無理やり利点を探し出して自分を納得させた。なお、店長は豚耳の獣人で、ジェイマンの親族ではないそうだ。

ジェイ商会で個人に販売できるギリギリの量まで買い取ったところ、大体醤油が二〇〇リットルで、味噌が一〇〇キログラムだった。これ以上だと、他の客に販売できなくなるらしい。仕方がないので他の店も見て回り、最終的には醤油と味噌共に、五〇〇キログラム以上買い集めることができた。その他にも清酒やみりん、穀物酢なども見つけたので、それらも買い集めた。これで料理の『さしすせそ』が揃ったので、より日本食に近いものが自作できるようになるだろう。また、これ

まであまり見かけたことのない香辛料や薬草も販売されていたので、効果や使い方を訊きながら購入した。

買い物の後はまた街中をブラブラと歩き回り、屋台の食べ物を買ってからナナオの外へと向かった。

草原を歩き、ナナオから少し離れた所まで移動してからシロウマルとソロモンを外へと出すと、二匹は思いっきり体を伸ばしながら、周囲を走り（飛び）回った。時折、二匹は角ウサギなどを捕まえてくるので、血抜きなどをして時間を潰すことにした。

日が傾き始めた頃、空が暗くなる前に俺たちは宿へと戻ったのだが、風呂に入る間もなくロボ子爵の屋敷へと向かうことになった。迎えに来たブランカが言うには、ロボ子爵が俺たちの歓迎の宴を開いてくれるのだそうだ。

屋敷に到着すると、食事が用意された部屋へと案内されて、ロボ子爵の隣の席に座らされた。部屋の上座に当たる所に四つの席が設けられており、左からじいちゃん、俺、子爵、ハナさんの順になっていた。他は俺たちの近くの席にアムールとブランカ、サナさんが座り、他の部下がその後ろに並んで座っていた。

「王家からの使者を歓迎する宴を始める。皆の者、よく飲んで食って騒げ！」

「「「「おお～～～～！！！」」」」

そんな口上と共に、歓迎の宴は始まった。出された食事は……

「納豆にわさび漬けに生魚、そして虫の佃煮……テンマ、食べられる？」

かなり癖のあるものばかりだった。さすがのアムールも心配そうな顔をしている。ハナさんやブランカ、サナさんも心配そうな顔をしている中で、子爵だけがニヤついた顔をしている。

「いや何、テンマにはナナオらしいものを食べてもらおうと思ってな」

その言葉を聞いて、この宴は俺に恥をかかせる為に企画したというのがわかった。そして、そんな子爵を非難するような目で見ている四人が無関係だったということも。

「あなた、少しお話をしましょうか？」

「兄貴……情けないぞ」

「クソ親父……」

ハナさんたちがロボ子爵と一触即発になりかけているのを尻目に、俺とじいちゃんはというと……

「「ご飯おかわり」」

食事を楽しんでいた。俺とじいちゃんのお茶碗を受け取ったのはサナさんだ。

「おいしいですか？」

「ええ、とても」

「少し癖はあるが、あまり気にはならんのう」

俺たちは冒険者なので、これよりも癖の強い食べ物も経験しているし、そもそもこの食事は俺が切望していたものとほぼ同じ食べ物なので、むしろありがたかった。

睨み合っていた四人は呆気(あっけ)に取られた顔をしていたが、突然子爵を除く三人が笑い出した。部下たちは四人の行動を気にすることなく騒いでいたのだが、三人の笑い声に釣られて、より一層騒ぎ出した。

そんな状態が面白くない子爵は、つまらなさそうな顔をしていたが、ハナさんはホッとしたような顔をしていた。そして、

「さあ、テンマがおいしいと言って食べてくれているのだから、あなたも残さずに食べないとね……あら？　そういえば、あなたの所に納豆と佃煮が置かれていないわね……サナ、悪いけど、この人用に納豆と佃煮を大盛りで持ってきてちょうだい」

「わかったわ、姉さん」

「ちょっ、待てっ！　くそっ、離せブランカ！」

「兄貴、好き嫌いは良くないぞ」

ハナさんの言葉にサナさんが席を立ち、危険を感じて逃げ出そうとした子爵を、ブランカが素早く羽交い締めにして押さえ込んだ。

「お義兄さん、お待ちどう様。姉さん、頼むわね」

「ありがとう、サナ。さあ、あなたの好物が届きましたよ」

「ぐっ！」

「観念する」

「だ、誰か！　助け……ぐぼっ！」

ハナさんは動けない子爵の口元に、大量の納豆と佃煮を混ぜたものを入れた器を近づけたが、ロボ子爵は顎に力を入れて、口を真一文字に閉じていた。だが、その横からアムールが現れて子爵の鼻をつまみ、わずかに口が開いた瞬間に、口の中に鉄の棒を差し込んで閉じられないようにした。

子爵は部下に向かって助けを求めたが、部下たちは見て見ぬふりをして騒ぎ続けていた。どうも、

ハナさんを敵に回したくはないようだ。

ハナさんは、子爵が助けを求めて口を大きく開いた瞬間を狙って、器の中身を口の中に流し込んだ。しかも、口いっぱいに流し込んだ後で、ハナさん、アムール、ブランカの三人で子爵の口や顎などを押さえつけて、無理やり飲み込ませた。まるで、フォアグラの為に餌を流し込まれるガチョウのようだった。

「テンマさん、マーリン様、こちらもお試しください。それと、マーリン様には清酒の熱燗もご用意しました」

サナさんだけは騒ぎに加わらず、俺たちの相手をしてくれていた。今勧めてくれたのは、川魚で作った塩辛だそうだ。

「あっ、うまい」

「この酒もいいのう」

俺とじいちゃんが塩辛を食べている間に、子爵は二度目の強制餌遣りタイムへ突入していた。そんな子爵が見えていないかのように騒ぐ子爵の部下たち。子爵があんな目に遭うのはいつものことなのかもしれない。

その後、遅くまで宴は続き、日が変わる頃になってようやく解散となった。宴の行われた部屋では、何人もの人間が折り重なるようにして眠っている。そのほとんどは酒の飲みすぎで酔い潰れているだけだが、中には食いすぎで倒れている者もいるようだ……まあ、その筆頭が、腹を大きく膨らませた子爵とその令嬢なのだが……

ちなみに、ブランカは一足先にサナさんと帰っており、ここにはいない。ブランカがいなくなった後で、アムールがこっそりと教えてくれたことなのだが、サナさんがブランカより強いと言っていたのは腕力的なことではなく、ただ単に夫婦の力関係においてサナさんの方が上だということらしい。ブランカはサナさんにベタ惚れであり、全くと言っていいほど頭が上がらないのだとか。

子爵の屋敷からの帰り、珍しく酔い潰れたじいちゃんを背負い、無事な部下に先導されて宿へと戻った。本来リュウサイケンは、夜中は全ての扉を締め切っているそうなのだが、事前にハナさんが連絡しておいてくれたおかげで、深夜なのに玄関を開けてくれていた。

アムールは俺に屋敷に泊まっていくように勧めていたが、アムールが酔った勢いで(または振りをして)寝込みを襲う可能性があったので、丁重にお断りした。

部屋に戻った俺は、着替えることなく敷かれていた布団に潜り、そのまま眠りについた。じいちゃんも隣の布団でいびきをかいて寝ているが、間にシロウマルを寝かせ、尻尾をじいちゃんの顔に置かせたので、あまりいびきは気にならなかった。

「はぁ〜〜いい湯だ」

翌朝、俺は朝風呂に入って一日をスタートさせていた。じいちゃんも同じように朝風呂に来ている。昨日酔い潰れるほどに飲んでいたじいちゃんだったが酒は綺麗に抜けているみたいで、何事もなかったかのように起きて、そのまま俺についてきたのだ。

風呂では他にも数人の客が朝風呂を楽しんでいたが、俺たち二人が加わっても広さには余裕があった。

のぼせない程度に風呂を楽しんだ後で部屋に戻ると、ちょうど朝食の時間帯だったようで、仲居さんに頼んで食事を運んできてもらった。しかし、のんびりと朝食を食べている最中に、ブランカとアムールが少し慌てた様子でやってきたのだった。

「すまん、テンマ。少し厄介なことになりそうだ」

「どうした？」

「バカ親父がやらかした！」

アムールによると、俺がナナオに来ているというのを、昨日たまたま用事で来ていた近くの村の代表たちに話したのだそうだ。するとその村の代表たちが、「そんなに強い奴が来ているのなら、うちの村の奴らと戦わせたい」とか言い出したらしい。

ハナさんは、最初は社交辞令だと思っていたそうだが、少し席を外した後で具体的な話が出ていたそうで、今朝になっていつ戦わせるのかという書状が何通も届けられたそうだ。

書状が朝早くに届けられたせいで、ハナさんは「周辺の村に、何か異変が起こったの？」と飛び起きたところ、手紙を読んだ子爵の口から今回の件が発覚し、ものすごく機嫌が悪くなっているのだそうだ。ちなみにロボ子爵はハナさんに、折檻（せっかん）という名のリンチを受けた上、簀巻（すま）きにされて地下牢（ろう）に叩き込まれているらしい。アムールはそんなハナさんに怯え、ブランカと一緒に俺の所に避難してきたとのことだった。

「そういったわけで、至急屋敷の方に来てほしい。ここまで来ると断れそうになくてな、その打ち合わせと謝罪がしたいそうだ。本来なら兄貴と義姉さんが来るべきなんだが、兄貴は使える状態じゃあないし、義姉さんの方も色々な対応に追われていて、屋敷を離れることが難しい状態なんだ」

「なら仕方がない……のか?」

「テンマ、これはバカ親父に貸し一つということで。あんな馬鹿でも、ここら辺では……多分、そこそこ役に立つ……はず?」

「義姉さんも、『あの馬鹿をどう使ってもいいから、協力してほしい』とのことだ。きちんと依頼料は払うし、内容によっては依頼料の追加もするそうだから、ここは一つ頼む」

二人は揃って頭を下げた。じいちゃんとも話をした結果、今回のことは子爵家からの依頼として、正式にギルドを通した上で受けるということに決めた。直接子爵家から依頼を受けるよりも、ギルドを通した方が公式な書類が残るということなので、何かあった場合にはギルドを味方につけることができるのだそうだ。

俺とじいちゃんの返事を聞いたブランカは、事前にそうなると予想していたようで、そのままギルドへと向かい、契約してから屋敷へと向かうことになった。

ギルドにも事前に話が通してあったそうで、すんなりと契約が済まされた。まあ、契約といっても簡単なことしか書かれていないので、ロボ子爵のサイン(ハナさん代筆)がされた契約書に俺の名前を書いただけで終わった。ただ、契約内容の最後の一文に、『話し合いの後折り合いがつかない場合は、テンマは契約を一方的に破棄することも可能であり、その場合のペナルティは問わないものとし、さらに慰謝料として依頼料をそのまま渡す』と書かれていた。破格すぎる条件だ。早い話、今回の件において、全ての主導権を俺に渡し、断っても依頼料がもらえ、受けると依頼料+追加料金がもらえるということだった。

契約後、子爵の屋敷に到着すると玄関の外まで聞こえるくらいバタバタと音が聞こえており、聞いた話以上に慌ただしくなっていると感じた。

走り回る部下の人たちを横目に、昨日宴会で使った部屋へと案内されると、上座の席でハナさんが文官と思われる部下たちに指示を出しているところだった。

「義姉さん、テンマを連れてきたぞ。それと、ギルドで契約も済ませてきた」

「ありがとうブランカ。皆、少し席を外してちょうだい」

「「「「はっ！」」」」

部下たちは必要な書類だけを持ち、部屋から出ていった。部下たちとすれ違う時に、皆申し訳なさそうな顔をしているのがとても印象的だった。

「とりあえず、そこに座って……改めまして、本っ当にうちの馬鹿が勝手なことをしてしまい、申し訳ありませんでした」

「申し訳ありませんでした」

「申し訳ない」

ハナさんの正面に座ると同時に、ハナさんとブランカとアムールは、揃って土下座で謝罪の言葉を口にした。

「今回の件は完全に我が家の落ち度であり、全ての責は名誉子爵家の主であるロボとこの私にあります。その上で、今回の依頼を受けてほしいと私たちは思っております」

と、ハナさんは頭を畳に付けたままの状態で話していた。とりあえずハナさんたちには元の姿勢に戻ってもらい、詳しい話を聞いてみることにした。その話によると、南部自治区は決して一枚岩ではなく、隙あらばロボ子爵を失脚させて、自分がその地位に就こうと考える者も多いのだそうだ。

ただ、ロボ子爵……というよりも、ケイじいさんから続くナナオの戦力は、南部自治区ではずば抜けて高いらしく、たとえ反勢力に結託されたとしても勝つ自信はあるそうで、万が一苦戦したとしても友好関係にある村や街が加勢に来るまでの間、戦い抜くことは十分に可能なのだそうだ。

しかし、今回のようにロボ子爵から持っていった（ように誘導された）話を一方的に反故にした場合、友好関係にある街の信頼を失いかねない。そういったつまらないことで争いになるくらいなら、俺に土下座して頼むくらい恥でも何でもないのだそうだ。

「そんな事情なら、力比べに参加するくらい構いません。それで、力比べをするとして、どういった形式でする予定なのですか？」

俺が了承したことで、ハナさんとブランカはホッとした顔になった。アムールは何故か嬉しそうだ。

「今のところ予定しているのは、テンマと戦いたい者だけを集めた大会を開いて、その優勝者とテンマが戦ってもらうって感じなのだけど……」

「それだったら、王都の武闘大会と同じようにフリー参加にして、集団戦の予選を勝ち抜いた者だけで、決勝をトーナメント方式で戦いましょう」

「いや、さすがにテンマを予選から戦わせるわけにはいかないわ。まずあり得ないけど、テンマが予選で負けた場合、乱戦だったから負けたという言い訳をするつもりだとか、気に入らない村の選手をひとまとめにして負かし、決勝に進めなくさせる気だ、とか言い出すのが出てくると思うから……そうねぇ……テンマには決勝トーナメントからのシードにして、予選は皆の目の前でくじ引きを使ってグループを決める方法にでもしましょう」

大会に何人集まるかは今の時点ではわからないが、参加人数が決まってから決勝トーナメントに進める人数を決めることになった。

「さっそく、書状を出してきた村にそのことを知らせましょう。それと同時に各村や街で、参加者を集めるように通達を出すわ。どうせやるなら、盛大な大会にしましょう……何の言い訳もできないようにね」

ハナさんはそう言って、静かに笑い出した。そのあまりの不気味さに、俺をはじめとするハナさん以外の同席者は、ある種の恐怖を感じていた。特にアムールの怯えようはひどく、即座に俺の後ろに隠れていた。

「そうなるとナナオの代表者だけど……ブランカ、アムール、頼むわよ」

ナナオの代表者は、この二人だけにするそうだ。理由として、この二人なら名誉子爵家の代表として相応しいし、他の者を出すよりも高い確率で予選を突破できるとのことだ。数少ない心配は、二人が同じ組にならないかということと、アムールより強い南部の強者が二人の組に集まらないかということだが、確率的には低いだろうとのことだった。他にも、予選でナナオの選手が、他の村や街の選手に負けるという記録を残さない為でもあるらしい。

「なら、わしも参加するかのう」

「申し訳ありませんが、今回はマーリン様の参加はご遠慮ください」

「ほぇ？」

即座にハナさんに参加を断られたじいちゃんは、何故？　という顔をしていたが、

「マーリン様まで参加するとなると、参加者が激減してしまう可能性がありますし、ブランカやア

ムールと予選でかち合った場合、確実に二人が負けてしまうことになるでしょう。こちらの都合で申し訳ありませんが、どうかお願いします」

「むぅ……今回は子爵家からの依頼でもあるし、仕方がないのう……」

依頼なのだからと、自分に言い聞かせて納得させたじいちゃんだったが、明らかに不満げな様子だ。

「よいよい、今回の主役はテンマじゃからな。わしは裏方に徹することにしよう」

「本当に申し訳ありません」

再び土下座するハナさんだった。それを見たじいちゃんは、気持ちを入れ替えて話を進めた。

「とりあえず、今決めたことを主軸にして、大会のルールを決めていくことにするわ。開催まで一か月もかからないと思うけど、それまでテンマとマーリン様はリュウサイケンの宿に泊まれるように手配しておくわね。それと、テンマとブランカとアムールは、大会に向けて万全を期するように気をつけてちょうだい」

「わかりました」

「おうっ！」

「わかった」

「では、解散！」

ハナさんの解散宣言と共に、部屋の外に出ていた文官の人たちが一斉に戻ってきた。今から各所に送る書状を作成するのだそうだ。

「でも、本来はロボ子爵が率先してすることじゃないのか？」

「あの馬鹿がやったら、できることもできなくなる。テンマ、人には分相応の役割がある。あれにできるのは、子爵というお飾りだけ。ナナオはお母さんがいれば大丈夫！」

「否定できないな……兄貴は戦や祭り事では力を発揮するが、内政や外政になると、足を引っ張ることが多いからな……何故かナナオの住人には慕われているけどな」

ロボ子爵は無能ではないが、政治で役に立つというほどでもないようだ。ただ、何故かカリスマ性は持ち合わせているという、扱いに困る人物でもあるそうだが……

「さて、と……大会の詳細が決まるまで、どうするかなぁ……」

日取りが決まらない以上、できることは限られており、それも武器や防具の確認や体の調子を整えるくらいしか思いつかないのだが、それだけをして過ごすのも何か違う気がする。

「なら、ギルドに行ってみてはどうじゃ？　どんな依頼があるのか覗くだけでも、暇潰しにはなるじゃろう」

「それもそうだね。何か、面白そうな依頼があるかもしれないし」

じいちゃんの助言に従って、俺はスラリンたちを伴ってギルドへ向かうことにした。ちなみに、ギルドに同行するのは、スラリンたち眷属のみだ（といっても、ゴルとジルはいつものようにバッグに引きこもっているが）。じいちゃんは今日も風呂を堪能する予定みたいで、着替えなどを準備していたし、アムールとブランカは、それぞれ大会の準備をするそうだ。それと、あの二人と俺が大会前に頻繁に会っているところを見られると、大会の公平性を疑われる可能性があるということで、用事がない限りは子爵邸を訪ねることを控えるようにハナさんからも頼まれている。

「で、とりあえず来てみたのはいいけれど……人が多いな」

ギルドは前に来た時よりも倍近くまで冒険者が増えており、かなり混雑していた。聞こえてくる話から推測するに、どうやら大会の噂を聞きつけた気の早い者たちが、ナナオに集まってきているみたいだった。噂を聞きつけたにしても早すぎるので、ハナさんの言っていた名誉子爵家を蹴落としたい者が、わざと確定ではない大会の話を流したのかもしれない。

ギルドにいる冒険者は、南部自治区で活動していると思われる獣人が多くを占めていたが、中には人族やエルフと思われる者もいて、そのうちの何人かは俺のことを知っているようだった。

時折指差されていたが話しかけてくる者はいなかったので、依頼書が貼られている掲示板へと足を進めた。掲示板の前には人だかりができていたが、主に高ランクの依頼が貼られている所に集まっていたので、Cランクの依頼の前は思ったより少なかった。

それでもあまりゆっくりと見られる状況ではなかったので、適当に目についた依頼書を剝ぎ取って、カウンターへと向かった。ちなみに、受けることになった依頼は、鹿の魔物の調査と間引きを行ってほしいというものだった。

鹿の魔物は数が多い上に食欲が旺盛らしく、放っておくと街の近くに作った畑までやってきて、作物を食い荒らしてしまうらしい。強さ自体はDランクの冒険者でも倒せるくらいらしいが、逃げ足が速い上に森の中で捜索するのが厄介だということで、一つ上のCランクの依頼なのだそうだ。

依頼を受けた俺は、さっそく森へと向かったのだが、森に到着すると意外なことが起こった。それは……

「ゴルとジルがあんなにはしゃぐとは、思ってもみなかった」

これまでバッグに引きこもっていたゴルとジルが、大はしゃぎで遊び出したのだ。

二匹は森に着くなりバッグから飛び出して、木に登ったり、隣の木へ飛び移ったり、枝を走り回ったりして、なかなか戻ってこなかったのだった。幸い、俺から離れすぎない位置で遊ぶくらいの理性は残っていたみたいだが、それでもロックバードにゴルが攫われそうになった時は肝が冷えた。

すぐに魔法で撃ち落としたので何事もなかったが、それでもゴルとジルは遊び続けていた。時々森などで遊ばせないと、ストレスがたまってしまうのかもしれない。二匹は一時間ほど遊び回ってから、ようやく俺の所へと帰ってきたが、すぐにバッグの中に引きこもっていた。やはり二匹は、基本的に引きこもり体質なのだろう。

二匹が戻ってきてから、改めて鹿の捜索を始めたのだが、なかなか見つけることができなかった。何度か『探索』で鹿を探してみたが、見つかるのは魔物ではない普通の鹿ばかりだった。まあ、鹿も害獣に指定されているそうなので肉の確保を兼ねて間引きをしたが、魔物を相手にするつもりで来ていたので物足りなさはあった。

何度目かの『探索』を使いながら移動していた時のこと、

「ん？」

「グルゥ……」

不意に何かの気配に気づき、足を止めた。それと同時に、シロウマルが低い唸り声を出して臨戦態勢に入った。

じっと茂みを睨みつけていると、俺とシロウマルに気づかれて観念したのか、デカイ鹿が姿を現した。

「あいつが今回の標的か……それにしてもデカイ。とてもじゃないけど、Dランクでも倒せるような魔物じゃないぞ」

独り言を言いながらも俺は鹿から目をそらさずに、いつでも魔法を放つことができるように態勢を整えていた。鹿はライデンより少し小さいくらいの大きさで、頭にはデカくて立派な角が生えていた。見た感じはヘラジカのようだが、大きな角の先端が鋭く尖り、体の模様が周囲に同化するように微妙に変化していることから、間違いなく魔物のようだ。

「『隠蔽』のスキルを持っているみたいだな。そのせいで、さっきから『探索』に引っかからなかったのか。シロウマル、あいつの後ろに回り込め。周囲に他の個体がいるかもしれないから気をつけろよ。スラリンはシロウマルのフォローを頼む。ソロモンは空中から他に隠れている奴がいないか探ってくれ……行くぞ！」

「ガウ」

「キュイ」

指示を出した後で、それぞれ行動に移った。鹿は俺たちから逃げようとしたがその巨体のせいで反転に時間がかかり、シロウマルに回り込まれていた。

それで覚悟を決めたのか、鹿は身を低くしてシロウマルに角を向けた。俺の存在を忘れてしまったのか、それともシロウマルの方が危険だと思ったのかはわからないが、隙だらけで背中を向けているので、遠慮なく背後から襲わせてもらうことにした。

「ほいっと、隙あり」

「ボォ……」

身を低くして角をシロウマルの方へと向けていたせいで首が無防備になっていたので、背後からハルバードで一刀両断に斬り落とした。鹿はシロウマルに威嚇しようとしていたみたいだったが、鳴き終わる前に命を失うことになった。

「ガウ……ガルゥ?」

「キュイッ、キュイッ!」

「ガァアアア!」

出番のなかったシロウマルは残念そうにしていたが、すぐにソロモンが何かを知らせるように声を上げているのに気づき、すさまじい勢いでソロモンが示した場所へと突進していった。

「やっぱり他に仲間がいたか……スラリン、回収に行くぞ」

目の前に転がる鹿の魔物を回収し、スラリンと一緒にシロウマルを追いかけていった。するとしばらく走った所に、シロウマルが仕留めたと思われる鹿の死体が転がっていた。それを回収して顔を上げると、数メートル先にさらに鹿の死体が転がっているのが見え、そのまた数メートル先に鹿の死体が……といった具合に、鹿の死体が点々と転がっている。結局、回収した鹿の魔物は、俺が倒したのと合わせて六頭だった。シロウマルは最後の一頭の所でお座りして待っており、とても満足そうな顔をしていた。

「よくやった、シロウマル」

「ワウ」

「鹿はこれで全部か?」

俺が指示を出す前に勝手に行動して鹿を討伐したシロウマルだが、あの状況だとすぐに追いかけないと逃げられていた可能性が高いので、今回はシロウマルの好判断だろう。ひとしきり褒めた後で、他に鹿がいなかったか訊いてみたが、シロウマルは鳴き声とボディーランゲージで、「いなかった」、もしくは「見つけられなかった」、といった感じの報告をしていた。

いくら『隠蔽』のスキルを持っていたとしても、匂いまで消す効果はないので、シロウマルの鼻を誤魔化すことはできないはずだ。なので、シロウマルの報告を信じ、ナナオに戻ることにした。

念の為、シロウマルにはそこらの木にマーキングさせて、この辺りに強力な魔物が住んでいると思わせることにした。これで少しの間、鹿などの害獣やシロウマルより弱い魔物は寄りつかなくなるだろう。

ナナオまでの帰り道、何か隠れていないか念入りに周囲を探ったが、見つかるのは普通の鹿ばかりで、シロウマルが少し威嚇しただけで、脱兎(だっと)の如く逃げていたので狩りはしなかった。

「すみません。この依頼に関しての報告があるのですが」

「お疲れ様です。何かありましたか？」

ギルドに入ってすぐに受付へと向かい、依頼書を取り出して報告を始めた。幸い、依頼を受ける時に担当した受付嬢が空いており、向こうも俺のことを覚えていたらしく、俺の様子からすぐに何か問題があったことを察してくれた。

「依頼書には、『Dランクでも対処可能な魔物だが、森の中での捜索なのでCランクとなっている』といった旨の説明が書かれていますし、実際にそういった説明を受けましたが、森にいた鹿の魔物で今回の依頼に該当すると思われる魔物は、Dランクでは対処が難しいと思われました」

とりあえず証拠として討伐してきた魔物を見せたいのでどこか魔物を出せるような場所がないか訊いたところ、ギルドの裏手に解体所があるとのことなので、ギルドの幹部も呼んで確かめてもらうことにした。

少し待たされてから解体所に行くと、俺たちより先に細めの虎の獣人の男性が解体所にいて、副ギルド長だと紹介された。その他にも数人の職員もおり、何が出てくるのか興味深そうにしていた。

副ギルド長立会いの下、先ほど討伐したばかりの鹿の魔物を全部出すと、副ギルド長をはじめとした職員たちは、「うっ！」といった感じの声を出して驚いていた。

何せこの鹿の魔物は、『スピアーエルク』というBランクの魔物だからだ。常識的に考えて、Dランクの冒険者に対処できるような魔物ではない。しかも群れで行動していたことから、複数のAランク冒険者かBランク以上のパーティーに出されるような難易度の依頼だと思う。

「申し訳ありません！　完全にこちらの落ち度です！」

副ギルド長は依頼書の内容と目の前のスピアーエルクを見て、即座に頭を下げた。しかも、お詫びとして無料でスピアーエルクと鹿の解体をギルドが行ってくれるそうだ。さらには、ギルドに売るスピアーエルクの素材を通常の二割増しで買い取ってくれるらしい。

いきなりの低姿勢と好条件に驚いた俺は、「何か企んでいるのか？」と思ったが、そんな俺の顔色を読んだ副ギルド長は、

「実は私、ハナ様の指名でここのギルドに勤めていまして……」

この副ギルド長、ハナさんの遠い親戚筋らしく、昔からハナさんに頭が上がらない（というか、手下のような扱いをされている）らしい。よほどハナさんが怖いのか、俺がその条件でいいと言う

と、副ギルド長は安堵の表情を浮かべていた……が、

「ふ〜ん」

　突然聞こえてきた声に反応して、石像のように固まってしまった。

「こういったことを未然に防ぐ為に、あなたを副ギルド長に推薦したのに、ミスしただけじゃなく、もみ消そうとするのね？」

「いえ、あの、もみ消そうとはこれっぽっちも……というか、何でここに！」

　副ギルド長の質問に対し、ハナさんはニッコリと笑って、

「冒険者ギルドのような組織に、私たち側の人間を一人(あなた)しか送らないなんてことあると思う？」

とのことだった。誰かはわからないが、このギルドにはハナさんの送り込んだスパイのような者がいるということなのだろう。そして、そのスパイによって、今回の件がハナさんへと伝わったのだろう。

「とりあえず、あなたとは一度話し合わないとね。今回はこの依頼を受けたのがテンマだったから事なきを得たけど……普通のCランク冒険者が受けていたとしたら、死人が出ていてもおかしくはなかったわね。ああ、この話(おしおき)はギルド長に許可を取っているから、何の心配もしなくていいわよ。さあ、行きましょうか？」

「いやだぁぁぁ――――！」

　副ギルド長は、悲鳴を上げながらハナさんに引っ張られて解体所から連れ出されていった。

「テンマ様、よろしければ今からでも解体を行えますが、時間は大丈夫でしょうか？　それと、売却部位などの希望はありますでしょうか？」

「時間は大丈夫です。売却部位は……スピアーエルクはあまりおいしくないとのことなので、魔核と三頭分の毛皮以外は売却します。それと、ついでに鹿の解体もお願いします」

解体所に残っていた他の職員は、副ギルド長が連れ去られたというのに少しも動揺することなく、淡々と仕事をこなし始めた。さすがに解体のプロたちが集まっているだけあって、巨体のスピアーエルクは瞬く間に解体されていった。巨体を持つスピアーエルクですらそうなのだから、普通サイズの鹿に至っては、一〇分もしないうちに部位ごとに分けられて机の上に置かれていた。

結局、数人の職員の手により、六頭のスピアーエルクは一時間ちょっとで解体が終わり、一〇頭いた鹿は三〇分もかからずにバラされた。

「こちらが買取金額になります。それと明日にでも、テンマ様にBランクの昇格試験を受けていただくことも可能ですが、どういたしますか？　受ける場合は今回の謝罪の意味も込めまして、大分優遇されますが……」

副ギルド長が退出した後で職員たちをまとめていた女性が、俺にBランクの昇格試験を打診してきたが、少し考えてから今回は辞退した。女性は俺が辞退したことに驚き、その理由を訊いてきたので俺は簡潔に、

「俺は王族派に属しているので、昇格は王都で行いたいと思っています。おそらく今回の配達依頼と、これまでの功績があれば、王都のギルドでも昇格試験を受けることは可能でしょうから」

と言った。普通ならまだまだ経験が足りないと判断されるだろうが、それを上回る功績（武闘大会の優勝や、地龍の討伐にクーデター鎮圧など）を上げているので、王都のギルドも承諾してくれるだろう。というか、王家（特にマリア様）が推薦する、もしくはしていると思われる。

女性はその理由を聞いて、俺と王家との関係を思い出したかのように頷き、納得していた。別に王族派だからといって、王都以外で昇格試験を受けても問題はないのだが、王家に報告を入れてから昇格した方が、俺が王族派だというアピールには効果的だし、何よりもその方が後々愚痴を聞かされなくて済む。主にマリア様の……

第四幕

「それは災難じゃったのう」

宿に戻りじいちゃんに今回の依頼のことを話すと、じいちゃんは同情の言葉を口にしながら笑いを堪えていた。まあ、俺もじいちゃんの立場だったら、同じような反応をするだろうけどね。

それと今回の件で昇格試験を打診されたが断ったと言うと、今度は一転して真面目な顔で正しい判断だったと言った。どうやら、じいちゃんもマリア様や王様の愚痴を聞かされた時のことを想像したらしい。じいちゃんは、一時期教え子だった王様には強いが、あまり接点のなかったマリア様にはさすがに強くは出られないようだ。

「お話中申し訳ありません。ただいま、ハナ様からの御使者の方が見えられていますが、お通ししてもよろしいでしょうか？」

二人で話をしている最中に、仲居さんがドアの向こうから声をかけてきた。ハナさんからの使者と聞いて少し違和感を覚えたが、許可を出して通してもらった。

使者は予想通りブランカではなく（そもそもブランカだったら、仲居さんを通さずに直接ここにやってくるはずだ）、見覚えはあるが話したことのない子爵の部下で、内容はハナさんが謝罪を兼ねた晩餐会に招待したいとのことだった。元々、大会が終わるまではあまり会わない方がいいと言ったのはハナさん側だったが、今回のギルドの件が他の冒険者などにも知られてしまっているので、すぐに謝罪をしたという形をとりたいのだそうだ。その話を聞いて俺とじいちゃんは納得し、参加の意思を使者に伝え、時間を訊いて帰ってもらった。

「予定の時間までは、あと二時間か……結構急だな。じいちゃん、この場合、スラリンたちはどうしたらいいと思う？」

「うむ……普通なら留守番させる方が無難じゃろうが、今回はスラリンたちも被害者だと言えるから、連れていっても問題はないじゃろう。ただ、許可が出るまでは、バッグで待機させなければならないじゃろうがな」

とのことなので、全員で向かうことにした。まあ、子爵家のトップ三人のうち、アムールは眷属の同席に反対することはないだろうし、ハナさんもスラリンを気に入っているみたいなので、連れていくだけならロボ子爵も何も言わないだろう。そもそも、今回の晩餐会の主催はハナさんらしいので、スラリンを連れていかない方が文句を言われそうだ。

時間前には子爵家の馬車が迎えに来るそうなので（別に歩いて向かってもいいと言ったが、子爵家の面子もあるということなので、数分くらいの距離だが馬車が用意されることになった）、急いで風呂に入り（シロウマルとソロモンも）、身綺麗にしてから時間までくつろぐことにした。

「テンマ、マーリン殿、いきなりで申し訳ない」

時間前にやってきた馬車で子爵家に向かうと、入口で待っていたブランカに開口一番で謝られた。簡単に説明すると、今回の晩餐会は急遽開催が決まったせいで、ハナさんも準備が終わりかけた頃になってから、俺の予定を確認するのを忘れていたことに気がついたそうだ。

さらに、前回に続いて俺が主賓となることにロボ子爵はあまりいい感情を持っていないそうで、ブランカから、「兄貴がテンマに絡むかもしれないが、なるべく我慢してくれ」と言われた。

今回の晩餐会で招待された俺は、前回同様王家の代理という側面も持っていると見なされる可能性がある為、俺とロボ子爵が喧嘩でもしようものなら、周囲に南部自治区が王家に喧嘩を売ったと思われてしまうかもしれないということだった。

これが俺とロボ子爵の個人的な喧嘩なら特に問題はないが（それでも、ロボ子爵の方が色々とダメージは大きくなるが）、これが王家の使者と南部自治区のトップという立場になると、そのまま王家対子爵家の戦争になるかもしれない。

だからブランカは、「その代わりに俺と義姉（ハナさん）が兄貴（ロボ子爵）の相手をする」と続けて言っていた。ちなみに、自分たちが相手をすると言った時に、「兄貴は死ぬかもしれんが……仕方がない」とも言った。その時の犯人は、ほぼ間違いなくハナさんだろう。

「まあ、俺も肝に銘じておくよ。ただ、あまりにも度が過ぎるようだったら、途中で退席するからな。そして、そのまま南部を出ていく」

「頼む。むしろ、そうしてくれた方がありがたい。それだと、最悪でも兄貴一人の犠牲で片がつく」

ひどい言い方だが、ロボ子爵と南部自治区の大勢の命（サナさんの比重が大部分を占めているだろうが）を天秤にかけた場合、当然とも言える発言だった。俺も短気なところがあるので、本当に気をつけよう。

「こんな所で引き止めて悪かった。会場に案内するから、ついてきてくれ」

少し話した後で、ブランカは自分の役目を思い出したように俺たちの案内を始めた。

連れていかれた場所は、前回ロボ子爵と面会した部屋ではなく、あそこよりももっと広い部屋だった。そこは宴会や祝賀行事などに使う場所だそうで床には畳が敷かれていたが、立食形式のパーティーもできるそうで、畳を除けると板張りの床が現れるらしい。

「テンマとマーリン殿の席は、上座の方に用意してある」

ブランカは、一番奥のテーブルを指差しながら俺たちを案内した。そのテーブルにはロボ子爵とハナさんが座っており、その近くのテーブルにはサナさんとアムールがいた。ブランカは俺たちが席に着いた後でサナさんの隣に座り、それを見届けたロボ子爵がハナさんと共に立ち上がった。

「皆も聞いているとは思うけど、今回私の不手際で、王家の使者であるテンマ・オオトリ殿とマーリン殿……失礼、マーリン・オオトリ殿に不快な思いをさせてしまったわ。だからこの晩餐会は、両名に謝罪の意味を込めたものでもあるわ。本来ならばこういった席では無礼講でいくところだけど、そういった理由があるから、周りに迷惑をかけないことをしっかりと頭に入れて楽しみなさい」

「……これより、晩餐会を開催する。乾杯」

「「「「乾杯！」」」」

こうして始まった晩餐会だが、その挨拶は少し違和感を覚えるものであった。最初にハナさんがじいちゃんの名前を言い直したのは、じいちゃんがハナさんを睨んだ（本人は否定するだろうが、かなり鋭い目つきだった）からだが、ハナさんのセリフの量に対して、ロボ子爵のセリフがかなり少なかった。おそらくだが、ハナさんが最後に言った『迷惑はかけないことを』の時にロボ子爵をチラリと睨んだ（これも本人は否定するだろうが、周囲の温度が数度下がったと錯覚するくらい鋭い目つきだった）のが関係しているのだろう。

つまり、ロボ子爵は何らかの企みを持っていたが、先にハナさんに釘（くぎ）を刺された為、簡単すぎる挨拶に終わったのだと思われる。おそらくろくでもないことを考えていたのだろう。

何を考えているかはまだわからないが、食事をおいしくいただけるような状態が続けばいいと思った。少なくとも、流血沙汰だけはやめてほしい。食欲がなくなる……かもしれないから。

「料理のお味はどうかしら？」

「ええ、どれもおいしいです」

「それは良かったわ」

晩餐会が始まり、いくつかの料理を食べたところでハナさんがサナさんとやってきた。本来、ハナさんと一緒に俺の所に来るのはロボ子爵のはずなのだが、ロボ子爵は何だかんだ理由をつけたらしく、ハナさんは仕方なしにサナさんと来たのだった。なお、サナさんの代わりに来ようとしたアムールは、ロボ子爵に止められていた。その時にちらりと聞こえてきた言葉に、「大会で当たる可能性がある者同士、馴れ合いはいけない」だった。アムールは当然納得していないようだったが、ロボ子爵がしつこかったせいで、サナさんと替わることができなかった。

「この間より癖の強いものも出してみたけど……大丈夫だったようね。それにしても、南部でも苦手にしている人が多いものも出してみたのに、よく食べることができたわね」

そう言いながらハナさんが指差したのは、前回も出てきた刺身の横にあるくさやだった。くさやは、最初は少量のほぐされた身が出されていたが、俺が問題なく食べたので何度か追加されたものだ。

「生魚に関してはこの間も食べましたし、南部以外でもそれに近いものを何度か食べたことがありますから問題ないですね。この、くさや？　に関しては、これよりも癖の強くて臭いものを食べたことがありますから」

まあ、一番の理由は、前世で食べたことがあるからなのだが、生魚は以前（ククリ村を離れた時）ナミタロウから生でも食べられる魚を教えてもらったので、ビタミン補給を兼ねて何度か凍らせて食べたことがあり、くさやの方は田舎の村で同じような保存食（あまり血抜きしていない獣肉を塩漬けや殺菌効果のある薬草などの液に漬けたもの）などを食べたことがある。ちなみに、保存食の方は、栄養と長期保存が大前提なので味は良くなかった。それに比べると、このくさやは可愛いものだ。

「住む場所や目的が違えば、食べ物が見知らぬものばかりになるのは当たり前だけど、これより臭いものがあるというのは信じられないわね」

「少し興味はあるけど……実際に目の前に出されたら、まず口に入れようとは思わないでしょうね」

ハナさんとサナさんが、俺が話した食べ物に興味を示したのでそのまま話が弾み、これまで食べてきたものでおいしかったものなどを訊かれた。

「色々とありましたけど……食材に限って言うなら、一番は白毛野牛で、二番はバイコーンですね」

食材に限った理由は、前世と今世の調理法の違いなどのせいで、基本的に自分で作ったものの方がおいしいからなのだが、さすがに自画自賛するのは少し恥ずかしい。それ以外だと、母さんが作ったものが一番になるが、それを言うのはもっと恥ずかしかった。ちなみにそれ以外で一番となると、『満腹亭（まんぷくてい）』のおやじさんの料理である。

「どちらも超が付くほどの高級食材ね。食べたことがないわ」

「そういえばアムールから、「セイゲンでバイコーンに一撃入れた！」って聞いたけど……もしかしてあの子とあの人は、バイコーンを食べたのかしら？」

サナさんがそう呟くと、アムールとブランカは何かを感じ取ったのか身震いをしていた。

「ええ、倒した後で知り合いたちと一緒に焼肉をしたので、二人も食べました。骨の周りの肉を、ガジガジと噛んでいましたね」

嘘（うそ）を言っても仕方がないので、二人もバイコーンを食べたと言うと、ハナさんとサナさんは、二人を羨ましそうな目で見ていた。幾分その目に黒い感情が混ざっているようにも見えたが、多分気のせいだ。

「バイコーンも白毛野牛もまだ残っているので、ハナさんたちが食べる分くらいはお譲りしましょうか？」

この提案にハナさんとサナさんはかぶせ気味に、「「お願い！」」と声を揃えて返事をした。さすがにこの場で生肉を渡すのはいかがなものかと思うので、後日切り分けて渡すことを約束した。

「ふふっ。それじゃあ、お返しというわけではないけれども、そろそろメインの料理を持ってこさせようかしらね」

「ああ、あの魚料理ね。テンマもきっと驚くわよ」

サナさんの提案に、ハナさんは少し悪巧みをしているような顔をして、給仕に合図を出していた。

「メイン？」

二人の言葉に反応したのは、ロボ子爵を出し抜いたアムールだった。何でも、「招待客に家の者が挨拶しないのは恥ずかしいことだから、常識人として挨拶してくる」と言ったそうだ。ちなみに、当然アムールを止めようとしたロボ子爵は、部下の手前大人しく見送らざるを得なかったようだ。

「ええ、たまたま私が懇意にしている村のすぐそばにある川で、とても大きな魚が捕れたのよ。網にかかった際にかなり抵抗したらしいんだけど、村長が眉間に一撃入れて気絶させた隙にとどめを刺したそうなの。それを今朝、いつものお礼だって言って持ってきてくれたの」

「本当に大きいわよ。何せ、三メートルはあったから！　普通はこの半分か、三分の一くらいの大きさなのよね！」

ハナさんとサナさんは興奮気味に話を聞かせてくれたが、その話を聞いた俺とアムール、じいちゃんとブランカは、同じように動きを止めていた。

「三メートル級の魚……」

「嫌な予感がするのう……」

「まさか、ナミ……」

「言うな、アムール！」

俺は慌ててアムールの口を手で塞ぎ、フラグを立てさせないようにしたのだが、話を聞いた時からじいちゃんと同じように嫌な予感がしていた。なお、俺の行動を見たロボ子爵が飛びかかってこようとしていたらしいが、俺と同じく余裕のなかったブランカによって、ハエのように畳に叩きつけられていた。

「皆、とても気になっているようね！」

「でも姉さん、何だか期待しているというより、不安になっているように見えるのは気のせいかしら？」

「気のせいよ！　あっ、来たわよ！　サナ、『せ〜の』の、『の』で布を取るからね」

「わかったわ！」

固まる俺たちを無視して、ハナさんとサナさんは、布で隠された巨大魚料理の両端に立ち、

「「せ〜の！」」

で布を取った。その結果は……

「「よかった、ナミタロウじゃない」」

「セ〜フ！」

だった。巨大魚は丸焼きにされており、所々焦げているせいで、一見ナミタロウの色に近くはなっているが、明らかに形が違っていた。どうやらこの巨大魚は、ナミタロウが『鯉』なのに対し、『鮭』のようだった。おそらく、俺がここに来る途中で捕まえた魚と同じ種類のものだろう。

俺とじいちゃんとブランカは、思わずといった形で座り込んでしまったが、アムールだけは野球の審判のように両手を横に広げていた。そのポーズと意味は誰が伝えたのだろうか？　まあ、ほぼ間違いなく転生者ではあるだろうけど。

「あれ？　皆どうしたの？」

思わずへたり込む俺たちを見て、ハナさんとサナさんは不思議そうにしていた。

「お母さん、サナねぇ、実はね……」

唯一平気だったアムールが、ハナさんとサナさんにナミタロウのことを説明した。二人はアムールの説明を聞いて、「そういえば、テンマ(優勝者)のチームにそういう魔物がいたとかいう報告があったわね」と言っていた。

「普通に考えれば、ナミタロウをどうこうできる人間が、大会に出ないわけがない」

とアムールは言ったが、

「ナミタロウと再会した時、どうこうできそうもない普通の漁師に捕まって売りに出されていたんだ。あいつはかなりマヌケだからな……」

「むぅ……確かに否定できない」

俺の話を聞いたアムールは、その件に関して色々と思い当たることがあったようで、両腕を組んで納得していた。

「まあ、その話は後で聞くとして、冷めないうちに食べましょう。こういうのは、熱々の時に食べるのが一番だから」

サナさんのその一言で、控えていた給仕の人たちが、次々に巨大魚を切り分けていった。先ほどナミタロウを意識してしまったせいで、最初は食べるのに少し躊躇(ちゅうちょ)してしまったが、食べてみるとかなりうまかった。さらに、最後の締めとして出されただし茶漬け（お茶の代わりに魚の骨で取っただしをかけたもの）が最高だった。

「テンマ。大会のことだけど、大まかに決まったわ。開催日は五日後、決勝はテンマを含めた最大一六人を予定しているわ。その他のルールとして、武器は刃引きしたもの、飛び道具は先に特殊なカバーを付けて最低限の安全を確保して、噛みつきや目潰し、金的はなし。ほとんど王都の大会と似たようなルールだけど、時間短縮の為、最初に持ち込んだ武器以外は使用禁止。勝敗は、場外か審判の判断ね。審判は、主審一人に副審が二人。それと、記録員兼予備審判が三人ね」

その他にも、武器防具以外の道具の使用は禁止などがあるそうだ。予備審判とは、主審副審で判断できなかった場合のみ参考意見を進言するらしい。詳しくは、明日から大会前々日（前日が予選日）の受付時にルールなどを書いたものが配られるらしい。

現在集まっているのは八〇人ほどだそうで、この調子だと二〇〇人を超えそうなのだとか。まあ、増えたとしても、予選免除の俺には関係がない話だが、ブランカとアムールは面倒臭そうな顔をしていた。

そしてその晩餐会の五日後、

「楽勝！」

「やばかった……」

アムールは言葉通り圧勝で予選を勝ち抜け、ブランカはかなりの苦戦を強いられた。

「何で俺の所だけ、あんな奴らが集まってんだよ……」

ブランカ曰（いわ）く、自分に負けた奴らを他の組に振り分けたら、そいつらが決勝に勝ち上がる、というレベルの猛者が集まったらしい。中には、アムールだと勝てないだろうという者も何人かいたらしく、その組のメンバーを見たアムールは、ブランカに向かって無言で手を合わせていた。

「言っておくけど、アムールとブランカを分けた以外、手は加えていないわよ」

「そりゃそうだ。あれでいじったとか言ったら、俺を負けさせたかったとしか考えられん」

南部自治区の強さのランキングがあるとしたら、一位がハナさん、二位がブランカ、三位がロボ子爵、そして八位あたりにアムールが入るらしいのだが、ブランカの組には二位のブランカ以外にも、四～七位と言われている者たちに加え、二〇位以内に入ると思われる者たちがちらほらいたらしい。

「唯一の救いは、全員で俺を狙うような奴らじゃなかったといったところか」

予選はバトルロイヤル方式で行われたが、上位に名を連ねる者たちはそれぞれライバル視している者へと真っ先に向かった為、ブランカに殺到したのは明らかに力が劣る者たちだけだったのだ。

まあ、最終的にはライバルに勝った者たちがブランカの元へと殺到し、残った者たち全員で武器を捨てての殴り合いに発展し、一番余力が残っていたブランカが勝者となったわけだ。現在、ブランカの顔は、ボコボコに腫れている。

そんなブランカに対してアムールの方はというと、明らかにアムールよりも格下の者たちの集まりであり、こちらはアムールに対して全員でかかっていったが簡単に撃退されていた。

なお、今回の予選の振り分けは公開抽選により決められた為、アムールとブランカを振り分ける為の仕掛け以外に手を出すことはできなかったのだ。なので、ブランカの組に強者が振り分けられるたびに、強者同士の戦いが見られることへの大歓声から、強者が潰し合うことへの落胆の声へと変わり、最後には集まりすぎてどうなるかわからないといった笑い声へと変化していった。

「そろそろ、クジが始まるみたいじゃぞ」

最後の予選が終わり、控え室となっている場所で休憩していると、じいちゃんが本戦のクジが始まるとやってきた。じいちゃんは予選の間、俺のマネージャーという肩書きを作り、関係者席で試合を観戦していた。じいちゃんの言葉を聞いたブランカはダルそうに立ち上がると何度か深呼吸をして気合を入れてから、しっかりとした足取りで歩き出した。遠めに見ればダメージがないように見えるだろうが、近くで見ていると明らかに足が震えているのがわかる。おそらく、これから敵となる者たちに弱みは見せない為に、やせ我慢をしているのだろう。

そんな状態のブランカに、時折アムールが偶然を装って軽くぶつかっていたが、抽選会場に出る直前にげんこつを落とされた。その為アムールは、会場に頭を押さえながら人前に出る羽目になっていた。

会場に俺たちが姿を現した時、観客から大歓声が起こった。その多くは先ほど活躍した地元のブランカとアムールに向けてのものだったが、何割かは俺の活躍に期待しての歓声だったようだ。なお、頭を押さえたアムールを見た観客から、さすがに無傷ではなかったかといった声が聞こえていたが、それが聞こえたのは俺だけだったようで、笑いを堪える為に余計な体力を使わなければならなかった。

クジ引き一番手は、今大会のゲストである俺だった。俺はクジが入った箱（変な細工はされていない）に手を突っ込んで最初に手に触れた木札を摑んだ。

「『二』番だ」

木札に書かれていた番号は『二』。それを観客に見えるようにしてから、係に指定された場所の一番左端へと向かった。

その後は予選グループの番号順に引いていき、五番目のブランカは『四』を引いた。つまり、順当に行けば二回戦で俺と当たることになる。この組み合わせにはハナさんも観客も驚いていたが、意外にもブランカはやる気満々だった。

「いい場所を引いた。これなら肩慣らしも終わっているし、体力を気にしなくて済む」

この言葉には、ブランカの対戦相手（アムール狙いの男）は顔を赤くして怒っていたが、観客には大受けだった。しかし、最もハナさんを驚かせたのは……

「『三』番！」

アムールが俺の初戦の相手に決まったことだった。これにはブランカも観客も驚いていたが、もっと驚いていたのは決勝トーナメントに勝ち上がってきた他の選手たちだ。その選手たちは全員男で、過去にアムールに叩きのめされているが、勝てばアムールを手に入れることができると思っているようで、一回戦でアムールが俺に負けると都合が悪いみたいだ。

「いい場所を引いた。これで名実共に、私はテンマのもの」

俺の横でそう高らかに宣言するアムールだが、それは俺にわざと負けるつもりだという見方もできる。その為、ブランカを除く他の選手からクレームが入り、係が今の発言の真意を問いただしに来たが、アムールは、

「私が負けたら、テンマの嫁になる。私が勝ったら、テンマを婿にする。強い者同士が子を成した方が、強い子供が生まれるはず！　バイバイ、南部」

やけに支離滅裂な筋書きを話すアムールに観客は一瞬静まり、次の瞬間、何故か大喝采を送っていた。特にブランカと同じグループだった南部の上位者（既婚者）たちは、南部に強者が増える可能性があると、大いに喜んでいた。

「何を言ってるんだ！」

「ブイ！　……ひっく」

「「ひっく?」」

今の発言に対し文句を言おうとしたところ、アムールは陽気にブイサインを見せた後で、しゃっくりをしている。そのしゃっくりを不審に思った俺とブランカがアムールに近づくと……

「酒くさっ！」

「お嬢の奴、酔ってやがる！」

何故かアムールは酔っていた。何故酔っているのか考えていると、おもむろにブランカが自分の腰辺りを探り始め、

「俺の気付け薬がない！」

と言い出した。とりあえずこのままアムールを会場に上げておくわけにもいかないので、ブランカは係に適当な言い訳をしてアムールを控え室に送らせた。何故気付け薬でアムールが酔ったのかというと、ブランカの気付け薬とは純度の高いアルコールのことだったらしい。何でも、感覚を麻痺させる目的もあるそうで、飲む量に気をつけないといけないのだそうだが（酒に強くて体格のいいブランカでさえ、一回につき小瓶の三分の一～四分の一くらい）、後でアムールのポケットから見つかった小瓶は、残りが半分以下になっていたらしい。

気付け薬自体はブランカがよく使っていたのでアムールも知っていたのだろうが、その中身までは知らなかったそうだ。普通なら危険だったが、運のいいことにアムールは急性アルコール中毒になっておらず、また遺伝的なアルコールへの抵抗力の高さや処置が早かったおかげで、明日の大会には問題なく出場できるそうだ。

酔いがさめたアムールに事情聴取したところ、いつもブランカがアレを飲んで痛みを消していた（実際は麻痺させたり堪えたりしていた）ので、たくさん飲んだらすぐに痛みが消えると思ったのだそうだ。

アムール以外は問題なく抽選を終え、あとは明日の大会開始を待つだけとなった。

大会当日、第一試合前にもかかわらず、会場のボルテージはすごい勢いで上がり続けていた。その理由は、予選で敗退した選手の中から選ばれた者たちによる前座の試合が行われたからだ。

前座といっても、ブランカに負けた南部自治区上位者たちによる試合なので、本戦でも見られるかわからないレベルの戦いが繰り広げられた。しかしそれは、俺たち本戦出場者のハードルが上がったことを意味する。

そんな中会場に上がった俺は、周りの異様な雰囲気に苦笑いを浮かべながらも、数メートル先で体をほぐしながら審判の合図を待つアムールと対峙していた。

「双方、準備を！　ルールは事前に提示した通り、悪質な反則は即失格とする！　では悔いのないように……始め！」

「んっ！」

「応っ！」

今回参加者の武器は主催者が用意することになっているので、全てが既製品で刃引きされている。その中からアムールが武器に選んだのは槍。これはいつも使っているものより若干長いみたいだが、問題なく振るえている。

対して俺が選んだのは刀。こちらもいつも使っている『小烏丸』より多少長く、反りが大きいが、前世で使っていたものに近い為、数度振るって感触を確かめた上で、問題はないと確認している。ただ、刀は槍に比べて武器の強度が劣る為、予備として同じ長さの刀をもう一本腰に下げた二本差しスタイルである。多少動きにくいが、いざとなれば鞘を捨てての二刀流で戦うつもりである。あの巌流島の故事を知る者はここにはいないと思うので、突っ込まれることはない……はずだ。

「ふっ、しっ、しっ、しっ、しっ！」

先手はアムールだ。まあ、これは槍と刀の間合いの差が出たからで、想定内のことだ。アムールの連撃は鋭く、俺を間合いに入れさせたくない為か、突くよりも引く時の方を意識しているらしく、さらに横なぎのフェイントも入れてくるので、そう簡単に踏み込むことができずにいた。

ただ、いつまでも避け続けるわけにもいかず、流れを変えるつもりでアムールの突き出す槍の穂先目がけて刀を叩きつけた。さすがに一度叩きつけたくらいでは効果は薄いが、何度か繰り返すうちにアムールは俺の攻撃を意識し始めて、最初よりも速度が落ちてきた。

「せいっ！」

「よっと！」

槍の速度が落ちたところで刀の間合いまで踏み込もうとしたが、アムールは槍を引くと同時に後ろに飛び、槍の間合いを保った。

「むふ～」

どうやらアムールは徹底して槍の間合いを活かす作戦のようで、俺が進めば下がり、下がれば前に出た。そして魔法を放とうとすれば、より鋭い一撃で牽制している。

「なかなかいい作戦だけど……甘いな」

「むっ？」

俺はわざと余裕を見せてから、先ほどと同じようにアムールに槍を振るわせた。そして数回打ち合ったところで、アムールが槍を引くと同時に手に持つ刀を投げつけた。

「それこそ甘い！」

アムールが槍を二度振るうと、ガキン、ガキンという音が二度鳴った。投げた刀は一本だが、刀のすぐ後に鞘も投げたのだった。それを読んでいたアムールは刀と鞘を立て続けに防ぎ、俺に読み勝ったと少し得意げだった。しかし、

「刀はもう一本あるぞ」

俺は刀を腰から抜き、アムールに袈裟斬りで叩きつけた。アムールは刀の間合いから逃げることを優先し、槍で防ぐよりも後ろに下がることを選択した。だが、

「がっ！」

俺の一撃がアムールの左肩に直撃した。完全に避けたと思っていたらしいアムールは、驚愕の表情を浮かべて動きを止めた。

「しっ！」

「うぐっ！」

アムールは俺が思いっきり力を込めた横なぎをくらい、三メートルほど後方へと転がっていった。

そして、

「アムール、場外負け！　勝者、テンマ！」

場外へと転がり落ちた。元々王都のものより狭い闘技場だが、それでも三メートル転がったくらいで場外に落ちるほど狭くはない。ただ単に、アムールが必要以上に間合いにこだわった上に、俺の言葉を聞いて変に警戒した為、後半から後ろに下がることが多くなってしまっていたのだ。

そこにタイミングを合わせて刀と鞘を投げ、後ろに下がらせつつも俺に注目させたので、自然とアムールは端の方へと追い込まれたのだった。

「む～……失敗した。でも、何で刀が伸びた？」

「別に刀は伸びていないぞ、伸びたように感じたのは鞘だ」

場外で不思議そうな顔をしているアムールに、俺は先ほどの一撃の秘密を教えた。

通常、刀は刀身と同じ長さの鞘に収まっている。つまり、鞘を刀身から完全に抜かなければ、鞘の分だけ間合いが伸びるのだ。

日本刀は普通に振っただけでは鞘が飛んでいくことはあまりないが、鯉口を切った状態で上手く振れば、鞘は飛び道具のように飛んでいってしまう。俺はそのタイミングを調整して、鞘が剣先に引っかかっている状態で殴りつけたのだ。その後、動きを止めたアムールに横なぎの一撃を放ったというわけだ。まあ、鞘の一撃はとりあえずどこかに当たればいいというものだったので、あそこまで威力が出たのは嬉しい誤算だった。

「負けた……」

落ち込むアムールに手を貸して引き上げると、観客から歓声が上がったが、一部の客からはブーイングもあった。どうも早く終わりすぎたせいで、八百長を疑っている者もいるようだ。もっとも、そんなことをほざいている客は、周りから白い目で見られているが。

「うむ、なかなかの試合であった！」

そんな中、一番大きな声で試合を賞賛したのは、意外なことにロボ子爵だった。

「あなたがテンマを褒めるようなことを言うなんて意外ね」

「ふんっ！　あの小僧がどう言われようが俺には関係ないが、アムールが馬鹿にされるのは我慢ならん！」

「あっ、そう」

あの試合を見て批判する奴は、目がいかれているか理解するだけの実力がないかだけど、素直に認められないのも同じようなものだと思うのよね。

「まあ、それなりにやるみたいだが、さすがにブランカに勝つことはできんだろう。小僧が調子に乗っていられるのも、次の試合までだな」

何か浮かれながら次の試合の予想をしているけど、果たしてこの人はブランカの状態を知っているのかしら？

「なら、私と賭けをしない？　私はテンマが勝つ方に賭けるわ」

「いいだろう、俺はブランカだ。で、何を賭ける？」

「そうね……それは後で決めましょうか？　今はじっくり考えている暇はないし」

「それもそうだな。だが、あいつをアムールの婿にするというのはなしだぞ！」

「ええ、いいわよ」

かかった！　やっぱりこの人は、ブランカを信頼……というより、テンマを過小評価している。仮にも王都の武闘大会の優勝者だというのに、ブランカにたまたま勝ったから優勝できたとでも思っているんでしょうね。このままだと、アムールの為にも南部の為にもならないから、少し痛い目に遭ってもらいましょうかしらね。反論した際の切り札も手に入ったことだし。そう、とびっきりの切り札がね……


「ハナさんが、すっげぇ意地の悪い顔してる……ロボ子爵の負けフラグが立ったな」

「フラグ？」

俺の呟きに、近くにいたアムールが反応した。フラグという言葉は前世と同じ意味で使われてはいるが認知度は低く、主に物語などで使われている為、本をほとんど読まないアムールにはわからなかったようだ。

なお、こういった言葉の使い方のほとんどが、俺と同じ転生者から広がったと思われるのだが、俺が死ぬ少し前から使われ始めたような言葉（例えば、前出のフラグやオタク的な意味での『萌え』など）もあり、それらがどこから広がったかは不明だ。本命はナミタロウだが、あいつも俺が死ぬだいぶ前に転生しているので、これらを広めたかどうかは微妙なところだ。

「なるほど……確かにお母さんがあんなあくどい顔をしている時は、アレがいつも痛い目に遭ってる気がする」

アムールに言葉の意味を説明すると、感心したように頷いていた。それにしても、よほどアムールはロボ子爵を父と呼ぶのが嫌なのか、いつも『アレ』とか『あいつ』とか言っている。まあ、ロボ子爵の性格を考えたらアムールが嫌う気持ちはわからんでもないが、同じ男として少し同情してしまうところもある。

「そろそろ、ブランカの試合が始まる」

考え事をしながら控え室に戻ると、ちょうどブランカが試合の開始位置についたところだった。

「そういえばアムールは、何で叔父のブランカを呼び捨てにしているんだ？」

「みんながブランカって呼んでいたから、その影響で叔父の意味を知る前からブランカって呼んでた……らしい。前に一度『叔父さん』って呼んだら、ブランカ自身が嫌そうな顔をしたから、そのままブランカって呼ぶことにした」

とのことだった。もしかしたらブランカは、嫌そうではなく恥ずかしかったのかもしれないが、本人や周りが何も言わないなら指摘しなくてもいいか。

そんなことを考えていたら、いつの間にかブランカの試合は終わっていた。ちゃんと見ていたアムールとスラリンによると、ブランカの突進からの右ストレートで相手が崩れ落ちたそうだ。

二人（一人と一匹）がその瞬間の真似をしながら（ブランカ役がアムールで、相手役がスラリンだった）教えてくれたが、殴られて崩れ落ちるという動きを球体に近いスラリンが再現しようとしたので、ただ単に殴られたボールが床を転がっただけにしか見えなかった。

そんな俺の感想を聞いたスラリンは、珍しく落ち込んでいた。

「テンマ、ひどい」

「いや、色々と器用なスラリンにも、苦手なことはあるんだなと思っただけだ」

スラリンは俺のフォローに少し元気を取り戻したようで、部屋の隅で体を伸ばしたり震わしたりしていた。もしかしたら、演技の練習でもしているのかもしれない。

「何か騒がしいが、どうした？」

俺の控え室の前を通りがかった試合終わりのブランカが、ひょっこりと入口から顔を出した。正式な大会ならブランカの行為は御法度(ごはっと)かもしれないが、そこまで格式張った大会ではないので、八百長などを示唆するようなことを言わない限りは、係は何も言わなかった。

「お母さんがあくどくて、ヤツが風前の灯(ともしび)で、スラリンが大根だっただけ」

「お、おう、そうか……」

何げにスラリンの悪口が交じっていることに本人は気がついていないようだが、言われたスラリンはしっかりと気がついており、またも落ち込んでいた。

アムールの説明に困惑したブランカは、俺に説明を求めて視線を送ってきたが、落ち込むスラリンにさらなるダメージを負わせるわけにはいかなかったので、苦笑いで説明を拒否した。俺が拒否したことでブランカはさらに困惑したようだが、スラリンのダメージとブランカの困惑ならば比べるまでもなかった。

「とにかく、次の試合はよろしくな、ブランカ」

「あ、ああ」

困惑した状態のブランカと無理やり握手をしてから、ブランカとついでにアムールを控え室から追い出した。追い出される際にアムールはかなり抵抗していたが、何かを察したブランカにより連れ出されていった。

その後、二人のいなくなった控え室で雪辱に燃えるスラリンの特訓に付き合わされて、他の選手の試合を見逃す俺だった。

「まあ、ブランカに勝ったら、あとは特に問題はなさそうだけどな」

「何か言ったか？」

スラリンの特訓のおかげ？　で、あっという間に時間は過ぎ、現在ブランカと会場で向かい合っている状態だ。

何となく呟いた言葉がブランカの耳に届いたようだったが、何でもないと誤魔化して試合開始の合図を待つことにした。ブランカも特に興味がなかったようで、そうかとだけ言って、手に持つ槍を握り直していた。

審判が俺とブランカを交互に見たので、そろそろ合図がかかりそうだった。俺は合図と共に動けるように刀を抜き、ついでに鞘も腰から外して、右手に刀、左手に鞘の二刀流状態で開始線の前に立った。

「試合、開始！」

「お「せいっ！」」

試合開始と共にブランカが雄叫びを上げようとしたが、俺はそんなブランカに刀を投げつけた。

刀は一直線にブランカの眉間目がけて飛んでいったが、ブランカは慌てながらも槍で刀を弾いた。

「オラっ！　オラオラオラオラ、オラっ！」

俺はブランカが刀を弾いた隙に近寄り、最初の一撃で槍を持っていた腕を叩いて槍を手放させ、武器なしとなったブランカに続けざまに鞘で連撃を浴びせた。

ブランカも最初のうちは連撃の隙を突いてパンチやキックで反撃していたが、俺がブランカの攻撃をかわしながら周りを移動して攻撃を続けているうちに、ブランカは防御で手いっぱいになっていった。

「そいっ！」

「がっ……がぁあああ！」

ブランカの顎に突きが綺麗に入ったので、チャンス到来と畳み込もうとした瞬間、いきなりブランカが大きく吼えた。その声に一瞬命の危険を感じ、大きく後ろへ飛びのいたが、ブランカはファイティングポーズを取ったまま俺を睨んで動かなかった。最初は、足が動かないので俺が近づくのを待っているのかと思って警戒したが、よく見てみるとブランカは瞬きもしていなかった。様子がおかしいので慎重に近づいて、鞘でブランカの腕をつついてみた。すると、

「うわっ！」

突然、ブランカの右手がすごい速さで突き出された。騙されたのかと思って鞘を正眼に構えたが、ブランカは右手を突き出したままの状態で、また動きを止めていた。審判が近づいて確かめたところ、ブランカは立ったまま気絶していた。最後の一撃は、意識が飛ぶ前に行おうとしていた行動が、外部からの衝撃に反応して放たれたのだろう。なので、

「勝者、テンマ！」

俺の勝ちが宣言された。そしてこの試合は、後々まで語り継がれることになった。俺の容赦ない連撃に加え、その連撃に気絶してなおも立ち続けた『ブランカの立ち往生』として。完全に俺は悪役の立ち位置だった……

ブランカの一方的な敗退に、選手や観客たちの反応は二つに分かれた。一つはブランカの負け方に納得できず、何らかの不正行為か取引があったのではないかという者たちと、ブランカの負けは仕方がないと受け入れている者たちだ。大体の比率は三対七くらいで、前者の代表格はロボ子爵、後者の代表格はハナさん（とブランカと予選で戦った猛者たち）だ。ロボ子爵はブランカの負けが信じられないのか放心状態になっており、隣にいるハナさんの言葉に何の反応も示していなかった。

「とりあえず、ブランカを運ぶか」

観客たちがざわつく中、誰も立って気絶しているブランカを運ぼうとしなかったので、仕方なく俺がブランカを背負って控え室に向かうことになった。

ブランカは立っていた時は微動だにしなかったのだが、強引に背負うと体から力が抜けて、俺の背中に体を預けてきた。ただ申し訳ないことに、俺とブランカとでは体格の差があったせいで、時折足を引きずりながら運んでしまった。

つま先に余計な傷を負ってしまったブランカは、控え室に向かう途中でようやくやってきた係に背負われ、救護室へと連れていかれた。

「おかえり～」

控え室に戻ると、アムールが侵入していた。しかも、おにぎりと熱いお茶まで用意してくつろいでいる。

「いや、もうブランカとの試合が終わったからいいけど……くつろぎすぎだろ」

「まああ……でも、ブランカはついてなかったね」

「まあな」

俺の嫌味を軽く流したアムールは、くつろぎながらもしっかりとブランカを見ていたようだ。今回、俺がブランカをあっさりと倒せたわけは、簡単に言うとブランカの運のなさのおかげだ。ブランカが勝ち抜いた予選の組は、メンバーがそのまま決勝で戦ってもいいくらいの猛者揃いであり、最後には数名での乱戦になったのだ。いくらブランカが強かろうと、南部自治区の上位者たちとのガチンコの戦いを繰り広げた際のダメージは、一日二日で抜けるようなものではなかったのだ。その為、ブランカは一回戦でかなりの格下に奇襲を仕掛けられるまで追い詰められていた。

そんなブランカが相手ならば、奇襲をかけて先手を取った時点で俺の勝利が確定したようなものだった。まあ、ブランカが予想以上に頑丈で守りが堅かったせいで、思った以上の手数を必要としてしまったけれどな。

「ブランカがまともな状態だったら、まだ会場で戦っていたさ」

ただし、魔法を使って場外に落としていなければ……という言葉が後に続くが、なしならば未だに試合は続いていただろう。まあ、闘技場が少し狭いので、ブランカの実力が十分に発揮されない可能性もあるが、本来のブランカは、俺が戦った中でも上位に入っているくらい強い。

「とりあえず……テンマ、優勝おめでと」

「まだ二試合残っているが、ありがとな」

気の早い話だが、アムールとブランカを倒した以上、あとは普通に戦いさえすれば、ダメージを負うこともなく勝てるだろう。残りの選手たちとアムール・ブランカの間には、それくらいの差がある。案の定、

「勝負あり、勝者テンマ！」

準決勝は向かってきた相手の顔面目がけてのカウンターで終わり。そして、

「そこまで、優勝はテンマ！」

決勝戦は、相手の槍をかいくぐってからの抜き胴で終わった。決勝・準決勝とあっけなく終わったので、対戦相手に対して観客からブーイングが起こっていたが、俺に対してはあまり起こらなかった。

まあ、目の肥えた観客を中心に、今回の大会は予選が全てだったという論調が広がったのも理由の一つだったのかもしれない。

その後、会場で表彰式を行い、優勝賞金の一〇万Gをハナさんから受け取って大会は閉幕となったのだが、終始ロボ子爵が姿を現さなかったのが少し気になった。

――その日の夜、子爵邸にて――

「さて、皆集まったわね」

本来ならば、大会の終了とテンマの優勝のお祝いをするべきなのだが、宴会の準備に時間がかかるのと、家族会議を優先させる為に後回しすることにしたのだ。

この家族会議に参加しているのは、私（ハナ）とロボとアムール、そしてサナとブランカの五名だ。

アムールとブランカは何の話し合いなのかわかっていないみたいだが、あの人とサナは大会中に行った賭けに関する話だと勘づいているみたいだ。その証拠に、先ほどからあの人は何か理由をつけてこの場から逃げ出そうとしている。まあ、サナがどうにかして逃げ出そうとしているあの人を、ブランカとアムールを上手く使いながら押さえている。

「それで、これは何の話し合い?」

テンマの所に行きたいのであろうアムールが、早くしろとばかりに質問をしてきた。ちょうどいいので今後の話だと答え、ついでに大会中にした賭けのことを話した。

「つまり、義姉さんは兄貴との賭けに勝ち、それが子爵家の今後に繋がると言いたいのか?」

「そうよ。この人はブランカの勝ちに賭け、私はテンマの勝ちに賭けた。その結果、私が賭けに勝ったのよ。何を賭けるかは決めていなかったけど、条件の一つに『テンマをアムールの婿にしない』というのがあったわね」

その言葉を聞いて、アムールはわかりやすく落ち込んでいたけれど、ブランカは何かに気がついたような顔をしていた。

「ま、まあ、負けてしまったのは仕方がない。それでハナは、アムールとテンマの結婚以外で、何をさせる気なのだ」

「お義兄さん。姉さんはテンマをアムールの婿にしないと言っただけで、結婚させないとは言っていませんよ」

「は?」

サナの指摘に、あの人は間の抜けた顔をしている。ブランカは、「やっぱりか」といった顔をしているので、薄々私が何を企んでいるか思い当たったようだ。

「今回の賭けの景品として、アムールをテンマに連れていってもらうわ」

「は？」

「この話はテンマにはしていないけど、マーリン殿の了承は得ているから、ほぼ問題はないでしょうね」

「よしっ！」

あの人は理解できていないみたいだが、アムールはマーリン殿の了承を得ていると言うと、拳を握って喜んでいた。

「ちょっと待て、アムールは嫁にやらんぞ！」

「嫁にやるんじゃなくて、経験を積ませる為に送り出すのよ。可愛い子には旅をさせろ……ってね。まあ、その過程でテンマと愛を育んだとしても、それは仕方のないことよ」

「うちの跡取りはどうなるんだ！」

「元々うちは名誉子爵だし、他の優秀な者が襲名すれば問題ないわ。そもそも、名誉爵はお父さんがもらったものをあなたが継いだのよ」

「それでも、やはり爵位を継ぐ者は血筋から出すのが……」

「それなら問題ないわ」

何かと反論するこの人を黙らせる為、切り札の一つを切ることにした。

「サナ！」

「はい、実はこのたび……子を授かりました」

「『マジで！』」

私の切り札その一は、サナとブランカの子供だ。このことはブランカにも知らせていなかったので、あの人と一緒に驚いている……というか、驚きすぎて固まっている。それもそうだろう、何せ結婚してから十数年経つが、一向に妊娠する気配がないので二人共諦めていた節があるのだ。そのせいで何度かサナが苦しんでいたが、ブランカがサナにベタ惚れだったおかげで夫婦としてやってこれたのだ。アムールが二人に懐いていたことも大きい。何せ、実の父親よりブランカに懐いていたし、下手すると私よりサナの方に懐いていたかもしれない。

「サナ、それは本当なのか？」

「はい、ここにちゃんといます」

サナはそう言って、ブランカの手を自分のお腹に持っていった。今は目立つほどではないが、あと一か月もすればよりわかるようになるだろう。

「多分だけど、ここにいるのは男の子よ」

「そうか……」

こういった時のサナの勘はよく当たる。何せ、私のお腹の中にアムールがいる時も、あまりに暴れ回るので皆が男だと言う中で、サナ一人だけが女の子だと言い当てたのだ。それからも、幾度となく妊婦のお腹にいる子供の性別を当て、その正解率は九割を超える。外した少数の性別は、生まれてくる性別を間違えたのではないか？　と言われる子供だけだ。

「これで跡取りは問題ないわね。生まれてくる甥には申し訳ないけど、未だに男が継ぐということにこだわる奴もいるし、アムールに当主としての資質が欠ける以上、頑張ってもらわないとね……

あっ！　それとこのたび、私は子爵の位をもらったから」

「「「「は？」」」」

ここぞとばかりに、皆に秘密にしていた二つ目の切り札を切った。この話は、王妃様の手紙に書かれていて、テンマから受け取った書簡の中に何故か私あての手紙も入っていて、その中に書かれていたのだ。おそらくは私に首輪を着けることで、テンマの婚姻話に口を挟みにくくする為だろう。だけど私は、アムールの結婚に関して正室にこだわるつもりはない。最悪、結婚しなくても、テンマのそばにアムールがいるだけでいいのだ。なので、この話は旨味の方が多いと判断し、正式に受けるつもりだ。その為の返事もすでに書き上げてある。あとはテンマ経由で渡してもらうだけだ。

「つまり名実共に、お母さんが南部のトップ」

アムールの言葉に、あの人は自分の立場を思い知らされたようだ。これまでは名目上のトップはあの人だったので色々と好きにできていたのが、私の方が上の爵位になったことで、これからは私に許可を取らなければならないのだ。決定権を握れたのはかなり大きい。なので、

「アムールのことは、子爵家新当主の決定だから、文句は受け付けないわ」

「ぬぉおおおおお――――!!!」

絶望に染まったあの人の野太い叫び声が、屋敷のみならず外まで響き、そのおかげで瞬く間にアムールが南部自治区から旅立つことと、サナの妊娠がナナオの人々に知れ渡ることとなった。

第五幕

大会の次の日、大会参加者を招いた昼食会が行われた。その中で、やけにブランカが浮かれていたのが気になったので、俺の後ろをついて回っているアムールに事情を訊くと、何とサナさんが妊娠したとのことだった。

ブランカ自身、子供は諦めていたそうなので、突然訪れた幸せに昨夜から浮かれっぱなしなのだとか。

「めでたいことで、浮かれるのはわかるんだけど……あそこまでいくと、不気味だな」

「「「「うむ」」」」

俺の呟きに、周りにいた人たちからも同意の声が上がる。ちなみに俺を取り囲んでいるのは、予選でブランカと激闘を繰り広げた南部の上位者たちだ。皆ブランカを祝いたい気持ちはあるらしいのだが、元々が強面な上、顔を腫らしながらもニヤついているブランカにどう声をかけていいのかわからず、先に俺の所へとやってきたそうだ。ちなみに、上位者たちは皆ブランカよりも年上で、ブランカに負けず劣らずの強面揃いである。

皆から様子見をされているブランカは、先ほどからサナさんの後をついて回り、少しでも危険がないように気を配っていた。

「ところで、アレはアレでどうした?」

「アレのことは気にしなくていい」

『アレ』と俺が指差したのは、酒を浴びるように飲んでいるロボ子爵だ。こちらも泣きながら酒を飲んでいるので、皆から距離を取られていた。正直、ブランカも大概不気味だったが、ロボ子爵も負けず劣らず不気味だった。

アムールはそれ以上言わなかったが、周りの話を聞く限りではハナさんが王国の子爵位を授与された為、名誉子爵であるロボ子爵は南部自治区トップから引きずり下ろされたそうだ。しかも、元々ナナオの基礎を作ったのはハナさんの祖父であるケイじいさんなので、周囲や部下たちはものすごく好意的にトップの交代を受け入れたのだとか。

「それと、私はテンマについていくことが決定した」

「は？　今何て？」

何げなく言われた一言に、俺は一瞬アムールが何を言っているのかわからず、間抜けな声で訊き返していた。

「見聞を広げる為……という名目で、テンマの所で厄介になる。これはおじいちゃん（マーリン）も了承している」

「じいちゃん！」

利き酒をしていたじいちゃんを呼び寄せ、アムールを預かることになった理由を訊いた。すると、

「簡単に言えば、逃げ道を確保する為じゃな。アレックスたちを疑うわけではないが、あやつらは王族で、ああ見えても王国のことを第一に考えなければならない存在じゃ。場合によっては、わしらを排除せねばならぬ事態に追い込まれるかもしれぬ。そんな時の為に、アレックスたちですらそうやすやすと攻め込むことのできぬ南部自治区にコネを持つ必要がある……まあ、そんなことを考

える奴らではないが、万が一に備えることは必要じゃ」

とのことだった。まあ、王様が俺たちに危害を加えることは考えにくいが、もし改革派が王族派を上回る力をつけた場合、考えられないことではない。

元々、南部は王国が攻めあぐねた場所だし、尚且つ、周囲に敵となるような国がない。正確には森をいくつか抜けた先に、『小国郡』と呼ばれる国々があるが、その実態は、多くても一国数千人程度の集まりである。小国郡の全てが集まれば数万規模の軍隊を結成できるかもしれないが、烏合の衆になる可能性が高いので、危険度は低いそうだ。

それに南部にかまけてばかりいたら、王国と隣接している国が一気に侵攻してくる可能性があるので、南部自治区はこれ以上ない逃げ場なのだそうだ。

「これは互いに利益のある話じゃからの、わしの独断で決めさせてもらった」

「それはわかったけど……何をもらったの？」

「……何ももらってはおらんぞ」

俺の追及にシラを切っていたじいちゃんだったが、しつこく訊き続けていると、観念して南部産の酒をもらったことを白状した。しかも、高級品とされる一〇〇年寝かした焼酎を四かめ（一つ二〇リットル入りのもの）もらしい。

じいちゃんによれば、アムールを預かる話が終わった後で南部の特産の話になり、その中で酒の話が出てきた時に南部の酒を気に入ったという話をしたところ、ハナさんが特別に分けてくれることになったらしいので買収されたわけではないと言ってはいるが、絶対に期待はしていただろう。

とりあえず、アムールのことは我が家の家長（オオトリ家ではなく、王都にある屋敷の主という意味）の決定ということで了承したが、確実に俺の方が大変になると思われるので、じいちゃんがもらった酒のうち、半分の二かめをもらうことにした。じいちゃんは全て自分で飲んでしまうと思うので、こちらは知り合いへのお土産に回すことにしよう。

色々と騒がしい昼食会も終わりに近づこうとしていた時、ハナさんの元に一人の武装した男が走ってやってきた。参加者は何事かと険しい顔をするハナさんと息を切らせた男に注目していたが、すぐにハナさんの顔から険が取れたのを見て、それぞれ飲み食いを再開した。

男がハナさんのそばを離れたのを見て、俺とじいちゃんとアムールは何があったのかを訊きにハナさんの所へ向かうと、それまでサナさんの後ろをついて回っていたブランカと、べろんべろんに酔っ払ったロボ子爵も同時にやってきた。もっとも、今のロボ子爵は酔っ払いすぎて当てにならないとハナさんは判断したらしく、会場の隅で酔いをさますようにと追い返されていた。

「心配かけたようだけど、問題は解決したらしいわ。簡単に言うと、ゴブリンの後始末を終えた部隊が帰ってくる途中で、ナナオの方向に向かってきていたワイバーンを二頭発見して、そのまま討伐したらしいわ。怪我人は出たらしいけど、命の危険がある者や死人は出なかったそうよ」

安堵した表情のハナさんは、近くにあったコップを無造作に取り、中の液体を一気飲みし、続けざまに何杯かおかわりしていた。コップからはかなり強めのアルコール臭がしたが、ハナさんからは酔っ払った様子は見られない。

「問題なのは、ワイバーンが飛んでいたのを見た人たちが大勢いたということね。運の悪いことに、王都の商隊や旅人の集団が部隊の近くにいたらしいのよね。まあ、先に部隊の方に襲いかかって討伐されたから、ほとんど被害はなかったらしいけど……下手すると、次から南部を訪れる商隊や旅人が減るかもしれないわ」

仮に商隊や旅人に被害が出ていたとしても、特に子爵家が責任を取る必要はないが、悪評が立って商隊などが南部に寄るのをためらうような事態になれば、経済に大きなダメージを受けることになってしまう。

「それの対策を取らないといけないのだけれど、明後日には商隊や旅人たちがナナオに到着するみたいなのよね……どうしようかしら？」

その相談をしようにも、ブランカはあまり力になれず、アムールは役に立たず、ロボ子爵は論外。唯一頼りになりそうなサナさんは、妊娠を祝うおばさんたちに囲まれて抜け出せそうになかった。そのせいか、ハナさんは俺とじいちゃんに、何かを期待するような視線をチラチラと向けている。

「ふむ。そういうことなら、不安を忘れるようなことをするのがいいじゃろうな……何か案はあるかのう、テンマ」

「ええっと、その商隊や旅人を招いて、ワイバーン討伐の祝いでもすれば多少は不安も薄れるかも？」

「いい案だけど、それだけだと弱いわね……旅人はともかく、商隊の人間には大した効果はないと思うわ」

じいちゃんからのパス（丸投げ）に、咄嗟に思いついたことを言ってみたが、さすがにそのまま採用というわけにはいかなかった。

「それなら、ワイバーンを天の恵みだとかこじつけて感謝の神事を執り行い、ナナオ全体の祭りにしてはどうだろう？　祭りの規模が大きければ、その分だけ不安も薄れるかもしれないしな」

「う～ん……あとひと押し欲しいわね」

ブランカの案にハナさんは物足りないと言いつつも、すぐそばのテーブルにブランカの案を箇条書きでメモしていた。

「そういえば、ナナオに入る時にかかる税金なんかはどうなっているんですか？」

普通、ナナオのような大きな街に入る時には、入場料のように税金を取られるのが普通なのだが、俺とじいちゃんの場合は、王家からの使者ということでそのような話が出なかった。そのことを訊いてみると、やはりナナオでも普通は最初に徴収され、一定期間の滞在が許されるのだそうだ。

「ならいっそのこと、その商隊と旅人にかかる税金を今回に限り免除して、さらに商品の売り買いの時の税金も減税してはどうですか？」

「それはちょっと厳しいわね……」

「姉さん、一度やってみたらどうかしら。直接的な税収は減るでしょうけど、その分お祭りでお金を落としてくれるのなら、そこまで損するということはないでしょうし、今回のことが噂になれば、まだ南部に来たことがない商隊も興味を持ってくれるかもしれないわ。神事に絡めるのならそれくらいした方が、効果を期待できると思うわ」

ハナさんは俺の提案に難色を示していたが、いつの間にか近寄ってきていたサナさんが賛成に回った。それによりハナさんは俺の案を採用することに決め、二人で話を詰め始めた。その間にブランカは、神事の参加者の選定を行うようだ。今のところ出場枠は、子爵家から三名、ゲスト枠として二名（これは俺とじいちゃんに参加してほしいとのことだった）、それ以外から三名となるそうだ。本当はもっと大規模なものを行いたいそうなのだが、時間がないのとなるべく強い者を出したいのだそうで、その他の三名はこの場にいる者の中から決めるらしい。

「参加するのはいいんだが、神事はどんなことをやるんだ？　強い者ということから、対戦形式の神事というのは想像がつくんだが」

「ああ、先に説明した方がいいな。今回の神事は『相撲』という一対一で戦うもので、土俵という名のリングの上で、身体一つで戦うものだ。大まかなルールは、膝や肘、蹴りに拳を握った打撃、嚙みつきや急所への攻撃に魔法の使用が反則で、それ以外の方法で相手を土俵から出すか、土俵に足の裏以外をつかせれば勝ちだ」

他にも色々と決まり事があるそうだが、概ね俺の知っている相撲と違いはないようだ。ブランカは細かなルールは後で教えると言って、他の参加者を決める為にみんなを集め始めた。すると、昼食会のほとんどの参加者が神事に出ると言い、悩むブランカをよそにその場で勝手に予選を始めた。

いい機会なので、こちらの相撲をじいちゃんと見学する為、砂かぶりで飲み食いすることにした。最初は特別枠での参加が決まっている俺たちに難癖をつける奴がいるかもと思ったがそのようなことはなく、次々と速いペースで試合は消化されていった。時折、俺たちのいる所へ土俵から押し出されたり投げ出されたりした者が飛んできたが、わざとなのか偶然なのかは判断がつかなかった。

そして、最終的に勝ち残った三名の中には……

「南部の上位者がいないね」

「そうじゃの」

有力候補と思われていた上位者たちが、揃いも揃って初戦で敗退したのだ。まあさすがの上位者たちも、酔っ払った状態ではその力を発揮することができなかったようだ。出場を摑み取ったのは、猪の獣人と熊の獣人、それと兵士ではない虎の獣人だった。

「それじゃあ、当日は頼むぞ。わかっているとは思うが、神事として相撲を行う以上、不正行為には厳罰を課すと肝に銘じておけよ」

ブランカは三人に睨みを利かせながら注意していた。三人共ブランカの話を大人しく聞いていたが、時折鋭い目で俺の方を見ていた。どうやら、魔法なしの力比べなら俺に勝てると思っているようだ。

「それで、子爵家の方だが、俺は決定として……」

「もちろん私も！」

「却下」

それまで空気のように俺の後ろで気配を消していたアムールが、参加を表明しながら勢いよくブランカの前に飛び出したが、ブランカは速攻で断った。アムールはブーブー文句を言っていたが、相撲は前世と同じく裸に回しを着用するスタイルの為、女性の参加が基本的に禁止されているのだそうだ。ただ一時期、モロ出しをわざと狙う方法が流行ってしまった為、今では回しの下に短パンを着用するようになったそうである。

「まあ、俺以外はワイバーンを討伐した部隊の中から選ぶのがいいだろうな」

さりげなくブランカはロボ子爵を除外しているが、周りで聞いていた人たちからは何の意見も出なかった。もしかすると、昨日までのトップを試合に出すわけにはいかないと判断したのかもしれないが、俺の予想では単に忘れているだけなのだと思う。

参加が決まった者はハナさんに集められて、簡単なルール確認と説明を受けて早めの解散となった。何でも、今から祭りをナナオ全体に告知したり土俵を作ったり、屋台の場所や税金の打ち合わせをしないといけないそうだ。かなりのハードスケジュールで猶予は今日を含めて二日しかなく、予備日として使えるのも商隊や旅人の到着予定である明後日しかなく、明々後日には祭り本番なのだそうだ。

なので、ブランカも駆り出されることとなり、俺とじいちゃんに相撲のルールを教える者がいなくなってしまった。アムールに頼もうにも神事としての相撲に参加したことがない為、相撲のルールを説明することはできても、入場時の決まり事などを説明することができないと言われた。

困っていると視界の隅にロボ子爵の姿を捉えたが、未だに酒が抜けていないし、アムールのことで目の敵(かたき)にされている可能性が高いので、相談するのは最後の手段ということにして今のところは見送った。

最悪、直前にブランカに教えてもらおうかとじいちゃんと相談していると、初戦で敗退した南部の上位者たちが俺たちの指導者に名乗り出てくれた。何でも、することがなくて暇だし、自分たちを負かした相手への意趣返しでもあるのだそうだ……完全に逆恨みっぽいが、こちらとしてはありがたいので助けてもらうことにした。

「えっと、土俵に沿って一列で入場し、等間隔で立ち止まる。そして土俵の内側に柏手一回してから頭を下げて、そのまま外を向いて、同じように柏手一回と頭を下げる。でもって、一度土俵からはけてから、呼び出された者同士が土俵に上がる……でいいんだな」

「そうだ。土俵に上がったら、脇に置いてある塩を一掴み土俵にまいて、中央にある線の所に行くんだが……その辺は実際にやった方が早いだろう」

と言うので、早くも実践練習に入ることとなった。どうやら、口で説明するのが苦手な面々のようだ。まあ、時間もないし、そっちの方が俺としても助かるのでありがたい。

何度か土俵入りを練習した後で、実際に相撲を取ってみることになった。ここにいる上位者は四人なので二組に分かれ、一人が練習相手となり、もう一人が外から見て反則や作法の間違いを正すということになった。

「やってみると、俺ってかなり不利だな」

練習の段階で、俺は上位者の一人に連戦連敗だった。一応、作法やルールに関しては問題なしと言われたが、勝てなければ意味がない。そんな俺に対しじいちゃんはというと、上位者相手に互角以上の戦いを繰り広げていた。

「ぬぅうう……どりゃっ！」

じいちゃんの気合と共に、相手をしていた上位者が土俵から投げ飛ばされた。これでじいちゃんの六連勝なのだそうだ。ちなみに、最初に四連敗しているが、相撲に慣れてからは危なげのない勝ち方で上位者を圧倒している。

「うむ、先の大会の分まで大暴れしてやるわい！　目指すは優勝じゃ！」

「すごいね、じいちゃん。俺は一回戦突破が目標かな」

練習の調子から目標を大きく定めたじいちゃんに対し、俺は現実的な目標を立てたのだった。

「これより、相撲大会を開始します。選手、入場！」

ハナさんの宣言で、俺たちの入場が始まった。先頭は今回ワイバーンを討伐した部隊の代表二名で、続いて俺とじいちゃん、その後ろに予選を勝ち抜いた三人で、最後にブランカだ。これはハナさんから指示された並び順で、最初の二人は今回の功労者として一番手、俺とじいちゃんはゲストで二番手、三人は予選を勝ち抜いたので三番手、ブランカは身内枠なので最後だそうだ。

上位者たちに教わった作法を思い出しながら土俵の上で挨拶を済ませて控え室に戻ると、すぐに俺の名前が呼ばれた。今回の組み合わせは、俺たちが控え室にはけてすぐにクジ引きで決められるので、選手は直前にならないと対戦相手がわからない仕組みになっている。

「俺はついてるな。早々に名を上げられる」

そう言って笑うのは、予選を勝ち抜いた猪の獣人だ。体格でいうと俺よりかなり大きく、今回の参加者の中では熊の獣人、ブランカに続いて三番目の大きさである。

「俺の方がついてるのかもな。猪は猪突猛進というくらいだし、かわせばそのまま場外まで一直線だな」

猪の獣人はどうも俺を見下しているようなので、俺も負けじと挑発の言葉を口にした。なお、本物の猪の身体能力はかなり高く、全速力からほぼ直角に曲がったり、一メートルくらいの障害物なら簡単に飛び越えたりすることもあるらしく、猪突猛進というのは間違いなのだそうだ。

「この、クソガキがっ！」

だが、この挑発は男の癇に障りまくったようで、衆人環視の前でなければ俺に飛びかかってやるというくらい、顔を真っ赤にしていた。俺はそんな男の顔を見て、口元を手で隠しながらプッとわざとらしく音を出すと、男の顔は一層赤くなっていた。

観客には俺たちの声は聞こえなかったみたいだが、言葉を交わしていたのはわかったようで、男が挑発されたことも、その挑発に乗ったこともわかったみたいだ。そのせいか、まだ塩をまく前だというのに、会場は大いに盛り上がった。まあ、見た目からして体格差がありすぎるのに、大男が子供に舌戦を仕掛けて逆に負けたように見えるのだ（実際に負けているが、観客にはどっちでもいいのだろう）。観客からすれば試合前のいい余興に感じるのだろう。

とりあえず、前哨戦は俺の完勝という感じで、気持ちよく土俵に塩をまくことができた。しかし、少し挑発しすぎたかもしれない。何せ、土俵の中央付近で手をつく頃には、男の顔はまるで赤鬼のように怒気に溢れていた。

「はっけよい、残った！」

「ふっ！」

行司のかけ声と共に、俺は男の懐に一気に潜り込んだ。さすがにあれだけ猪突猛進と馬鹿にすれば、飛び出してくることはないだろうと判断したからなのだが、男はまんまと俺の策に引っかかっていた。しかも、立ち上がった瞬間のことだったので、その状態で驚いてしまった男は、俺にとって運のいいことに腰の位置が高かった。

「くそっ！」

男は焦ってけたぐり（のような技）を出してきたが、俺は勢いがつく前に素早く太ももを抱き込み、そのまま男を押し倒そうとした。

「舐めるなよ、クソガキ！」

男は倒される前に体を俺の方へと倒してのしかかろうとしたが、そのせいで完全に男の腰が俺の腰の上に来ることになった。

「せぇのっ！」

男の体が俺に密着した瞬間に、俺は男の足を引っこ抜く感じで持ち上げ、それと同時に裏投げの要領で腰をひねりながら男を後ろへと投げ飛ばした。

男は俺の倍以上の体重があると思われるが、重心が浮いていた上に俺にのしかかろうとした時の勢いのせいで簡単に投げ飛ばされ、勢い余って土俵の外まで転がっていった。

俺も捨て身技を放ったせいで土俵に背中をつけてしまったが、明らかに男の方が先に土俵に叩きつけられていたので、問題なく俺に軍配が上がった。

あっさりと決着がついたことに観客は驚いていたが、すぐに大歓声で俺の勝利を讃(たた)えてくれた。そして意外なことに、負けた男に対する酷評はあまり聞こえてこなかった。聞こえる限りでは、相手が弱かったというよりは、俺の作戦が上手くハマったという評価の為らしい。まあ、中には相手を笑う声も聞こえてくるが、それは仕方がないことだろう。

「とりあえず、目標は達成だな」

本来は男が土俵に戻ってきてから勝ちを宣言されるのだが、今回は男が土俵から転がり落ちた弾みに気を失ってしまい、そのまま担架で運ばれていってしまった為、相手を待つことなく勝ちを言い渡されて土俵を降りた。

「いい勝ち方だったな」

控え室に戻る途中で、次の試合に向かうブランカに褒められた。

「ありがとな……っていうか、次はブランカとかよ」

もちろん、まだブランカが勝つと決まったわけではないのだが、対戦相手の顔を見るだけで結果は決まっているようなものだ。何せ、ブランカの相手はワイバーン討伐組の一人で、ブランカの部下のような人物だ。これだけなら八百長を疑う者もいるだろうが、どう考えても八百長するまでもなく力の差がありすぎるみたいだ。何せ、一番力の差がわかっている対戦相手の顔が、真っ青を通り越して真っ白になっていた。

「……ブランカ、間違っても殺すなよ」

「誰が殺すか！　あいつも本来の実力を出せば、南部の上位を狙えるくらいの力は持っていると思うんだがな……」

ブランカはそう言っているが、あの様子ではそんな力を持っているようには到底見えない。俺の思っていることがわかったブランカは、苦笑しながら土俵へと向かっていった。そして案の定、開始直後に相手はブランカに押し出しで負けた。

その次の試合は、ワイバーン討伐組の残りの一人と熊の獣人だった。討伐組の男もかなりいい体格をしていたが、熊の獣人と比べると見劣りしていた。試合結果、予想通り熊の獣人が勝ったのだが、かなりの辛勝……というか、試合内容としては負けていた。

体格に勝る熊の獣人は終始力任せに攻めていたが、討伐組の男は体格と力に負けているのを技術力で補い、あと一歩のところまで追い詰めることに成功していた。そのまま勝負が決まるかと思われた瞬間、熊の獣人が破れかぶれに放った張り手の一撃が肩に命中してしまい、一瞬よろけたところを攻められて、押し出しで負けてしまった。まぐれ勝ちに近い内容だったことは熊の獣人が一番わかっているようで、勝ちを告げられた後も、苦い顔のまま土俵を去っていった。

先ほどの討伐組の男の戦い方は、俺にとっては参考になるものだった。ただ、ブランカに通用するかと言われれば、ＮＯと言わざるを得ない。何故なら、俺と討伐組の男では体格に差がありすぎるし、熊の獣人とブランカでは力量に差がありすぎる。あくまであんな戦い方もあるという程度に考えるしかない。

「ところでテンマ、わしの試合は見ていたかのう？」

「ん？　……ごめん、見てない」

ブランカ対策に夢中になっている間に、いつの間にかじいちゃんの試合は終わっていた。ちゃんと見ていたというブランカが教えてくれたのだが、虎の獣人と正面からぶつかり、そのまま吹き飛ばしたらしい。相手は吹き飛ばされた時に土俵に尻餅をついてしまい、そのまま決着となったそうだ。

今回のような選抜者同士の大会で、あそこまで力の差を見せつける試合はとても珍しいらしく、観客はじいちゃんを大いに讃えたそうだ。

「じいちゃんの試合を見逃したのは惜しいけど、それよりも次の試合だな」

「おう。よほど考え込んでいたようだが、何かいい方法を思いついたか？」

「何通りか考えてみたけど、どれも通用しそうにないな」

そんなことを言っていいのか？　という顔をするブランカだが、それ以外の方法を試せばいいだけだと言うと、ニヤリと笑った……とても、父親になる男がする顔ではないと思ったが、それを言うと何となくブランカが落ち込むような気がしたので今は言わないことにした。

「とりあえず、名前も呼ばれたから行こうか？」

どこぞの戦闘民族のように、「ワクワクしてきた！」といった感じのブランカと共に土俵へと向かい、塩をまいて位置についた。

「はっけよい、残った！」

「ほいっ！」

行司のかけ声とほぼ同時に俺は両手を前に出して、ブランカの顔の前で手をパチンと叩いた。いわゆる『猫だまし』を仕掛けたのだ。

さすがにこんなのに怯む(ひる)ブランカではないが、反射的に俺の手でも取ろうとしたのか、一瞬だけ動きが鈍った。もしかしたら、予想外の動きに反応が追いつかなかっただけかもしれないが、そのおかげで作戦その一は成功した。

「よし！　入った！」

俺はブランカの隙を突いて懐に潜り、左足で小内がけをしながら右手でブランカの左足を抱え、左手で回しを取りつつ肩でブランカの胸を押し上げた。この技は相撲の決まり手の一つで、『三所攻め(みところぜめ)』というものだ。前世で相撲の特集を見た時に知った技をぶっつけ本番で使ってみたが、思った以上に上手い具合にかけることができた。

「ぬっ！　とっと……」

さすがに相撲経験者のブランカも、小兵に懐に潜り込まれたことはあっても、ここまで密着されたことはなかったようで、土俵際まで追い詰めることができた……そう、追い詰めることができただけなのだ。作戦ではこのまま押し出しで勝負を決めるつもりだったのだが、そうは問屋が卸さなかったようだ。

「危ないところだったが……捕まえたぞ！」

ブランカは器用にバランスを取りながら右手で俺の回しを取り、劣勢から自分有利の状況へと持っていこうとしていた。

「なら、勝負！」

完全に不利な状況になる前に、俺は左足をはね上げながらの内股風の投げを狙った。

「そいやっ！」

対するブランカは、足をかけられていることなどお構いなしに、力任せの上手投げで対抗してきた。しばらくの拮抗（きっこう）の後、互いに数歩分ケンケンで移動して、俺とブランカは同時に土俵の外へと落っこちた。

行司が他の審判を呼び、しばらく協議した結果……

「勝者、ブランカ！」

だった。観客の中には、審判の判断に文句を言っている者もいた。何せ、同時に技を繰り出して、同時に土俵下に落ちたように見えるのだ。「最低でも取り直しだろ！」という声も聞こえる。さらには文句を言っている観客の中に、ごくわずかだが子爵家有利の判定を下したと叫ぶ者もいた。

まあ、この結果に俺は納得していたので、審判に文句を付けることなく土俵を去った。ちなみに、俺の敗因は『徳俵』の差だった。たまたまブランカの踏み出した場所が徳俵の分だけ土俵が広く、俺の足が先に土俵を割ってしまっていたのだ。

当事者の俺が大人しく土俵を去り、審判たちからの詳しい説明がなされたことと、土俵に残っていた俺とブランカの足跡で、観客たちの騒ぎはようやく収まった。

「おしかったのう、テンマ」

「相手がブランカじゃなければ、あのまま投げられたと思うんだけどね」

正直、あれがブランカではなく、まだ体格差の少ないじいちゃんだったなら、俺は決勝に進んでいただろう。もっともじいちゃんなら、あの体勢になる前に何か対策を打っていただろうが。

「なるほど、テンマの敗因は運のなさだな。まあ、あの条件で俺と張り合うこと自体おかしいんだけどな」

遅れて戻ってきたブランカが、俺とじいちゃんの話に加わってきた。さすがに勝負の結果でギクシャクするような仲ではないので、勝って上機嫌ではあるものの、それ以外はいつも通りのブランカだった。

「まあ、勝負は時の運とも言うし、テンマが負けたのは仕方のないことじゃが……仇は取らせてもらうからの」

「楽しみにしてますよ」

そんな軽口を叩く二人だが、じいちゃんの決勝戦進出を賭けた試合はこれからなのだ。つまり……

「俺を無視するなぁ～～～！」

相手の熊の獣人も、ここにいるということなのだ。二人は完全に忘れていたといった顔をした後で、熊の獣人に謝っていたが、それが男の癇に障ったようで、怒りを倍増させただけだった。まあ、一回戦の試合内容からすると、熊の獣人ではじいちゃんの相手にならないだろう。もっとも、じいちゃんの試合を見忘れた奴が偉そうに言うのもおかしいが……

「勝者、マーリン！」

結果は予想通りじいちゃんの完勝で、試合はあっけなく終了した。熊の獣人は呆然としたまま控え室に戻ってきて、隅っこで落ち込んでいた。ちなみに、決まり手は『吊り出し』。じいちゃんは組み合った直後に完全に相手を持ち上げた状態で、土俵の外に出したのだ。これでは落ち込むのも無理はない。

「まあ、あれだけ腰が高ければ、持ち上げるのも難しくはないからのう」

じいちゃんに言わせれば、相手との力量の差や重心の下に潜り込んだからできたということだが、それでも老人が持ち上げるような重量ではない。何はともあれ、これで決勝はブランカとじいちゃんということとなり、予想通りというか予定通りというかといった組み合わせとなった。

決勝戦の前に休憩を挟むそうなので今のうちに食事を済ませることにし、会場の周りに並んでいる屋台で料理を購入することにした。まだ余裕があるので、少しくらいなら控え室を離れても決勝戦の時間には間に合うだろうと思ったのだが……屋台の方で予想外のことが起こってしまった。

「こいつも持ってけ！」

「うちのは焼きたてだから、一番うまいぞ！」

「もっと食べて大きくなったら、次はブランカに勝てるわよ！」

といった具合に、相撲を見ていた人たちに囲まれてしまった。最初のうちは、俺に気がついた人がいい相撲だったたと声をかけてきただけだったのだが、次第に人が増えていくにつれ、屋台に買い物に来たのだと気がついた店主たちが、競うようにして自分の売っているものを持ってきてくれたのだ。

あまりに多くの人に囲まれた為、身動きがとれずに困ったことになってしまったが、俺に対する好意からそうなってしまっただけなので無下にすることもできず、解放されたのは決勝戦が始まるほんの少し前だった。解放された理由は、囲んでいた一人が俺とじいちゃんの関係を思い出し、周りの人たちに伝えたことで道を開けてくれたからである。

「何とか間に合った……」

「ほんと、危ない、ところ……だった。げふっ！」

控え室に戻ると、ちょうどじいちゃんとブランカが土俵に入ったところだった。あと数分もすれば、試合が始まるだろう。ちなみにアムールの言った『危ない』は、時間ギリギリで間に合ったことを言っているのではなく、屋台から控え室に戻る間に、屋台で入手した串焼きを走りながら食べていたせいで、肉をのどに詰まらせて窒息しかけたことを言っているのだ。なお、それでも懲りないアムールは、控え室で席を確保した今もおいしそうに串焼きなどを頬張っている。うちの食いしん坊二匹を従えながら……

「とりあえず、食べながら見るか」

土俵がよく見える場所まで椅子を動かし、先ほどもらった食べ物を取り出すと、いいタイミングで試合が始まったのだが……

「テンマ、飽きた」

「まあ、さっきから大きな動きがないからな」

試合開始からおよそ五分。じいちゃんとブランカは、土俵の真ん中で相四つの状態で膠着（こうちゃく）したままなのだった。俺からすると、二人は動きがないように見えて、実際は細かなフェイントや駆け引きが繰り返されているのがわかるので目を離すことができないのだが、アムールのように豪快な決着を期待している観客たちには不評みたいだ。さらに五分膠着状態は続き……

「離れて！　仕切り直しだ！」

行司が水入りによる仕切り直しを告げた。ここまで来ると、不満を漏らしていた観客も自然と息を殺して二人の相撲を見ており、その反動からか行司の声と同時に大きな歓声が上がった。

「もっと早くにやり直せば良かったのに」

派手な戦いを望んでいた観客もそれなりの数がいたようで、アムールと同じ感想を漏らす者も少数ではあるが当然のようにいた。

そんなアムールは完全には相撲に集中せず、シロウマルとソロモンと競うように屋台の食べ物を頬張っていた。そのせいで、俺の食べる分が大幅に削られている。一応、相撲を見ながら串焼きなどの食べやすいものを手に取っていたので腹ぺことということはないが、この分だと確実に物足りなくなりそうだ。

「まずは、試合が再開される前に食えるだけ食っとくか」

「それがいい」

誰のせいでそんな選択をしないといけないのかわかっていないアムールを無視して、俺はまだ食べていないものを中心に自分の皿へと確保した。確保した時、シロウマルとソロモンが当然のように俺の横に陣取ったが、二匹に分けるほどの余裕はないので無視した。

「はっけよい、残った！」

仕切り直しで展開も変わるかと思われたが、先ほどの再現のように土俵の中央付近で二人の動きが止まった。ただ、先ほどと違う点が一つだけあった。それは、ブランカがもろ差し（両手を相手の脇の下に入れて回しをとること）を決めたことだった。

ブランカは一般的に有利な体勢と言われるもろ差しの状態に持っていったことで、しばらく中央で拮抗した後、徐々にじいちゃんを押し始めた。じいちゃんもできる限りのことはしていたようだが、抵抗虚しく寄り切られて負けてしまった。じいちゃんが土俵を割った時、会場は地元の選手が勝ったことで大いに盛り上がった。中でも、一番の歓声をブランカに送っていたのはサナさんだった。

サナさんは、いつものおしとやかな感じからは想像できないくらい興奮しており、サナさんの妊娠を知っている周囲の女性たちからなだめられていた。

「じいちゃんとブランカの差は、応援の差だったか」

なら応援しろよと言われそうだが、ブランカを応援していたのはサナさんだけではないので、俺だけでは応援の量も質も埋めることはできなかっただろう……と、今のうちに言い訳を考えておこう。絶対にじいちゃんに何か言われるから。

「むしろあれだけの応援で勝てなかったら、今後相撲があるたびに、ブランカは周りにからかわれる」

確かに周りに悪気はないだろうが、話のタネとして話題に上がるのは間違いないだろう。あの南部上位者たちは特に。

「そういえば、この相撲大会は優勝しても賞金は出ないんだよな」

「一応『神事』という建前だから、得られるのは名誉だけ。その割には賭けを許しているけど」

何だか矛盾しているようにも感じるが、実際に戦う側には『神事』であっても、見ている方には

『祭り』だということなのだろう。

「名誉だけというのもかわいそうな気もするけどな。妊娠祝いと合わせて、何か贈れるものがあったかな?」

そんなことを言いながらマジックバッグを漁っていると、それまで静かにしていたスラリンが俺に近づいてきて、ディメンションバッグの中に入っていった。

何かいい考えでもあるのかとスラリンがバッグから出てくるのを待っていると、しばらくしてスラリンがゴルとジルを伴って出てきて、俺の前に金銀二種類の丸い玉を吐き出した。

「これは……ゴルとジルの糸か?」

糸玉は絹のような手触りで、少しほどいて色を確かめると、透明感のある金色と銀色だった。

「売ったら、いくらぐらいになる?」

「知らん」

アムールが糸玉を手に取った後でそんなことを訊いてくるが、俺自身初めて見るくらいなので値段など知る由もない。ただ、アグリの話が本当ならば、この糸玉（直径約一五センチメートル）の価値は計り知れないものだろう。

「まあ、いいか」

ブランカとサナさんには世話になっているし、元々存在を知らなかったものだから、別に手放してもいいだろうと考え、この二つの糸玉をプレゼントすることにした。

「そういえば、ハナさんとサナさんにアムールの鎧と同じようなやつを頼まれているんだった。そろそろ取りかからないと」

サイズはアムールの物を参考にすれば問題ないだろうから、訊かなくても大丈夫だろう。もし合わなかったら、サナさんが手直しするだろうし。

材料はスピアーエルクの皮を鞣したものがあるので、それを使えばいいだろう。ちなみに、鞣したのはスラリンだ。スラリンはスライムの特性を活かして（体内で獲物を溶かして食べること。それに加えて、スラリンは溶かすものを選ぶことができるので、皮に付いていた肉や油などの不要物だけを消化した）加工したので、すぐにでも作業に入ることが可能だった。

「テンマ～。何故すぐそばで応援してくれなかったのじゃ……」

今後の計画を練っていると、案の定戻ってきたじいちゃんが開口一番に応援のことを言い出した。そこで先ほどの言い訳を口にしたのだが、それでもじいちゃんは納得しなかった。

どうやってじいちゃんを言いくるめようかと考えていたら、表彰式を終えたブランカがサナさんを伴って戻ってきた。その姿を見たじいちゃんは、俺に文句を言う気が失せたようだった。ちなみに、俺もじいちゃんに言い訳をする気が失せていた。何故なら……

「すっごく、ウザイ」

アムールと同じ気持ちだったからだ。ブランカはサナさんをお姫様だっこをしながら登場した上に、サナさんもブランカの首元に手を回して密着し、先ほどから顔を寄せたりキスしたりと、うっとうしいほどのピンク色のオーラを放っているのだ。

「よしっ！　相撲大会も終わったことだし、屋台でも回ろうか！」

「よし行こう、すぐ行こう、はよ行こう！」

「そうじゃの」

俺たち三人はピンク色に輝いている（ように見える）二人を無視し、控え室から急いで脱出した。

後で聞いた話だが、二人は誰もいなくなったことに気がつかないまま控え室でイチャつき続けたらしく、いつまでも姿を現さない俺たちを不審に思って様子を見に来たハナさんに、「いい加減にしろ！」と怒られたのだそうだ。

第六幕

ここのところの数日間、俺は宿にこもってハナさんから依頼された『山賊王の鎧』に没頭していた。相撲大会が終わった次の日までは外に出て祭りを楽しんでいたのだが、武闘大会と相撲大会で俺の顔は完全に南部の住人に覚えられてしまい、どこへ行っても囲まれてしまったのだ。そのせいで自由に動き回ることが困難となり、防犯上の理由と精神衛生上の理由から外へ出ることを自粛したのだった。

そんな俺の事情を理解したアムールやハナさんの計らいで、屋台で出されている珍しい食べ物や人気の食べ物が差し入れされたので不満はなかった。むしろ、休息を兼ねた作業の合間においしいものを食べ、気分転換に温泉に浸かるという、ある意味極楽な生活を楽しんだ。

「うん、いいわね。実戦では少し耐久力が心許(こころもと)ないかもしれないけど、普段使いなら十分ね。色は……仕方がないか」

そうしてできた鎧をハナさんに渡すと、ほぼ満足する出来だったようでご機嫌だった。色はスピアーエルクの茶色だったが、その代わり形は虎をイメージして作っていたので許容範囲らしい。ただ、サイズは若干合っていなかったようで、今度サナさんに頼んで修正するそうだ。

「それと、これはついでです」

そう言って俺が渡したのは、着ぐるみのような服だ。こちらは普段着にも使えるし、寝巻きの上から着ることも可能な品だ。スピアーエルクの皮が大量に余ったので、暇潰しに作ったものだ。ちなみに、完成させた着ぐるみは三着で、アムールにも渡してある。こちらの着ぐるみはサイズをあまり気にしなくて良かったので、二着も三着作るのも大して違いがなかったからだ。なお、着ぐるみは他にも何着か作りかけの状態で置いてある。これは絶対に欲しがる人がいるので、お土産代わりに作ってあげようと思ったからだ。

「それで、テンマの今後の予定は？」

「知り合いへのお土産を探して、見つかり次第帰りの準備ですかね？」

一応、あと一週間ほどの滞在を予定していると伝えると、ハナさんは少し考え込んでいた。そして、

「悪いのだけど、そのうちの一日をくれないかしら？　少し案内したい所があるの」

いつになく真剣な表情と声でそう訊いてくるので、俺はすぐに頷いた。どこに連れていく気かはわからないが、俺に教えておかなければならないことがあるのだろうと判断したからだ。

今日これからでも大丈夫だとハナさんに伝えたのだが、その場所へ行くにはハナさん側の準備が必要とのことで、早ければ二日後の朝から出かけるということに決まった。じいちゃんも同行してほしいとのことだったので、この話は俺からじいちゃんに伝えることとなった。

「とりあえず、南部ならではのお土産を探すつもりなら、サナに相談するといいわよ。あの子はナナオで民芸品なんかの元締めをしているから、誰よりも頼りになるはずよ」

というので、さっそくサナさんを訪ねることにした。唯一の心配は、相撲大会後のようなピンク色空間をブランカと作り出していないかということだったが、アムールが遊びに行っているのでそ

の心配はないはずだと言われた。

「街の方も、だいぶ落ち着いたみたいだな」

子爵家を出て街の様子を見ながらサナさん宅を目指したが、祭りが終わったばかりなので多少の騒々しさは残っているものの、相撲大会直後のように囲まれることはなかった。ただ単に、フードを目深にかぶっているせいで、街の人たちが俺に気がついていない可能性もあるけれど。

「こんにちは～、サナさんいますか？」

「は～い」

パタパタと足音を立てて、サナさんが急ぎ足でやってきた。その後ろには、急ぎ足のサナさんを心配したブランカと、俺の声に反応したらしいアムールが続いている。

ここに来た理由を話して相談に乗ってほしいと言うと、サナさんはすぐに頷いて商品が並んでいる部屋へと案内してくれた。ただ、その部屋は普通に売っているものより希少価値が高いものもたくさんあるらしく、乱暴に扱おうとしていたアムールがサナさんに怒られていた。

「女性に贈るのなら、金を基調とした髪飾りや首飾り、男性になら銀を使った腕輪なんかが人気ね。ただ、男性はともかく、女性は好みにうるさい人も多いから、こっちのハンカチなんかの小物の方が無難かしらね？」

色々と商品の説明をしてくれるサナさんだったが、どれも今一つピンとくるものがなかった。そこで、まずはお土産を持っていく人の分類を大まかに分けてみることにした。

まずはジンなどのセイゲンの知り合い。こちらは装飾品なんかより、食べ物などの方が喜ばれるだろう。特にガンツ親方には、酒類を持っていった方が確実に喜ばれると思う。

そして王都の知り合い。その中で、まずはククリ村の人たち。こちらも人数が多いので食べ物、特におばさんたちが自宅で作ることができるものや参考になる食べ物、もしくは調味料がいいかもしれない。ケリーたちには、ガンツ親方と同じくお酒が喜ばれるはずだ。それにプラスして、甘いものを持っていけば完璧だろう。

そして、ジャンヌとアウラとエイミィ。この三人は、オオトリ家の家紋が入ったものがいいと思う。三人は俺の身内扱いとなる為、いざという時の身分証明にも使えるだろうし、変な奴に絡まれた場合にも、多少の抑止力も期待できるはずだ。念の為、サナさんに家紋入りのハンカチを作ることができるか訊くと、少し時間はかかるが可能とのことだった。ただ、ハンカチだけだと少し寂しいかもしれないので、何か装飾品を買っていくことにする。それに、アイナも同じものでいいかもしれない。一応、アイナはまだ『オラシオン』に籍が残っているはずだし、嫌がるかもしれないが、アウラ(実妹)とお揃いのハンカチを一枚くらい持っているのも悪くないと思う。それとクライフさん。あの人はシンプルに無地のハンカチがいいだろう。

あとは、貴族関係だ。アルバートたち三人は何でもいいとして、サンガ公爵とサモンス侯爵は王都にいるかどうかわからないしあまり変なものを贈るのもダメなので、じいちゃんから巻き上げたものを含めた数種類のお酒のセットでいいだろう。二人にはガンツ親方たちに持っていくものよりも、量は少なくてもいいからその分高価なものや珍しいものにすればいいと思う。

そして王家の人々だが……おそらく、南部の品でも知っているものが多いと思うので、何か少し変わったものの方がいいかもしれない。ただ、どんなものを選んだとしても、『高品質の品』という条件は外せないので、特注で何か作ってもらうことにする。

まずは男性陣だが、こちらは作務衣のような服をサナさんに注文した。服のサイズは女性ほど細かくしなくていいと思うので、大体のサイズ（ただし、ティーダだけは今後の成長を見越して少し大きめに）をサナさんに伝え、素材も丈夫で高品質のものを頼んだ。

そして、一番の問題が王家の女性陣だった。はっきり言って、俺のセンスは自分でも期待できないので、何を贈っていいのかがわからない。特にマリア様が一番の難関だ。ちなみに一番簡単そうなのはルナで、ルナなら大外れを選ばない限りはどれでも喜びそうな気がする。

「ということで、何をお土産にしたらいいですかね？」

わからないならプロに訊いてしまえばいいとサナさんに訊いてみたのだが、さすがのサナさんも王族のような人々に贈り物などしたことがないのでわからないと言われてしまった。そんなサナさんもお手上げの状況の中で、意外な人物から面白い提案があった。

「そこまで難しく考えずに、親戚に贈るくらいの気持ちになってみたらどうだ？　傍から見ると、王妃様はテンマをかなり可愛がっているようだし、よっぽどのものでなければ喜んでくれると思うぞ」

「ブランカの言う通り！　あの王妃様は、絶対にテンマには甘いはずだから、手作りのものでも喜びそう！」

断言する二人の話を聞いてサナさんが何か思いついたらしく、奥にあるという作業場へと歩いていった。そしてブランカは、来た時と同じようにサナさんの後ろをついていった。

しばらくして戻ってきたサナさんとブランカの手には、それぞれ大きさや形の違う数枚の布がのせられていた。

「これはショールの見本よ。見本だからシンプルなものしかないけど、色々な色や模様の組み合わせでオリジナルのものを作ることができるわ」

俺がただの布だと思ったものは、女性用の肩がけ(ショール)の見本だった。形は正方形のものと長方形のものがあり、大きさも大中小の三種類あった。

「手作りでも大丈夫かもとはいっても、さすがに一日二日で織れるようにはならないから、色と模様の指定をしてくれたら、専門の職人たちに織らせるわ」

サナさんが言うには、程度にもよるが複雑な模様でも数日あれば作ることができるそうなので、五枚頼むことにした。王族の女性陣は四人なのに一枚多く頼むのは、プリメラの存在を思い出したからだ。さすがにサンガ公爵とアルバートたちにお土産を持っていくつもりなのに、一人だけ除け(の)者にするのは悪いと、注文する枚数を数えている時に思ったのだ。

「五枚ね。模様や編み方はどうするの？」

編み方も色々とあるらしく、それぞれ一通りの説明をしてもらったが考えた結果、一般的な織り方に決めた。

「大きめのサイズに少し厚めの織り方ね。それが五枚……色と模様は……」

サナさんは注文表に俺の言った条件を書き込んでいった。色と模様に関しては俺のセンスでは難しすぎたので、色や模様の書かれた見本から選んだ。

「それと、これを使ってそれぞれの名前を刺繍(ししゅう)してもらえませんか？」

ただ、それだと元からあったものを組み合わせただけで、オリジナルとはとてもじゃないが胸を張って言えないので、ゴルとジルの糸玉（サナさんへのプレゼント用とは別にスラリンが確保していたもの）を渡した。

「何、この糸は！」

サナさんはゴルとジルの糸玉を見るなり大きな声を出し、興奮しながら色々な角度で二種類の糸玉を見始めた。この糸玉がどんなものかまだ言っていないのだが、サナさんは一目見ただけで目の前の糸玉の価値を見抜いたようだ。ついでに妊娠祝いにと、スラリンが用意した二種類の糸玉を渡すと、あまりの感激に俺に抱きつき、続いてスラリンを抱いて頬ずりした。サナさんが俺に抱きついた時のブランカの視線が、一瞬鋭くなったのは気のせいではないだろう。ちなみにこの糸玉は、ゴルとジルが出す糸の中でも特殊なものらしく、手のひらサイズの糸玉を作るのに、相当な体力と時間を要するらしい。

「注文を承ったわ。代金は一枚三〇〇〇Gで一万五〇〇〇Gよ。納品の予定日は、少し余裕を見て五日後ね」

初めサナさんは糸玉のお礼に無料でいいと言ったのだが、それではお祝いの意味がないと通常の料金で作ってもらうことにした。ついでにサナさんの所で王族の男性陣へのお土産（こちらもゴルたちの糸で名前を入れてもらう）や、ジャンヌたちのハンカチや装飾品を購入し、ショールと一緒に受け取るようにして、他のお土産を購入する為においとますることにした。

「さて、次は酒屋でも回るか」

サナさん宅を後にした俺たち（アムールも俺についてきた）は酒屋で酒類を大量購入し（ただし、じいちゃんから巻き上げたような最高級品は売っていなかった）、それから雑貨屋や食料品店を見て回った。

雑貨屋では、日本刀と同じような技法で作られた包丁を数本、食料品店では香辛料を中心に購入した。しかし、一番の収穫は包丁でも香辛料でもなかった。

「しかし、王都やセイゲンの気候でも育ちそうな香辛料の種や苗が手に入るとは思わなかった」
購入できたのは、唐辛子の種とウコンの苗、それと黒胡椒(こしょう)の苗だ。どれも寒さには弱いそうだが、ウコンは防寒対策をしっかりとしておくか掘り起こしてマジックバッグなどで保管しておけば、よほどのことがない限りは毎年のように収穫ができ、唐辛子と黒胡椒は成長が早いそうなので、採れた種を保管しておけばこちらも毎年の収穫が見込めるらしい。しかも、唐辛子は鉢植えにして、家の中でも育てることが可能なのだそうだ。

「多少値段は張ったけど、上手くいけば一年で元が取れそうだな」
黒胡椒とウコンはあまり売っていなかったが、唐辛子の種はかなりの数が手に入ったので、マークおじさんたちにも育ててもらえば、そう簡単に全滅するということはないだろう。

「それにしても、胡椒やウコンはともかくとして、唐辛子のように簡単に育てることが可能なら、王都やセイゲンで苗を売っていてもおかしくないと思うんだけどな？」

「ん～……単純に、売り物になるほどの量を育てるのは難しいからだと思う。それなら南部で買い集めた方が、早いし簡単」

「なるほどな」
確かにアムールの言った通り、商売にするほど育てるとなるとかなりの土地が必要になるし、もし大寒波なんかに襲われたら全滅してしまう危険性がある。俺みたいに自分が使うくらいの量なら、自宅などで育てている人もいるかもしれないが、そんな人は苗や種を売りに出すほどの数は育てないだろう。

「これでお土産は十分だな」

食べ物のお土産も何種類か買ったので、これで十分だろうと旅館に帰ってゆっくりしようと思ったのだが……

「テンマ、アルバートたちへのお土産は？」

「あっ！」

アムールのおかげで三馬鹿のことを思い出し、近くにあった鍛冶屋で良さそうなナイフを何本か（思ったよりいい品だったので、自分用とケリーとガンツ親方用も）購入した。これと、何か南部の食べ物も一緒に渡せばいいだろう。

「よし！　これで本当に終わりだ！」

「三馬鹿の扱いがひどい」

俺を非難するアムールだが本気で言っているわけではなさそうだし、さらりと三馬鹿と呼ぶアムールの方がひどいような気がする。

「だけどな、アムール。女性へのお土産は色々と気を使わないと、後々ひどい目に遭うしずっと言われ続けるけど、男相手ならそこまでする必要はない。そもそもあいつらとの付き合いは、他の人たちに比べると短いのだから、それくらいの扱いでいい……はずだ」

男相手なら、「気に入るかどうかわからないけど、良さそうだったから買ってきた」で通用しても、女性相手はそうはいかない。「渡した時は喜んだ素振りを見せていても、裏ではどんなことを言っているかわかったもんじゃない！　最低でも、真剣に考えて、選びに選んで買ってきた……というのをわかってもらえないと、何年経っても嫌味を裏表で言われ続ける」……とは、前世のじいちゃんたちと今世のじいちゃんの言葉だ。

「なるほど、理解した……というわけで、文句は言わないから、私にもショール買って！」

と言われたが、王族や貴族（プリメラ）へのお土産なので駄目だと断った。すると、ジャンヌたちと同じハンカチでもいいというので、サナさん宅をもう一度訪ねて追加注文することになった。一応オオトリ家（正確には『賢者マーリン』の）預かりとなるので、身分証明になると判断したからだ。まあ、アムールがしつこかったので、つい承諾してしまったのが本音だが……

思っていたよりも早くお土産選びが終わった俺は、ハナさんからの連絡が来るまで旅館でゆっくりと過ごそうと思っていたのだが、その日の夜にハナさんの使いが旅館にやってきて、予定通り二日後の朝に出かけるとサナさんからの言葉を伝えて帰っていった。

そして二日後。朝早くから子爵家へと向かうと、すでにハナさんたちの準備はできていたようで、俺とじいちゃんさえ良ければすぐに出発すると言われた。ちなみに移動手段はライデンと俺の馬車で、子爵家側の同行者はハナさんとアムール、それとブランカだ。ロボ名誉子爵（ハナさんが正式に子爵になるということで、ナナオではハナさんと明確に区別する為に、皆以前よりも『名誉』をつけて呼ぶようになった）は留守番だ。これは決してロボ名誉子爵が役に立たないからではなく、子爵家の誰か一人はナナオに残って（サナさんは身重の為除外）おかなければならないからだ。

目的地は日帰りが可能らしいがかなり離れているそうで、馬車の御者は目的地を知っているハナさんとブランカが交代で引き受けてくれた。途中途中で休憩を挟んだり、馬車が通ることが難しい場所は歩いて移動したりしたこともあり、およそ四時間かけて目的地の目と鼻の先までという所に到着することができた。

ただ、見渡す限り村の目印になるようなものは見えず、ただの森の開けた場所のようにしか思えない。

「この辺りで迎えの人と合流する予定だけど……」

ハナさんがそう言って馬車から降りた時、フードを目深にかぶった三人が少し離れた茂みから現れた。

「ああ、あそこにいたのね」

ハナさんは茂みから現れた三人に近寄って何かを話すと、揃って馬車の方へと歩いてきた。その時の俺は多少の警戒はしていたが、ハナさんの探していた人物だとわかっていたので、まずは挨拶でもしようと近づいた。

三人まで数メートルという所まで近づいた時、三人の先頭にいた人物がおもむろにフードを外した。そしてその素顔を見た俺は、瞬間的に大きく後ろに飛びのいていた。何故なら、

「虎……」

先頭の人物の顔は、ほぼ動物の虎と同じ顔をしていたからだ。そして、その虎顔の後ろにいた二人も、フードの下はほぼ動物の顔（犬もしくは狼、と猫の顔）をしている。

「これは……そういうことじゃったのか」

俺と同じく三人に挨拶しようとしていたじいちゃんも驚いてはいたが、何かに気がついたように呟いていた。

「テンマ、驚くのは無理もないが、警戒はしなくていい。あの人たちは、俺と同じ獣人だ」

じいちゃんの後ろから降りてきたブランカが、俺にそう声をかけてきた。その横にいたアムールは、驚いてはいるようだが俺ほどではなかった。

「まあ、初めて見たのなら驚くのは無理もない。むしろ、敵意を覚えたり危害を加えようとしたりしないだけありがたいことだ」

先頭の虎顔の男は、俺みたいな反応には慣れているようで落ち着いた声でそう言ってくれたが、その後ろにいた二人は面白くなさそうな顔をしていた。

「お前たちもいい加減にしろ。子爵家に関わりを持つ冒険者を村に招くということは、領主と村長が決めたことだ。渋々とはいえ、お前たちも一度は了承したということを理解しろ」

虎顔の男が後ろの二人にそう言い聞かせると、二人は不満げな表情をしながら俺から視線をそらした。

「申し訳ない。だが、村の中にはこの二人と同じように外部の人間、特に人族に不満を持つ者もいると理解してほしい」

「いや、こちらもすまなかった。それと、獣顔の獣人を見るのは初めてじゃない。過去に一度だけ見たことがある」

俺が素直に謝ったことと初見ではないと知ったことで、後ろの二人は幾分溜飲(りゅういん)が下がったようだ。先ほどより少しだけ雰囲気が柔らかくなった気がする。ただ、過去の話を聞きたがったので少しだけすると、申し訳なさそうな顔になり、逆に謝られた。

「この三人を見て大体わかったかもしれないけれど、これから行く村は『種族の血が濃い獣人』たちが住んでいるの。詳しくは村長が説明すると思うけど、差別的な目で見たり言葉をかけたりしないでちょうだい。下手をすると、命懸けの戦闘に発展するから……冗談ではなくね」

ハナさんの忠告に頷き、三人の後ろをついていくことになった。後で聞いた話では、村の位置をなるべく他の者（特に南部以外の者）に知られないようにする為、わざと村の近くにわかりやすい道などは作っていないそうだ。ちなみに、この森は子爵家が管理しているそうなので、南部の者は基本的に許可なく立ち入ることはないらしい。ごくまれに南部の冒険者が豊富な資源を求めて侵入するそうだが、そのほとんどが村に近づく前に、村の住人によって排除、もしくは捕縛されるとのことだ。もちろん、村の人々は正体がバレないように、フードや全身鎧などで変装するそうだ。

「それにしてもブランカはともかくとして、じいちゃんとアムールはあまり驚いていなかったな」

「まあ、わしは若い頃に色々な地を冒険したからのう。その時に会ったこともあるし、そういった者が暮らす隠れ里が、南部のどこかに存在するという噂を聞いたことがあったから、もしかしてと思っておったのじゃ」

「私は直接会うのは初めて。だけど、お母さんから話は聞いていた」

じいちゃんは長年の経験を元に予想していて、アムールは南部のトップに位置する家の一員として知っていたということだった。

それにしてもあの時、反射的に武器を取り出さなくてよかった。あの虎顔の男性だったら、許してくれるかもしれないが、当然いい思いはしないだろうし、その後ろにいた二人は、絶対に許すことはなかっただろう。なので、村に着く前に武器を入れたマジックバッグはスラリンに預けるか、個別に取り出しにくいようにひとまとめにしておくのが無難かもしれない。

なので、善は急げと言うし、さっそく行動に移すことにした。もちろん、案内役の三人の目の前で武器を出すのはあまり良くないと思われるので、バレないようにこっそりとやった。結局武器を入れたマジックバッグは、俺よりも物の管理が上手なスラリンに預けることにした。それと同時にシロウマルとソロモンには、危害を加えられない限りは攻撃やそれに準ずる行為をしないように言い聞かせた。一応、スラリンに二匹の監督を任せたので大丈夫だろう。ちなみに、ゴルとジルが危害を加えるといったことは、全くと言っていいほど心配していない。何故なら、元々あの二匹は人見知りするところがあるので、知らない人たちの前に出ることはほぼあり得ないからだ。しかも、何かあればスラリンたちが即座に守るので、一番の安全地帯にいると言っても過言ではない。そんな二匹は、糸玉のご褒美に食べさせたお菓子が嬉しかったのか、今は頑張って糸を量産中とのことだった。

「ここが目的の村？」

「特に変わったところは見えない」

俺の呟きを聞いたアムールがそう返してきた。確かにその通りで、俺が感じたことをアムールが代弁した形だ。そしてじいちゃんも同じような感想を抱いたようで、口には出さずに頷いていた。

「まあ、見た目が違うだけで、生き方自体に違いがあるわけではないからな。隠れ里という以外には、普通の村と違いはない」

俺たちの疑問に答えたのは、何度もこの村に来たことがあるというブランカだった。確かに彼らは見た目が違うだけで他は獣人と変わらないのだから、生活に違いが出るはずはなかった。むしろ、森を中心に生活する生き方は、ククリ村での生活に近いのかもしれない。

俺たちはしばらく村の中をまっすぐに進み、村の中でも一際立派な建物の前で足を止めた。

「ここが村長の家だ。ハナ様がいるから大丈夫だと思うが……もし村長に危害を加えたりしたら、この村の全てが敵になると心得ておいてくれ」

ここで案内役の三人は役目を終えるようで、虎顔の男の言葉と共に村長の家の前から離れていった。三人の姿が見えなくなったところで、念の為に使った『探索』によると、三人は姿を消したと同時に村の仲間と合流したようで、だいぶ離れた位置で隠れて待機しているみたいだった。ちなみに、その隠れている人たちに、ハナさん、ブランカ、アムールは気がついていないみたいだったが、じいちゃんは隠れている方向が全てわかっているようで、さりげなく視線を向けて場所を確認していた。

「ここの村長は穏やかな人で滅多なことでは怒らないから、普通にしていれば大丈夫よ」

隠れている人たちのことで静かになった俺とじいちゃんを心配したのか、ハナさんがそう言って村長のことを教えてくれた。そしてそのまま、ろくな挨拶もせずに家の中へと入っていく。

「早く来なさい。村長も待っているわ」

そのまま入っていってもいいものかと躊躇する俺たち（ブランカ含む）に、ハナさんは扉から体半分覗かせて手招きをした。家は日本の田舎にありそうな古民家といった感じで、中もそのまんまテレビで見たことのあるような造りだった。

「ほら、早く入って」

ハナさんはまるで実家にでも帰ってきたかのような気軽さで玄関を上がり、近くの襖を開けて中へと入った。部屋の中には年老いた（ように見える）虎顔の獣人がいた。

「遠慮せずに、こちらに来なさい」

中にいた虎顔の獣人は思った通り老人で、さらに女性だった。虎顔の老女は優しげな声で俺たちを迎え入れ、自分の席の向かいに座るように言った。ハナさんによると、この人がこの村の村長であり長老でもあるとのことだ。

念の為周囲を警戒しながら席に着いたが、近くにある気配はここまで案内してきた者とは違う獣人（護衛のようで、部屋のすぐ近くで控えている）と、数名の女性と思われるものしかいなかった。なお、女性の気配は台所に集まっており、家族かお手伝いさんかと思われる。実際に席に着いたすぐ後で女性の一人がお茶を持ってきたが、どう見ても普通（と言っても猫顔だったが）の女性だった。

「これは……緑茶？」

猫顔の女性が持ってきたのは完全な緑茶で、こちらでも名前は緑茶で通用した。南部では昔から緑茶は人気が高く、今でも飲み方や入れ方、品種改良などが盛んに行われているらしい。ちなみに俺たちに出された緑茶は通常の飲み方の熱いお茶だったが、長老のものは十分に冷まされたものみたいで、湯気は立っていなかった。

「私たちは頬袋の使い方が下手だから、熱いと飲みにくいのよ」

と、俺の視線から疑問に思ったことを察した長老が、その疑問に答えてくれた。その他にも咀嚼するということも苦手だそうで、そういった食事の面でもナナオのような獣人の街で生活するのはなかなか大変なのだそうだ。

「もっとも一番の理由は、同じ獣人の中にも差別意識を持っている人がいることなのよ」

なのだそうだ。これは獣人たち、特に若い世代の人たちの中には、目の前の長老のような動物の顔をした獣人が存在することを知らない者もいるらしく、昔は動物顔の赤ん坊を産んだ女性に対し、「魔物の子を産んだ」と言って迫害や暴行を加えたり、子供を魔物と言って殺してしまったりすることも普通にあったらしい。一応ハナさんなどのように街や村のトップなどは知っており、ある程度年を取った獣人は上の世代の人たちから教えられるらしいが、その上の世代の中には強い拒否感を持つ人もいるそうだ。若い世代に教えられていないのは、魔物に近い種族かもしれないという混乱を防ぐ為の昔からの風習らしいが、最近になってその風習を廃止し、子供の頃から『ごくまれに動物顔の獣人が生まれてくることがある』、というのを教えようとする話し合いが行われているらしい。

「そうすると実際に見てもらわければならなくなるんだけど、それはここで暮らしているような人たちをさらし者にする形になるから難しいのよ。しかも、こういった村に住んでいる人の中には、昔周りから差別を受けたり命を狙われたりした経験を持つ人もいるからその分仲間意識が強く、仲間が見世物のようにされるのに強く反発する人もいるし」

とのことで、色々と難しいのだそうだ。しかも、仮にそれらをクリアして、他の獣人たちと暮らせるようになったとしても、今度は人族の国との摩擦が生まれる可能性もあるとのことだ。

そもそも南部自治区ができた最大の理由は、昔人族に追いやられた獣人たちが大勢いたからである。追いやられた理由の中には、動物の耳や尻尾を持つ獣人を、人族が自分たちと同じ人間ではないとして、迫害したというものがある。今でも獣人を同じ人間とは認めず差別する人族がわずかながらに存在し、しかもその中には貴族やそれに近い権力を持つ者もいる。そんな者たちが隠れ里のことを知ったら、差別意識をさらに強めてしまうかもしれない。そいつらが結託して正面からかかってくるならまだいいが、ゲリラ作戦のようなものを取られると、村や小さな町単位では高い確率で全滅する恐れがあり、そうなると人族の国と南部自治区の戦争へと繋がる恐れがある。

「意識改革するにしても、南部だけでは済まないのが一番の問題かもね」

ハナさんの言葉に、長老も同意するように頷いた。ハナさんはすぐにでも取りかかりたい問題らしいが、長老の方はまだまだ取りかかるには長い時間が必要だと考えているみたいだった。

「それで、俺たちをここに連れてきた理由は？」

「ん？　もうほとんど終わっているわよ。ただ、このような村があると知っていてほしいだけだったし、アムールは子爵家の一員として、いずれ連れてこなければならなかったからね」

「要するに、王家や有力貴族に影響力のあるわしとテンマに、いざという時の緩衝材、もしくはそれとなく王家に現状を伝えて、あちら側にも対策を取ってほしいといったところかのう？」

アムールはともかくとして、知っておいてほしいというだけで俺たちを連れてくる理由にはならないと思っていると、それまで黙ってお茶をすすっていたじいちゃんが口を開いた。そして、ハナさんの顔を見る限り、じいちゃんの考えは大当たりのようだ。

「……その通りです。この問題を私から持ちかけるわけにもいかないので、間接的に伝えてほしいのです」

このデリケートな問題を南部自治区のトップが漏らすと色々と問題視する者もいるとのことで、このような形を取ったとのことだ。ちなみに俺をこの村に連れてきたというのがバレると、それはそれで問題にされるんじゃないかと言うと、そちらは子爵家の森へ採集に向かった俺たちが、たまたま狩りに来ていた村の男衆と鉢合わせてしまい、秘密を守らせるよう説得する為に、仕方なく村に案内したという筋書きにするそうだ。かなり無理がある筋書きだが、本当に偶然の可能性がある以上、関係者が口を揃えている限りは何とかなるそうだ。ちなみに、ハナさんとブランカが一緒だった理由は、俺たちが禁止区域（隠れ里付近）に近づかないように監視する目的だった……という設定なのだそうだ。

「とりあえず、王様に話を通せばいいんですね。まあ、マリア様なら、南部で何があったか根掘り葉掘り訊いてくるでしょうから、うっかり口を滑らしときます。それにしても、このお茶おいしいですね」

「お茶のいいのが家にあったはずだから、お土産に渡すわ」

「ついでにこの茶葉の苗も欲しいのう」

「手配します」

ハナさんのお願いを聞くので、こちらもお願いをすることにした。まあ、あちらのお願いの対価にするものとしては相当可愛いものだろう……というか、王家へのお使いの対価がお茶と苗木というのは、誰がどう考えても釣り合っていない。それがわかっているからこそ、先ほどからハナさんは頭を下げたままなのだろう。弱みに付け込んだ形だが、これでこの緑茶の苗を手に入れることができた。上手くいけば自家製の緑茶が飲めるかもしれないし、ダメだったとしても子爵家経由で茶葉を購入すればいいだけだ。

「お茶菓子の代わりと言っては何だけど、ちょうどうちの木に実がなっていたからどうぞ」

そう言って長老が持ってこさせたのは、赤い小さな実だった。どうやって食べるのかと思っていたら、アムールが赤い実を数個摘まんで、そのまま口に入れた。どうやら中心部には実の半分近くを占める大きさの種があるらしく、口の中で種の周りの実を削ぎ取って食べ、残った種を吐き出すようにするみたいだ。ザクロやアケビと同じような食べ方だな。

「この実は甘酸っぱくて後を引くおいしさなんだけど、食べすぎると夜眠れなくなるから気をつけてね」

とハナさんが注意してくれた。俺はその話を聞いてやっぱりなと思った。何故なら、俺はこの種を見たことがあるからだ。もっとも、生のものは見たことがなかったし、この世界で見たわけではないが、加工された種と本やテレビで見たものと全く同じだったからだ。この実の正体は……

「『コーヒーの実』ですか？」

「よく知っているわね。この実は南部の一部でしか栽培されていないし実も小さいから、南部以外では流通はされていないのに」

といった感じに、ハナさんとブランカと長老は少し驚いたように感心していた。アムールはこちらに視線を向けていたが、感心するよりもコーヒーの実を食べることを優先しているようで、皆の注意が実からそれている今がチャンスとばかりに、口いっぱいに実を頬張っていた。

「これの苗ももらえますか？」

「ん～……ちょっと無理だと思うわ」

コーヒーを常飲するほどの収穫はできないと思うが、少しあるだけでもお菓子の幅が広がりそうなので訊いてみたが、ハナさんに断られてしまった。一部でしか栽培されていないとのことなので、コーヒーの苗は貴重なものなのかと諦めていたら、どうも少し事情が違うようだ。

「いや、コーヒーの苗も大して貴重なものじゃないから、譲ること自体は問題ないのよ。問題なのは、王都の気候ね」

ハナさんによると、コーヒーの木の育成には一年を通して温暖な気候であるのが一番大事な条件だそうで、多少寒くなる時期があったとしても実はなるが、冬になると雪が降るような王都の気候では、実がなるどころか木がまともに成長するかすらわからないらしい。ちなみに、南部自治区では雪を見たことがないという人は珍しくなく、記録にある限りでは南部の平地で雪が降ったことはないそうだ。ただ例外的に、南部自治区にいくつかある数千メートル級の山の山頂や中腹の辺りでならば、雪が降ったり積もったりもするらしい。

「それなら諦めた方がいいですね。観賞用として欲しいわけではないですし。実ができても、コーヒーが飲めるほどは採れないでしょうしね」

「コーヒーを飲む？　どういうこと？」

何げなく言った言葉に、ハナさんたち（じいちゃん含む）が反応した。そして、話の内容から食べ物関係だと感じたのか、今度はアムールが五人の中で一番大きな反応を見せた。

前世でコーヒーは何度となく飲んできたが、さすがにコーヒー豆を焙煎する段階からは経験したことがなく、せいぜいコーヒーミルで何度か挽いたことがあるくらいだ。なので、見聞きしたうろ覚えの知識を元に、なるべくわかりやすく説明したつもりだったがあまり伝わらなかったらしく、実際にやらされることになった。

豆を煎るのはフライパンで代用し、コーヒーミルの代わりは布を巻いたカナヅチを使った。本当は均一になるように豆を挽かないといけないのだが、道具がない以上仕方がないと諦めた。代わりにザルで大まかに分けたので、何もしないよりはマシだと思う。

俺のやったことのある入れ方はドリップコーヒーと水出しコーヒーだが、水出しは時間がかかるので今回は除外した。ドリップコーヒーに必要なドリップペーパー（という名前かは知らんが、いつもそう呼んでいた）は薄めの布で代用し、実際にコーヒーを作ってみたが……

「「「「「にっがっ！」」」」」

と飲んだ皆で同じ感想を同時に叫んだ。なお、長老はコーヒーを飲もうとした時に、部屋の外で控えていた護衛が毒見として代わりに飲んだので被害に遭わなかった。

「これって、こんなに苦いものなの？」

ハナさんが口直しのお茶を飲みながら俺に訊いてきたが、実際にこれがこの世界のコーヒーの味なのか、ただ単に俺が失敗しただけなのかはわからないので、「俺も話に聞いただけだからよくわかりません。ただ、飲み物自体は元々苦いものだと聞いています」と答えた。

「とりあえず、こんな感じで飲むそうです……一応、水で薄めたり、砂糖や牛乳を混ぜて飲んだりもするそうです」

念の為、水で薄めたり砂糖や牛乳を混ぜたりして飲んでみたが、それでも苦味が勝っており、おいしいとは言えない味だった。もしかしたら焙煎の段階で失敗しているのかもしれないので、時間と豆があれば実験してみたい。

「この味なら、無理にコーヒーを飲まなくてもいいわね」

と言う長老の一言が、今回の結論となった。ただ、これまで捨てていた余分な種が売り物になるのなら、南部の新たな特産品になる可能性もあるので、細々になるとは思うが研究していくのだぞうだ。『細々と』というのは、単に採れる種が少ないのと、今後の需要を見越してまずは苗の生産量を上げていかないといけないからだ。

「そういえば、あなたは昔私たちの同胞に襲われたそうね。その者はどうなりましたか？」

長老の突然の言葉に、周囲が静まり返った。特にハナさんは声を出さなかったが、見てわかるくらいにうろたえている。

「俺が殺しました」

「そう……ごめんなさいね。本当は私たちが始末しなければならないことなのに、まだ幼かったあなたに背負わせてしまって」

どういうつもりで訊いたのかと思ったが結果だけをそのまま告げると、長老は土下座をして謝罪の言葉を口にした。

「南部で悪さをしていたのならば、私たちで何とかできたのかもしれないけれど、外で……それも裏で悪さをしていたせいで、私たちは何も知ることができなかったのよ。南部以外で暮らしている獣人は……いえ、南部以外で暮らしているからこそ獣顔の獣人のことは厳重に秘匿され、無事に育ったとしてもまともな人生を送れないのでしょうね……」

一応、俺が殺した獣顔の獣人の容姿を思い出しながら伝えると、そういった獣人が南部で生まれたという情報は聞いたことがないと言われた上で、その獣人に降りかかったであろう過酷な人生を想像したのか、長老は痛ましげな顔をした。

俺としても、あの時は殺さなければ俺自身が殺されるし、ククリ村の人たちも殺されると思ったからしたことなので、今でも悪いことだったとは全く思ってはいないが、生まれたのが南部で、すぐにこの人たちに保護されていたとしたら、もっと違う人生を送れたのだろうかと、長老の話を聞いて多少の同情はした。

「そろそろ食事にしましょうかね」

その場の空気を変えるかのように長老が明るい声で言うと、それまで台所にいた女性たちが大皿にのった料理を次々と運んできた。ナナオで食べたものは一人一人に料理が分けられていたが、一般の家庭では基本的に大皿にのった料理を各自で小分けして食べるそうだ。出された料理は野菜と鶏肉の煮物や味噌煮といったもので、日本からの転生者が大きく関わっていると思われる味だった。

料理の後はハナさんたちの案内で村の中を散歩して（おそらくは村の人たちに対する顔見世の意味もあったのだと思う）、日が暮れる前に村を出発することになった。帰り際に長老から薬草や料理のお土産をもらった（薬草はここに採集に来たというアリバイ作りの為で、料理は特に特産物がないので代わりに、ということだった）。まあ、お土産の料理はナナオに帰る前に食べてしまい（ほぼアムールとうちの食いしん坊コンビで）ロボ名誉子爵に対するお土産はなくなってしまった……というか、ロボ名誉子爵の存在自体、皆揃って忘れていたのだった。

「テンマ、あそこ」

隠れ里からの帰り道、そろそろ日も暮れる頃という時間帯に、馬車の屋根の上で寝転がっていたアムールが何かに気づいて御者席に座っていた俺に知らせてきた。

「魔物でもいたか？」

「魔物だけど、野生じゃないっぽい」

その言葉を聞いてアムールが指差す方を見てみると、遠く離れた上空に大きな鳥が飛んでいるのが見えた。しかも、その鳥の足には人がぶら下がっているように見える。

「あれは……テッドだな」

『探索』と『鑑定』で調べた結果、テッドとその眷属のサンダーバードだった。仕事が終わって帰るところかもしれないが、こんな所で知り合いを見かけて声をかけないのも変なので、俺たちがここにいるというのを知らせることにした。

「アムール、目を閉じていろよ……絶対に目を開けるなよ。それっ！」

俺はかけ声と共に、魔法で生み出した光の玉を上空へと投げた。光の玉は五〇メートルほど上空まで上がって弾けた。玉は弾ける瞬間に強烈な光を出して辺りを照らした。これは以前、王都の武闘大会でアッシュに使った『ライト』を改良したもので、音の出ないスタングレネードのような魔法だ。これと似たような魔法はいくつかあるが、今回使った魔法は他の属性の魔力と同時に使用することで、様々な色の光を出すことができる。例えば、光魔法だけなら白い光、火属性の魔力を混ぜると赤い光といった具合に。ただ、他の属性の魔力と同時にだと魔法の難易度が格段に跳ね上がるので、今回のように信号弾代わりに使用するのならば、白い光のままの方が簡単でわかりやすい。

「何事じゃ！」

突然の光に驚いたじいちゃんたちが慌てて外に出てきて周囲を見回していたが、近くで変わったことといえば、地面を転げ回っているアムールだけだ。アムールは目を押さえながら、「目が、目がっ！」とかどこぞの大佐のような叫び声を上げていた。

「ごめん。テッドが遠くの方にいるのが見えたから、知らせる為に魔法を使ったんだ」

「そうだったのね。敵でも現れたのかとびっくりしたわ……ところで、あの子は何をしているの？」

安心した表情を見せたハナさんは、未だに転げ回っているアムールを不思議そうに見ていた。

「どうも今の光を直接見てしまったみたいです。見るなと釘を刺したけど、好奇心に負けてああなっているんだと思います」

日が落ち始めて目が暗さに対応し始めたところに、強烈な光を見たせいで一時的に視力を奪われてしまったのだと思う。失明はしないとは思うが、このまま放ったらかしにしておいたら視力が落ちる可能性があるので、アムールの両目に回復魔法をかけておいた。

「お～い、テンマ～」

光に気づいたテッドが、サンダーバードに両肩を掴まれて吊るされた状態で手を振りながら近寄ってきた。

「こんな所まで『運び屋』の仕事か？」

馬車の近くに降り立ったテッドをハナさんに紹介してから南部に来た目的を訊くと、テッドは肩にかけたマジックバッグから二通の手紙を取り出して俺に渡してきた。

「確かに仕事だけど、相手はテンマだ。差出人はジャンヌと王妃様だ」

差出人を聞いて何かあったのかと思い、テッドから半ば奪い取るようにして手紙を受け取り、その場で中身を読んだのだが……

「何じゃそりゃ……」

などという言葉が思わず出てしまう内容の手紙だった。

「何と書いてあったのじゃ？ ん……確かに、『何じゃそりゃ』じゃな」

じいちゃんに手紙を渡すと、中を読んだじいちゃんも俺と同じ感想だった。その手紙の内容とは……

「うちの屋敷のお隣さんが火事で家を焼失。それでその跡地を巡って騒動が起こるなんて、普通は思わんぞ」

王都の屋敷の隣家（付き合いはほぼない）が過失による火事で家を全焼させて、土地を手放さなければならなくなり、その跡地の買い手がすぐに集まったまでは良かったが、うちの隣ということで数十人が買い手として名乗りを上げたらしい。そこで欲をかいたお隣さんが土地の値段を吊り上げていき、最終的には通常の一〇倍以上まで上がったところで、王様が待ったをかけたのだそうだ。

ちなみに、数十人も買い手が現れたのは俺とじいちゃんが住んでいる屋敷の隣ということで、何らかの思惑を持った貴族や大店の商家ばかりだったらしい。王様から待ったをかけられたのは今回の火事が過失であったのと、うちにも多少の被害（飛び火などで隣とうちを隔てていた塀が壊れて、その近くの木や芝生が燃えたこと。屋敷などには被害はなかったらしい）があった為、事件として扱われることとなったので、罪の大きさが決まるまで土地の売り買いを止めたのだそうだ。

しかも、このままだとお隣さんの土地は国の預かりとなる可能性が高いらしい。

「まあ、焼けた木や芝生はもったいないが、木は森に行って採ってきたのを植えればいいし、塀も魔法ですぐに直せるから大した問題じゃないのう」

そうなのだ。木に関しては、森に行った際に良さげなものを土魔法で掘り起こしてマジックバッグなんかで運んでくればいいし、塀は似たようなものをダンジョンなんかで何度も作っている。つまり、焼けた芝生以外はただで直すことができるのだ。

「問題は、あそこの土地が誰のものになるかだよね」

金銭的な被害がほぼ出なかったにしても（うちが特殊なだけだが）、次に誰があの土地を手に入れるかによっては今後トラブルが起きる可能性がある。国が管理するにしても、王都にある土地を遊ばせてばかりということはないはずなので、何らかの施設などが建てられるだろう。その場合は、前よりも騒々しくなることも考えられる。他にも、国が土地を売りに出したとしても、買い手として集まるのはうちと懇意にしたい人たちだろうし、最悪の場合は俺たちを利用したい奴が買うということもあり得る。直接的な被害はそうそうないだろうが、ストレスのたまる生活になるかもしれない。

「せめて、王族の関係者やサンガ公爵とかサモンス侯爵みたいな人が買ってくれればいいけど……高望みしすぎだよね」

「そうじゃな。いくら王都とはいえ、王族や上級の貴族が権力を使って買い取ったりしたら、一部の者たちから非難されるのは間違いないじゃろうな。しかも、下手するとその土地を手に入れたいが為に、事故に見せかけて火事を起こしたとか言う馬鹿も現れるかもしれんしのう」

大半の人たちはそんな噂を信じることはないだろうが、改革派に近い思想を持つ者ならば攻撃材料として利用することも考えられる。自分たちに大した利益がないのに（王族やサンガ公爵とサモンス侯爵の関係者なら、わざわざうちの隣の土地を確保する必要はあまりない）、わざわざ攻撃材料を作らせるようなことはしたくはないだろう。ただでさえ、なあなあの関係だと言われているのに……

「とりあえずは、王様たちが土地を押さえている以上、そこまで急いで帰る必要はないか。一応返事の手紙に、売りに出されるのなら、俺も購入する気があるって書いた方がいいかもね」

「そうした方がいいじゃろうな。『被害者が迷惑料代わりに、土地の優先的な購入権を要求した』ということにすれば、文句は出ないじゃろう。要求するのは購入権であり、土地をただでもらうわけではないからの」

と結論づけて、手紙を持って帰ってもらう為にテッドを雇うことにした。ただ、もうすぐ暗くなる為、夜目が利かないサンダーバードを飛ばすのは無理とのことで、テッドは明日の朝早くに王都に向かってもらうことにした。そもそもテッド自身そのつもりだったそうで、ナナオに着いてすぐにハナさん紹介の宿をとるとのことだった。なので、明日テッドの出発に合わせて手紙を渡したらいいとのことだった。

「それじゃあナナオに戻るか。テッドも乗っていくだろ？　そろそろサンダーバードが活動しづらい時間帯になるし」

そう言うと、テッドは「ありがたい」と言って馬車の中へと入っていった。サンダーバードはテッドのディメンションバッグに入れるそうだ。ただ、テッドのサンダーバードはディメンションバッグの中に入るのはあまり好きじゃないらしくかなり渋っていたが、テッドに怒られていやいや入っていった。

「鳥型の魔物は、ディメンションバッグのような空間を嫌がるのが多いからな……テンマの持っているやつみたいな広さがあれば別だろうけど、俺のはそんなに大きくはないから余計にな」

何でも鳥型の魔物は自由に飛ぶことができない空間を嫌うらしく、サンダーバードのような大型の魔物は特にその傾向が強いらしい。それを聞いてエイミィのいーちゃんしーちゃんが気になったが、あの二羽のようにヒナの時から狭い空間に慣れさせていれば、成長しても大人しくしていることが多いそうで、今のところ深く考える必要はないと言われた。

「まあうちのと違って、ロックバードなら外に出しっぱなしでも問題はあまりないだろう。もっとも、獲物と間違われないように気をつける必要はあるけどな」

他人の眷属をわざと傷つけたり殺したりした場合、相手は相応の罰を与えられることになるが、はっきり眷属とわかるようにしていない場合は、下手をすると無罪ということもあり得るのだそうだ。そしてたちの悪いことに、それを利用して他人の眷属を殺して素材を得ようとする者もいるので気をつけないといけないらしい。

テッドは同じ鳥型の魔物をテイムしている者同士という関係で、俺がいない時などにエイミィに二羽の育成方法や注意点などで相談されることがよくあったらしく、色々なアドバイスをしていたそうだ。そして、よく顔合わせをするおかげで、いーちゃんしーちゃんもテッドのサンダーバードと仲がいいらしい。まあ他人からすると、完全に捕食者と獲物に見えてしまうのが問題だそうだが……

これまでテッドとここまで長く話す機会がなかったこともあり、エイミィのこと以外でも面白い話も聞かせてもらうことができた。テッドは『運び屋』として色々な場所を訪れているので、ある意味じいちゃんより物知りな面もあった。じいちゃんもテッドと同等以上に色々な土地のことを知っているが、かなり前に訪れた時のことなので情報の鮮度に差があった。

「む～……テンマと出会う少し前から、遠出の旅はしておらんかったからのう。ナナオも今回が初めてだったしのう」

じいちゃんは昔南部に来たことがあったらしいが、ナナオのだいぶ手前で引き返してしまい、それ以降は南部に足を踏み入れたことがないそうだ。

「それは残念ですね。もしその時にマーリン様がうちのおじいちゃんと出会っていたら、絶対に気が合ったはずですよ」

ハナさんがそう言うと、ブランカも頷いていた。ケイじいさんが俺の予想通りの人ならば、確かに気が合いそうな感じはするが、ブランカがその後に言った「ケイじいさんは豪快な人ではあったが、根は真面目で苦労人でもあったからな。マーリン殿も昔はかなり苦労したそうだから、共感するところは多いかもしれないな」という話を聞いて、予想の人物のイメージには似合わない気がしてきた……もっとも、俺の予想の人物は後世に伝わっている話や物語が元になっているので、本当にその通りの人物だったのかは不明ではあるが。

そんなことを考えていると馬車はいつの間にかナナオに到着していて、ちょうど子爵家の前で停止したところだった。ハナさんから夕食を一緒にどうかと誘われたが手紙のこともあったので断り、部屋でマジックバッグに入っている出来合いのもので済ませることにした。ちなみにテッドもハナさんに誘われたが、俺がいないのでいづらくなりそうなのと、サンダーバードの世話もあると言って断っていた。

次の日の早朝、夜遅くまで書いた二通の手紙と代金をテッドに渡して出発してもらった。一応俺たちも、帰りは特に寄る所はないので、セイゲンまで二週間ほどで到着する予定だ。なるべく早く出発したいがサナさんに注文しているお土産が出来上がる日までは、基本自由時間となる。その間に馬車の点検や他の買い忘れがないか確認し、ついでに追加で買っておきたいもの（主に醬油や味噌など）を探すことにした。それが終わると、あとは知り合いへの挨拶回りだが、せいぜい子爵家の人々とリュウサイケンの人たちくらいしかいない（南部の上位者たちは、すでに自分たちの村や町に帰っている）ので、リュウサイケンの人たちには出発の当日に、子爵家の人たちには出発の時とその前日の夜に開いてくれる宴会の時に挨拶すれば問題はない。とりあえず今日のところは、馬車の点検から始めるとしよう。

そんな感じで迎えた出発前夜の宴会では、アムールを送り出すということもあり、子爵家の関係者全員（ごく一部の例外を除く）が楽しんでいた。

「そういえば、テンマは刀を武器として使っているのよね？　どこで知ったの？」

宴会が始まってチラホラと酔っぱらいが出始めた頃、思い出したようにハナさんが俺の刀について訊いてきた。

「ほら、南部でならともかく、他の所だと刀はマイナーだし、刀を探すよりも剣のいいものを探した方が早いでしょ」

ハナさんの疑問を聞いたじいちゃんやブランカも興味があるようで、俺の方をじっと見ていた。

「簡単に言うと、刀の方が使いやすかったんですよ。ククリ村には大人用の剣ばっかりで、子供だった俺には使いづらく、森に行く時は剣じゃなくて大ぶりのナイフばっかり持っていっていたんですけど、そうしているうちに片刃の刃物の方に慣れちゃって……それで刀の存在と特徴は父さんから聞いていたから、錬金術も使えるし自分で作ってみるか、って感じで使い始めたんですけど、ね……」

「何かあるの?」

「実は、俺が使っているのは、本当の刀じゃないんですよ」

俺の言葉に、皆同時に不思議そうな顔をした。

「ハナさんは刀の作り方を知っていますか?」

俺の質問にハナさんは頷いて答えたが、それがどうしたのかという顔をしていた。

「いくら魔法が使えるからといって、あんな複雑な工程は再現できません。俺が使っているのは、『刀の形をした剣』なんです」

前世で日本の武術を習っていた関係で、大まかな刀の作り方は知っているが、肝心な部分はほとんど知らない。なので俺の刀は、熱した金属を叩いて強引に刀の形にした『片刃で細身の剣』といった感じなのだ……まあ、面倒臭いので刀と呼んでいるが。

「確かに昔からある刀の作り方ではないわね。でも、最近ではテンマの刀と同じような作り方をする職人も増えてきたから、刀と呼んでもあまり問題はないわよ」

何でも、オリハルコンやヒヒイロカネといった金属だと、熟練の刀鍛冶でも昔からある作り方では刀を打つことは難しいので(硬すぎてまともに折り返しができない上に、無理に折り返すと元の金属の塊より強度が落ちるそうだ)、鋳造で形を作って叩いて鍛えたりするそうだ。他にも、量産品の刀を作る職人の中には、鋳造しただけのものを研いで売る者もいるらしい。

「昔気質(かたぎ)の職人の中には、鋳造しかしない職人を嫌う人もいるけど、結局は需要があるから鋳造しかしない職人もいるのよね」

鋳造なら鍛造した刀より安く買えるし、強化魔法が使えるのなら鍛造した刀より長く使えることもある。その為、練習用や駆け出しの冒険者に人気があるのだとか。

「それに、元々『刀の定義』が曖昧なところがあるから、鍛造したものだけが『刀』だというのは、少し無理があるのよ。鍛造の方が質の高い刀が多いのは確かなのだけど……」

何でも、刀の本場である南部では昔から、『鍛造で作ったものを刀と呼ぶ』派と『形状によって刀と呼ぶ』派がいるらしく、今でも職人たちの間では白熱の議論が交わされることがあるらしい。

「ちゃんとした技術を学びたいのなら、知り合いの職人を紹介するけど？」とハナさんに訊かれたが、きちんと学ぶだけの時間は取れそうにないので断った。しかし、いずれは話だけでも聞いてみたいと思う。

その後も宴会は遅くまで続き、宿に戻ったのは日が変わるくらいの時間帯だろう。翌日にはナナオをたつというのに、アムールとの別れを惜しんだ子爵家の家臣たちの熱が冷めず、あと少しだけが何度も続いたせいだ。

翌日……というか数時間後、俺たちはリュウサイケンの人々にお礼を言ってナナオの入口へとやってきた。そこにはすでにハナさんたちが待っており、何故か南部の上位者たちの姿も見えた。話を聞くと、俺の出発が決まってからすぐに人を向かわせて話を聞かせたところ、皆ナナオへとやってきたそうだ。中には自分の村に着くとほぼ同時に使者がやってきた為、荷解きもせずにそのままの格好でナナオへと戻ってきた者もいるらしい。

「わざわざ見送り、ありがとうございます」

「それでな、お土産というわけではないんだが、引き取ってもらいたいものがあってな。ちょっと待ってろ……ぐふっ！」

上位者のうちの一人が、自分のディメンションバッグを覗き込んだ瞬間、バッグの中から黒い塊が飛び出してきた。その塊はバッグの持ち主に体当たりをかました後、素早い動きでこの場から逃げ出した。そしてその黒い塊の後を追うように、もう一つ黒い塊がバッグから出てきたが、先に出てきたものよりも動きが鈍く、何故か俺の方へと進んできて脚の間を通ろうとした。

「何だこれ……黒い羊か？」

俺の脚の間に挟まって身動きが取れなくなっていた黒い塊を掴んで持ち上げてみると、その正体は黒い子羊だった。子羊は俺に持ち上げられた後、少しの間何が起こっているかわからないといった顔をしていたが、自分の体が空中に持ち上げられているのに気がつくと急に暴れ出した。もっとも、暴れたといっても動きがゆっくりすぎるので、本人は必死なのだろうが傍から見ると可愛らしく動いているようにしか見えない。

「め～～～～！」

俺に持ち上げられた子羊が疲れてぐったりした頃（暴れていた時間は一分ほどだったと思う）、先に逃げ出した黒い塊……もう一匹の子羊が、怒りの声を上げながら俺の方へと突っ込んできた。その動きは俺の腕の中の子羊と同じ生き物なのか？　と疑いたくなるような俊敏な動きで、かなりの速度を持っていた。このままの勢いでぶつかられたら、軽く飛ばされてしまいそうなくらいの威力があるだろう。

「ガウッ！」

「めっ！　め～～～～」

ただ、子羊が俺にぶつかる瞬間、間に割り込んできたシロウマルにぶつかって、逆に弾き飛ばされてしまった。だが驚くことに飛ばされた子羊は、地面に叩きつけられる瞬間に背中から着地して、まりのように弾んで足から綺麗に着地した。

「ガルゥ！」

「めっ！　めっ！　めっ～～～！」

さらに驚くことに、子羊はシロウマルの威嚇に怯えることなく、逆に声を荒らげている。シロウマルが本気でかかればものの数秒で子羊は命を散らすこととなるはずだが、子羊は引く気はないようだ。

「シロウマル、下がれ。こいつが心配なのか？　そら」

俺は子羊の背後を確認してから、持ち上げていた方の子羊を地面に下ろした。すると先ほどまで威嚇していた方の子羊は、「早く来い！」とでも言うような鳴き声を上げ、駆け寄ってきた子羊（ややこしいので、威嚇していた方を子羊Ⅰ、抱きかかえていた方を子羊Ⅱと仮称する）を呼び寄せた。

「めめめっ！」

「めっ！　……めっ！」

子羊Ⅱは子羊Ⅰの方へと涙を流しながら駆け寄っていたが、またまた驚くことに子羊Ⅰは子羊Ⅱに頭突きをかました。そして、一声鳴き声を上げてから、子羊Ⅱを伴って逃げ出そうとした……が、その背後に忍び寄っていたスラリンにより、二匹揃ってたやすく捕獲された。

「それで、こいつらは何なんだ？」

「うむ、わしの村では羊毛を特産品としていてな。毎年、多くの子羊が生まれるのだ。ただ、うち

の羊たちの毛色は『白』で、黒いと売り物にならんのだ。そこで黒い子羊は食肉用として他の村に売り出すのだが、この二匹は……というより、先ほど威嚇していた方はものすごく凶暴でな、うちの羊小屋に閉じ込めていたままだったのだが、このままだと他の子羊に悪影響を与えそうなので、テンマたちの旅の途中の食料にと思って持ってきたのだ」

「つまりは、お土産という名の厄介払いか」

「そうとも言う！」

子羊の頭突きを食らった上位者は、悪びれる様子もなくそんなことを言った。それなら殺したものを持ってきた方がいいのにと思ったが、彼の村では子羊は血の滴るような状態のものが一番いいとされているので、あえて生かしたままの状態で持ってきたそうだ。

上位者でも手を焼く暴れん坊で、俺なら問題なく捌(さば)けるだろうとの考えらしかったが、さすがにわざわざ子羊を殺して食べるほど食料に困っているわけではない。そんなことを考えていると、

「め……め～め～」

子羊Iが先ほどまでとは違う声で鳴き始めた。何だか、俺に媚(こび)を売っているような鳴き声だ。

「とりあえず、連れて帰るか……」

羊のくせにかなりあざといみたいだが、ここまでされると多少の罪悪感が出てくるので、とりあえず王都の屋敷まで連れていくことにした。あそこならジュウベエたちもいるので、子羊が二匹増えたくらいでは問題など起こらないだろう……あるとすれば、子羊Iとタマちゃんが喧嘩しないかということだけだ。相方の子羊IIの方はかなりのんびりした性格のようで、問題は起こさないだろう。何せ、スラリンに捕獲されて諦めたのか、それとも単に疲れただけなのかは知らないが、子羊

Ⅰが媚を売っている横で穏やかな顔をして寝ているくらいだからだ。

「それと、これが頼まれていたものね」

俺と上位者の話が終わったところで、サナさんが頼んでいたショールを包んだ布を出してきた。

一応中を確認したが、何も問題はなさそうだ。

「ありがとうございます」

サナさんからショールを受け取りバッグに入れていると、スラリンが二匹の子羊を抱えた（取り込んだ）ままでやってきた。スラリンに子羊たちをその場に放すように言うと、解放された子羊Ⅰが一瞬逃げ出すような素振りを見せたが、隣で寝ていた子羊Ⅱを見て諦めたようだ。

「言葉がわかるか知らないけど、逃げない限りは危害を加えない。ただ、逃げて野生で生活していくとしても、お前たちは魔物の餌になるだけだ。もっとも、野生で魔物の餌になる前に、この場で肉になる可能性の方が高いけどな」

子羊Ⅰが逃げ出す素振りを見せた時、この二匹を連れてきた上位者がナイフを抜いて飛びかかろうとしていたので、確実に逃げ切ることはできなかっただろう。さすがに南部の上位者として、お土産として持ってきた食料に逃げられるような不名誉は回避したいらしい。

「めっ！」

言葉が通じたとは思えなかったが、子羊Ⅰはナイフの柄に手をかけていた上位者を見て何かを悟ったらしく、気合の入った鳴き声で返事をした。そして、子羊Ⅰの鳴き声を聞いた子羊Ⅱが薄らと目を開けていたが、すぐにまた眠りについた……シロウマルに対抗しようとした子羊Ⅰも大物かもしれないが、案外子羊Ⅱの方も大物なのかもしれない。

この二匹（特に子羊Iの方）は、馬車の中に入れておいたらいつの間にか逃げ出していたとかいうことになりそうなので、屋敷に着くまでシロウマルたちが入っているディメンションバッグで飼うことにした。バッグに入れる際に子羊Iはかなり抵抗していたが、先に子羊IIを中に入れると（子羊IIは、何の疑いもなしに素直に入っていった）、諦めたようにバッグの中へと入っていった。バッグの口を閉じる前に、子羊Iが子羊IIをどつく音が聞こえていたので、この二匹の間には明確な上下関係が存在するのだろう。

「上には逆らえないということか……どこかの姉妹と一緒だな」

「姉妹？　あの二匹は血が繋がっていないぞ。しかも、どついていた方はメスだが、どつかれていた方はオスだ」

「今から尻に敷かれているのかよ……」

今後子羊IIの方を相手にする時は、少し優しく接しようと決めた瞬間であった。

「テンマ、そろそろ出発するぞい」

じいちゃんが御者席でそう言うので、俺とアムールは皆に別れを告げてから馬車へと乗り込んだ。その時、スラリンは俺たちと一緒に中へ入ったが、シロウマルとソロモンは少し運動しながら馬車についていくそうで、外で待機したままだった。

「世話になったのう。今度王都に来ることがあったら、わしの屋敷に来るといい。わしらが不在の時でも誰かいるじゃろうから、利用できるように言っておくからのう」

その言葉が終わると同時に、じいちゃんはライデンに指示を出して馬車を進ませていく。見送りに来た人々は、思い思いに手を振ったり声をかけたりしているが、その中でもロボ名誉子爵は半泣きの状態で、千切れるのではないかというくらい腕を振っていた。

「いつ帰ってきてもいいからな！　というか、俺の方から会いに行くからな～～～～！」

「来なくていい。子供ができたら見せに来る」

「のぉ～～～～～～!!!」

ロボ名誉子爵の言葉にアムールが窓から身を乗り出しながら簡潔に答え、俺の予定に組まれていない願望を口にしていた。ロボ名誉子爵はその言葉を聞いて絶叫し、膝をついて絶望感を体で表していた。

予定は未定であり、そもそも俺の予定表にそんなことは書かれていないので、俺はバッグの中にいる二匹の子羊の様子を見る為に、顔を思いっきり突っ込んで聞こえなかったふりをした。

念の為、子羊Ⅱのダメージを確認する為に覗き込むと、バッグの中では子羊Ⅰがゴルとジルにちょっかいをかけたようで、糸でぐるぐる巻きにされて転がされていた。ついでに、子羊Ⅱもぐるぐる巻きにされている。そして、ゴルとジルはそんな子羊Ⅰの周りを変な踊りをしながら歩き回るという謎の儀式をしている。もしかしたら、自分たちの餌として二匹がバッグの中に入れられたと勘違いしているのかもしれない。

「ゴル、ジル、新しい仲間だから、食べちゃダメだぞ。代わりにこれを食べていいから」

俺の言葉に少しがっかりした様子の二匹は、俺の差し出したスピアーエルクの細切れを受け取り、子羊Ⅰを解放する前に食べていた。とりあえず、これで子羊たちが食べられることはなくなったけど、餌認定されてもなお眠り続けていた子羊Ⅱは、確実に野生では生きていくことはできないだろうと確信した瞬間だった。

「め～、め～、め～」

その後、蜘蛛糸でぐるぐる巻きにされていた子羊Ⅰは、異変に気づいたスラリンによって救出された。救出された後、子羊Ⅰはこの中では自分より弱いものは子羊Ⅱしかいないと理解したらしく、比較的大人しくしていた。

第七幕

ナナオを出発しておよそ二週間後、俺たちは無事にセイゲンへと帰ってくることができた。行きより早く帰ってこられたのは、帰り道がわかっていたことと寄り道をしなかったこと、それとスラリンを含めた四交代（三人と一匹）で御者をして朝早くから夜遅くまで馬車を進ませたからだ。

そのおかげで働かされすぎたライデンは少し不満げだったが、俺とじいちゃんとスラリンで定期的に魔力を送ることで機嫌を取り続けた。もっとも、セイゲンには一日ほどしか滞在しない予定で、すぐに一週間程度の旅をすることになっており、今度はどうやって機嫌を取るか頭が痛いところだ。

「入口に関しては依頼書を見せればすぐに通れるから、そのままアパートに向かうとして、その後二人はどうする？」

俺はアパートに着いたらすぐにギルドへと向かって、いなかった間の情報を収集してから知り合いの所を回って土産を配る予定だ。今の時刻は昼前なので、ガンツ親方やカリナさんたちは工房や家の方にいるだろうが、ジンたちやアグリたちはダンジョンに潜っているかもしれない。なのでギルドで『暁の剣』やアグリたちのことを訊いて、いないのなら夕方にもう一度訪れてみて、それでも会うことができなかったなら次にセイゲンに戻ってきた時に土産を渡すしかないだろう。

「わしはアパートに残るかのう。久々に長い時間御者をして疲れておるし、ライデンの機嫌も取っておかなければならないしの」

「私はついていく。待っていてもつまらないから」

「わかった。じいちゃん、悪いけどライデンのこと頼む。スラリンは残るのか、ライデンのご機嫌取り頼むな。シロウマルとソロモンは、ついてきてもいいけど大人しくしてろよ」

そういう感じで簡単な予定を立てながらアパートへと向かい、馬車をいつもの位置に停めてカリナさんたちに挨拶をした。その時にお土産を渡したが、エイミィはすでに王都に行っていたので、王都に行った際に直接渡すことになった。カリナさんたちと軽く話をしてから馬車へと戻ると、じいちゃんとスラリンがライデンに魔力をあげたり体を洗ったりしてご機嫌取りを開始していた。

再度二人にライデンや馬車のことを頼んでから、ゴルとジルと二匹の子羊がどうするのか訊いていないことに気がついたのでバッグの中を覗いてみると、子羊Ⅰの方は諦めきれずにゴルとジルにまた勝負を挑んで負けたらしく、蜘蛛糸でぐるぐる巻きにされて話せる（意思疎通できる）状態ではなく、子羊Ⅱの方は静かに寝ていた。ゴルとジルはどちらでもいいらしい。

一応ゴルたちも連れていくことにして（ゴルとジルはバッグから出る気はないようだが、シロウマルたちを入れることがあるので）、俺はアムールとギルドを目指した。

体をほぐす意味も込めて少し駆け足で向かったので、ギルドにはすぐに着いた。ギルドまでの道中、何度かすれ違った人から指を差されていたが、急いでいると勘違いされたのか声をかけられることはなかった。中に入って見回すと、アグリたちがいつもの席に集まっているのが見えた。アグリたちはドアの音に気がついてこちらに顔を向けたので目が合い、驚いた様子で俺を呼んでいた。

「テンマじゃないか。いつ帰ってきたのだ」

「ついさっきだ。南部のお土産を渡そうと思って、アグリたちを探すつもりでギルドに来たんだ」

アグリたちは全員で今後の活動について話し合いをしていたそうで、俺にも話に加わらないかと訊いてきたが、まだ回る所があるので辞退した。ついでにジンたちのことを訊くと、昨日ダンジョンから戻ってきたばかりとのことで、今日は街の中をぶらついているか宿で寝ているかのどちらかだろうとのことだった。なお、テッドはこの場にいなかった。まだ王都から帰ってきていないのかと思ったが、アグリが言うには俺の依頼が終わってすぐに他の仕事が入ったらしく、数日前にセイゲンを出ていったのだそうだ。

少しの間最近の話をしたが、アグリたちからはあまりいい情報を得ることができなかった。その代わり、エイミィが王都に行ってしまったので、最近では暇を持て余していると愚痴を聞かされる羽目になった。

テイマーズギルドの面々（特にアグリ）の愚痴から逃げるようにギルドを出た俺とアムールは、次にガンツ親方の工房へと向かった。一応ジンたちがギルドにやってくる可能性も考えて、アグリたちにはガンツ親方の所が終わったら一度ギルドに戻ってくるから、ジンたちが来たらギルドで待っているか、ジンたちが泊まっている宿で待っていてくれと伝言を残した。

後の予定のことも考えて、少しでも時間をかけないようにとギルドから工房まで走っていったのに、ガンツ親方とは会うことができなかった。というのも、工房の手前で弟子の一人に捕まり、ガンツ親方の最近の事情を聞かされたからだ。

何でも、俺が出かけてから少し後に親方は貴族の一人と喧嘩した（貴族側の無茶振りに親方が切れた形）そうで、その後始末に時間を取られたせいで請け負っていた数件の仕事の期限があと数日というところまで迫っているらしい。なので、今俺が顔を出して酒などを渡してしまうと、ストレスのたまっている親方が現実逃避（仕事を放り出して酒盛りを始める）をする恐れがあるとのことだった。弟子は、俺のような客が来ないように、工房の前で対応しているのだそうだ。

そういうことだったので親方には声をかけずに弟子に伝言を託して酒類はまたの機会に渡すことにした。その代わり差し入れとして食べものを渡して、親方に気がつかれないように工房を後にした。

「あとはジンたちだけど……ん？」

工房を離れてギルド方面へと向かっていると、反対方向から見慣れた四人組が歩いてきた。

「おっ！　いたいた！」

「お～い、テンマ～！」

手を振りながらやってくるのは、俺が探していた『暁の剣』だった。合流して話をすると、どうやら俺たちがガンツ親方の所へ向かってからすぐにジンたちはギルドに顔を出したらしく、そこにいたアグリたちから俺が探していると聞いて親方の工房へと向かう途中だったらしい。

「やっぱり、ギルドで待っていても良かったみたいだね。下手に行き違いになっていたら、くたびれ損になるところだった」

「そうですね。もう一度ギルドに来ると言っていたそうですから、ギルドで報告や次のダンジョン攻略の話し合いでもしながら待っていても良かったですね」

どうやらメナスとリーナはギルドで待っていたかったようだが、ジンとガラットが無理やり連れてきたそうだ。

「いや、わざわざ土産を持ってきてくれるっていうのに、来てもらってばかりじゃ申し訳ないだろ？」

「それで行き違いになっていたら、テンマの負担が増えるだけだったんだけどね」

「結果的に、テンマと無事に会えたんだからいいじゃないか」

「確実に会える方法を捨ててまで、ギャンブルに出る必要はないということですよ。ただでさえダンジョンから帰ってきたばかりで疲れているのに……」

メナスたちが不機嫌なのは、疲れているのにジンとガラットのせいで歩かされているからだそうだ。一流と呼ばれる冒険者なのだから体力的にはまだ余裕があると思うが、心と体が休息モードに入っている状態で歩かされるのはきついらしい。

「休息は大事。休める時に休まないと、いざという時に動けない」

「「うっ……すまん」」

アムールに指摘されたことで、素直に頭を下げるジンとガラット。アムールからズバッと正論を言われるとは思っていなかったみたいだが、素直に非を認めることができたようだ。

その様子にメナスとリーナは幾分溜飲が下がったみたいだが、それでもやはり歩きたくはないようで、二人の提案でギルドまで馬車で戻ることになった。もちろん、その代金（俺とアムールを含めた六人分）は、ジンとガラット持ちとなった。

「それにしても、メナスとリーナはだいぶ疲れているみたいだな」

「まあね、肉体的な疲労よりも、精神的な疲労の方が大きいんだけどね」

「テンマさん、聞いてください！　この二人ときたら、調子がいいからってどんどん先に進んでいくんですよ！　確かに一週間で四階層も潜ることができたのは嬉しい誤算ですけど、知らない所をそんな速度で進むのはよっぽどの馬鹿か、頭がおかしい人だけですよ！」

よっぽどの馬鹿も頭がおかしい人も、ほとんど意味は同じだと思うが、それくらい無謀なことなんだろう……俺はそれ以上の速度で攻略を進めてきたから、リーナに言わせると、俺はもっとおかしい人なんだろうな。そのことをポツリと呟くと、

「テンマはおかしいのが普通だけど、普通の人間にあの攻略速度は無理があるからね」

メナスがため息をつきながらそんなことを言った。リーナもメナスの言葉に頷いて同意している。

二人はよほど疲れているのか、まともに頭が働いていないようだ。それまで散々言い負かされていたジンとガラットは、気がつかれないようにそっと二人から距離をとり出したが、さすがに頭のおかしい俺でも馬車の中で『スタン』を使うような非常識な真似はしない。ただ、

「色々なお土産を買ってきたんだけど……頭がおかしい奴からのお土産なんていらないよな」

そこまで言って、ようやく二人は自分の失言に気がついたようだ。かなり慌てながら、自分たちの失言を謝っていた。一通り二人をからかったところで、予定通りお土産を渡した。本来なら日持ちがしないものも含まれていたが、『暁の剣』は全員がマジックバッグを持っているので問題はない。

ギルドに着くまでの間に最近の情報を訊いてみたが、大きな変化はないそうだ。ただ、南部に行く前に価格が上がっていたゴブリンの死体が、かなり安くなってしまったそうだ。一応肥料にする実験は成功したらしく、一定の効果も認められたそうだが、それまでに持ち込まれたゴブリンの死体の数が多すぎたらしく、金に困っている新人の冒険者の為の救済処置的な依頼（安く設定することで、ベテランなどからすれば手間がかかる上に稼ぎが悪い依頼になった）に変えたそうだ。

「だとしたら、あの時のゴブリンは廃棄して正解だった」

「あの時のゴブリン？」

あの時のゴブリンとは、南部自治区に行く途中で寄った村を襲おうとしていたゴブリンの群れのことだ。魔核を譲渡する時にゴブリンの胴体ごと渡したのだが、その時にアムールは、胴体が金になるのなら持っていった方がいいのではないかというようなことを言っていたのだ。だが、あの状況で「魔核を取った後の胴体はもらう」とか言うのはセコくてカッコ悪いし、あの量のゴブリンを解体し終わるまで待つ時間の方がもったいなかったので、そのまま後処理をお願いして村を出たのだった。

「こう言っちゃぁ何だけどよ、テンマ……やっぱお前、バケモノだわ」

「洞窟やダンジョンのような封鎖された空間ならともかく、森に陣取っているゴブリンの大群を殲滅するのは、国が軍を派遣しても無理だ。せいぜい、半分討ち取れたら上出来な部類だぞ」

「それを数人で成すのは、非常識では済まないね」

「確かに群れを殲滅するだけなら魔法使いを大勢集めて、それぞれの魔力が尽きるまで山全体を攻撃させ続けたら可能でしょうが、その山が元に戻るまで何十年もかかるでしょうし、周囲の山も生態系が狂いに狂いまくるでしょうね。そうなれば近くの村は、ある意味ゴブリンの大群に蹂躙されるよりひどい被害を受けるでしょうね」

いつもならバケモノ呼ばわりしたジンに『天罰』を食らわせるところだが、リーナの分析を聞いて今回は見逃すことにした。まあ、馬車の中で『スタン』などを使ったら、間違いなく馬が驚き事故を起こすだろう。そのままたわいもない話を続けギルドで降りると、メナスとリーナはジンとガラットにダンジョン探索の後処理を命令して、自分たちはテーブルでお土産を食べ始めた。

ジンとガラットは、このまま二人に食べ尽くされてはいけないとばかりに急ぎ始めたが、ダンジョン帰りの冒険者たちとかち合ったこともあり、思うように手続きが進んでいないみたいだった。

さすがにメナスとリーナはお土産を食べ尽くすようなことはしなかったが、ジンとガラットに残された量は、明らかにメナスとリーナより少ないものだった。唯一の救いは俺が買ってきたお土産が、『暁の剣』で食べるものと、個人で食べるものの二通りあったことだろう。

一番の懸念であった『暁の剣』に予想より早くお土産を渡せたので、アパートの方へ戻ることにした。

帰る時にジンたちから夕食に誘われたのだが、明日から依頼で王都へ向かわなければならないと言うと、普通の冒険者では考えられないハードスケジュールに驚き、それから依頼主の名前を聞いて納得して同情していた。

ジンたちに（まだ残っていたテイマーズギルドの面々にも）見送られてアパートへと戻ると、じいちゃんとスラリンがライデンを布で磨き上げていた。しかもライデンの体の光り具合からすると、どうやら油も使って綺麗にしているみたいだ。

「おお、帰ったか。もう少しでこちらも終わるからのう」

ライデンを磨き上げるじいちゃんとスラリンは、俺と会話をしながらも決して手を抜くことはしなかった。その話の中でわかったのだが、最初じいちゃんとスラリンは、ライデンを石鹸で洗って流して拭き上げて、で終わる予定だったそうだが、満足しなかったライデンを見て何となくムキになってしまい、ライデンの内部（スラリンの出入口や脱出口など）をスラリンが綺麗にしたり、油を関節に差したり全身に塗ったりしたそうだ。今は余分な油を綺麗に拭き取っているところらしい。

ライデンは綺麗になっていく自分の体を見て、かなりご機嫌な様子だ。

「一応予定は終わらせてきたから、予定通り明日出発できるよ。それと、あと少ししたら夕食だから」

「うむ、わかった」

今日は早く寝て明日に備えなければならないので、俺はすぐに夕食の準備に取りかかった。あまり手の込んだものは作らなかったが、安全な（旅の間も結界を張っていたので、安全といえば安全だったが）場所での食事は久々だった。

「それじゃあ、風呂に入った後は、アムールがアパートで、俺とじいちゃんが馬車で就寝だな」

ごく当たり前のことを言ったはずなのにアムールは納得せず、じいちゃんと寝場所を交代しようと交渉をしていた。さすがにじいちゃんは断っていたが、あと少しで説得に応じてしまいそうになっていたのを見逃さなかった。今後は一層気をつけなければならない。

次の日の朝、俺たちは予定通り王都へと出発したが、今回は見送りに来たのはエイミィの家族だけで、それも純粋な見送りというよりも、エイミィへの言付けを頼むついでのような形だった。ジンたちやテイマーズギルドの面々はおそらく寝坊（もしかしたら昨日渡したお土産（お酒）が原因かもしれない）で、親方は弟子たちに見張られて依頼をこなしているのだろう。

そして王都にも、道中何の問題もなく到着した。大体五日くらいだろうか？　途中で大きな寄り道はしなかったが、一つだけ野生の牛のことが気になりティーダたちに出会った草原に寄ってみたのだが、そこに牛たちの姿は見当たらなかった。

たまたまその近くで狩りをしていた冒険者に話を訊くと、どうもティーダとルナの問題行動の後、この辺りを縄張りにしていた他の牛の群れは、違う場所へと移動したそうだ。あの時のことで牛の数が大幅に減ったのではないかと心配したが、この草原にはあの群れ以外にも複数の群れが存在し、群れが一つなくなったくらいでは絶滅するということは考えられないそうだ。

牛たちの様子を知りたくなり、最近牛を狩りの対象にしたか訊いてみたが、冒険者は慌てて首を横に振って否定していた。その冒険者が言うには、最近になってこの草原を狩場にしている者たちあてに、ギルドを通じて狩りの制限が通達されたそうだ。

その内容は狩りの対象を、『害獣（ネズミやウサギといった、農作物や人に被害を与えるもの）』や『外来種（よその土地から来て繁殖、または繁殖の恐れのあるもの）』、『在来種（害獣以外で元から草原に生息していたもの）』に分け、基本的に『在来種』を狩ることを禁止したのだそうだ。ただ、例外として間引く必要がある時などは、ギルドから信頼できると判断された冒険者やパーティーに直接指名依頼されると決められたそうだ。ちなみに、この制度はティーダの名前で王都や周辺のギルドへと通達されたとのことだった。

王都の入口で門番にマリア様から依頼を受けたことを伝えその証明書を見せると、軽く本人確認をされた後で入ることができた。屋敷のことも気になったが、先にマリア様へ報告に行くのが筋だろうということで、そのまま王城に向かうことにした。

王城では事前に俺たちのことが通達されていたようで、名前と家紋を見せて依頼のことを話すとすぐに入城が許され、そのまま門番に馬車置き場へと誘導された。

馬車置き場ではすでにクライフさんとアイナが待っており、マリア様たちが待っている部屋へと案内された。その時にお土産を渡そうとしたのだが、アイナにマリア様たちより先に受け取るわけにはいかないと言われ、後で渡すこととなった。

案内された部屋には、ティーダとルナを除く主要なメンバーが揃っており、一番目立つ場所にマリア様が座っている。この国のトップであるはずの王様は、マリア様の隣で大人しく座っていた……表向きはともかく、裏では誰が権力を握っているのかがよくわかる構図だ。

「ご苦労様、テンマ」

「これがハナ子爵からの返信となります」

普通はマリア様（本来は王様）が受け取って中身を確かめ、正式に発表して子爵となるのだが、マリア様がこの話を持ちかけた時点で、ハナさんの陞爵は決定したも同然のものだった。なのであえて子爵とつけたのだが、これを聞いたマリア様は自分の計画が上手くいったことを確信して、内容を読む前から笑顔になっていた。

「確かに受け取ったわ。改めて、ご苦労様でした。こちらが依頼完了の証明書ね」

この時点をもって、俺への依頼は終了したということだ。まあ、正確にはこの証明書をギルドに持っていかなければならないが、持っていくのはいつでもいい（あまり長い期間行かないのは怒られるが）ので、普通は証明書をもらった時点で終わったと言って過言ではない。

「それで南部はどうだった？」

依頼が終わって、冒険者と依頼主という関係から戻った（という感じの）マリア様が、南部での出来事を事細かに訊いてきた。ただ、マリア様ほどではないが、王様やライル様も南部の話を聞きたそうにしていたが、マリア様の勢いの前には口を挟むことができなかった。

「やっぱり、王都とは色々と違うわね……ところで、その娘……アムールは、将来的に南部に帰るつもりかしら？」

「ん～……テンマが南部に行くならついていく……ますけど、行かないなら行かない……ません」

「そう、ようこそ王都へ。問題を起こさないなら、あなたを歓迎するわ」

マリア様はアムールの返答を聞いて、ニッコリと笑って歓迎の言葉を口にした。どうやらマリア様は、俺とじいちゃんがハナさんとの密約のこと（アムールを預かる代わりに、いざという時の逃げ場とする）に薄々気がついているみたいだった。だからアムールが帰る気がないと言ったことで、少し安心したのだろう。

「それはそうと、これが南部のお土産です」

俺はマリア様にショールなどの南部土産を渡してから、それぞれにお土産を手渡していった。この場にいないティーダとルナの分はイザベラ様に、ミザリア様の分はザイン様に預けた。

マリア様とイザベラ様は、ショールを肩にかけたり感想を言い合ったりしているが、概ね（おおむ）好評なようで俺としては一安心というところだ。それに対して王様たち男性陣（クライフさんを除いて）は、さすがにこの場で着替えるわけにもいかず、自分の体に作務衣を当てて感想を言い合っていた。

……正直、おじさんたちがはしゃぎ気味に服の感想を言い合う姿は、あまり見たくはない光景だった。まあ、はしゃぎ気味だったのは王様とライル様だけで、残りの二人は軽く体に当てた後は、服の作りや手触りを確かめていただけだった。

「テンマ、こんな素敵なものをすまないな」

未だにはしゃいでいるマリア様に代わって、王様がお土産のお礼を言っている……まあ、王様がい）を考えたら仕方がないか。

前に出て俺の対応をするのが普通だと思うけど、王様とマリア様の力の差（決して権力の差ではな
「なかなかいい服じゃな」

「着替えやすいし、風呂上がりにはちょうど良さそうだ」

「暑い日には重宝しそうだな。ミザリアの分もありがとう」

「部屋着や寝巻きに使わせてもらうぜ」

順に、アーネスト様、シーザー様、ザイン様、ライル様だ。今回用意したお土産には、長袖長ズボンの『作務衣』と半袖半ズボンの『甚平』の二種類がある。本来ならこの二つは明確に分けられるべきものだが、サナさんの所では両者の呼び名がごっちゃになっていた。どうも、この世界では両者に明確な基準があるわけではなく、人によって呼び方が違うだけのようだ。

「私たちの分までありがとうございます」

続いてお礼を言ったのは、クライフさんとアイナだった。二人にはそれぞれのハンカチに加え、南部で購入したナイフもつけた。最初はクライフさんがマリア様との話の中で出た南部の武器に興味を持ったらしく後で見せてほしいと言ったので、自分用に購入していたうちの一本もつけたのだ。アイナのお土産に加えたのも同じ理由である。

ひとしきりお土産の話で盛り上がった後、そろそろ屋敷に帰ることにした。アイナに訊くと、一応ゴミや壊れた塀などの撤去作業は終わっているらしいが、勝手に処分するわけにはいかなかったとのことで、ジャンヌたちに預けてあるマジックバッグに入れているそうだ。

マリア様に、手紙に書いた通り、土地を購入させてほしいと伝えたところ、それが一番いい解決

方法だと言われ、数日で権利書など必要な書類を用意してもらえることになった。

王様たちに見送られて部屋を出ると、外で待っていたジャンさんに会った。そういえば、ディンさんたちが顔を出さなかったなと思うと、ディンさんたちは今郊外の草原で野外訓練をしているとのことだった。近衛(このえ)隊を二つに分けて交代で訓練を行うのだそうだが、見事第一陣にジャンさんを除いた俺の知り合いが固まったのだそうだ。

近衛隊のいつものメンバーにお土産を渡すように頼むと、ジャンさんの分のお土産の中に、他の人たちにはないお菓子が余分に入っているのに気がついて喜んでいた。お土産を買う時にジャンさんに娘さんがいるというのを思い出したので、その分お菓子を増やしたのだが、反応は上々だった。ただ、温泉まんじゅう（個人的には中のあんこの甘味が物足りない）なので、あんこで好みが分かれるかもしれないが、残ったらジャンさんが食べるだろう。

ジャンさんと別れて馬車置き場に帰るまでの間、案内のアイナにここ最近の話を訊くと、一番の話題はうちの屋敷の横の土地のことで、他は特に変わったことはないらしい。平和だったんだなと思っていたら、王都で火事が起こること自体が珍しく、さらにほとんどの財産を失うほどの火事は数十年に一度あるかないかのことなのだそうだ。それを聞いたじいちゃんが、「そういえばそんな話は聞いたことがないのう……」とか言っていた。

「なので、大きな騒ぎは火事だけでしたが、他の犯罪なんかはいつも通りの件数ですね」

いくら警備が厳重な王都といえども、様々な人が集まる以上ある程度の犯罪やトラブルが起こるのは仕方がない。むしろ、王都の広さを考えれば少ない方だと思う。厳密な統計が取れているわけではないが、セイゲンやグンジョー市と比べれば、衛兵などの数が多い分だけ犯罪やトラブルは少ないし、前世の大都市と比べても少ないだろう。まあ、人口の違いなどもあるが、それ以上に奴隷制度や死刑制度が簡単に適用されるのが大きいのだと思われる。

アイナと門番に見送られて屋敷に向かったのだが、屋敷に近づくにつれて以前との違いがはっきりと見て取れた。

「本当に、お隣の屋敷が綺麗に燃え落ちているね」

「そうじゃのう……大した付き合いはしてこなかったが、実際に見てみると、何だか寂しい気持ちになるのう」

「テンマ、屋敷だけじゃなくて、前の通りの至る所に焼け跡なんかがある」

俺とじいちゃんが隣の屋敷ばかり見ていると、アムールが屋敷の前の通りに焦げた跡や燃えかすが落ちているのに気がついた。

「他の建物に飛び火しなくて良かったな……これで死人なんかが出ていたら、お隣さんの命がなかったかも」

「本人たちのみの被害で済んだのは、不幸中の幸いじゃったな」

自分の屋敷のみならず周囲へも被害を及ぼしたとなったなら、下手をすると死刑もあり得る。火事で死刑と言ったらひどいようにも感じるが、それだけ王都で火事を起こしたというのは大変なことなのだ。大げさに言えば、火事が広がればその混乱に乗じて近隣諸国が侵略を開始することも考えられるし、クーデターを起こす輩(やから)が現れるかもしれない。それが賠償金のみで済むなら、言い方は悪いが安いものだろう。まあ、安く済んだと言っても、お隣さんは破産寸前ではあるが……

「ただいま」

「帰ったぞい」

屋敷に着いた俺たちは、周囲にいる野次馬たちを無視して門をくぐり、庭で作業をしていたジャンヌとアウラに声をかけた。二人は屋敷を守る為に配置していたゴーレムたちに指示を出して、壊れた塀や燃えた木のかけらを片付けたり、焼けた芝生を切り取ったりしていた。

「テンマ、マーリン様、お帰りなさい」

「お帰りなさい……って、何でアムールが？」

ジャンヌはアムールを見ても、特に何も思わなかったみたいだが、アウラは思いっきり疑問を口に出していた。とりあえず、南部自治区の新子爵（ハナさん）との密約で、アムールをうちで預かることになったと言うと、アウラはイマイチ理解していない様子ながらも、じいちゃんが決めたことだからまあいいか、という感じで納得（考えるのをやめたとも言う）した。

庭の作業も急ぐようなものはないとのことなので、屋敷で余っている部屋をアムールの部屋にするべく、ジャンヌとアウラに掃除をお願いした。空いている部屋はいくつかあるが、一応俺やじいちゃんの部屋から離れている方がいいので、不満そうな顔をしているアムールを無視してジャンヌたちの近くの部屋に決めた。

それから旅の垢を落とす為に風呂に入り、二人に南部のお土産を渡したら今日の予定は終了だ。ケリーや三馬鹿たちへお土産を持っていくのは、明日以降で問題はないだろう。さすがに帰ってきた日くらいはゆっくりとしたい。

次の日まで、久々に熟睡することができた。まあ、少し寝すぎたみたいで、朝というよりは昼に近い時間になっていたが、特に急ぎの用事があるわけではないのでたまにはいいだろう。

食いしん坊二匹を従えながら優雅？　なブランチを楽しんでいると、ジャンヌから仕事を頼まれた。その仕事は庭と塀の修復だ。ジャンヌたちでは塀の修繕に関する判断ができなかったということなので、防犯上の理由からも、塀の修復を急ぐ必要があった。なお、お隣の土地を買うとマリア様たちに言ってはいるが、手続きの関係上、まだお隣の土地に手を加えたりゴーレムを配置したりすることができないのだ。うちの土地にはゴーレムを多数配置しているので大丈夫だとは思うが、泥棒からすれば塀がないのは好都合という風に見られるかもしれないので、簡単な土壁だけでも作っておこうということなのだ。

「それじゃあ、ほいっと」

壊れた塀の所で、俺は土魔法で塀を作り出した。ダンジョンで作るような壁より壊れやすいが、実際に壊そうとすれば魔法を使わない限りは簡単には壊せないし、俺とじいちゃんと警備のゴーレムたちに気がつかれずに魔法を行使できるとは考えにくいので、手抜きの壁でも十分だった。

「それにしても、こうやって見てみると、結構大変な火事だったんだな」

塀は倒壊したお隣の屋敷に巻き込まれたり、火事の熱で壊れたりしていた。壊れた塀は焼けたお隣の屋敷から少し離れていたのだが、屋敷が運悪くうちの方へと倒れたことで巻き込まれたようだ。しかも、延焼を防ぐ為に塀の近くにあった木々の多くがゴーレムによって切り倒されていた為、そちらの処理もしなければならなかった。

「まずは根っこの処理からかな？」

縄を切り株に結び、土魔法で切り株の周辺の地面を柔らかくしたところでゴーレムを何体か呼び出して、縄を引っ張らせた。隣の土地がうちのものになった場合、無事な木ならともかく、切り株は邪魔になるだけと思うので、多少強引でも処理した方がいいと思ったのだ。

切り株は地面を柔らかくしたこともあり、ゴーレムたちに簡単に引っこ抜かれていた。その結果を見て、俺は残りの切り株にも同じ方法で順番に準備をしていき、次々とゴーレムに抜かせていった。

「こんなものか。大きな根っこは大体抜けたし、多少土の中に残るくらいは問題ないだろう……それにしても、セミの幼虫が結構いるな」

引っこ抜いた切り株を観察していると、セミの幼虫がいることに気がついた。普段は見ることができない生き物だが特に可愛い虫でもないし、それそもこれだけの量が蠢いているのは少しキモイ。

「まあ、かわいそうではあるから、目立つものだけでも他の木の所に移動させるか」

マジックバッグからバケツを取り出した俺は、目に見える範囲でセミの幼虫を回収した。集めたことでキモさが増したがなるべく見ないようにして、今回焼け落ちた塀とは違う場所の木の根元に何か所か穴を掘り、そこにセミの幼虫を放した。一応軽く土をかぶせたが、これでいいのかはわからない。まあ、ダメだったとしても、特に被害があるわけではないので問題はないけどな。

セミの移住を終えた俺はちょうどおやつ時だということに気がつき、厨房で何か食べることにした。厨房に向かう途中で、俺のおこぼれにあずかろうとする食いしん坊を二人と二匹仲間に加えることとなり、ついでだからと他の二人と一匹も呼ぶことにした。ちなみに、途中で仲間に加わったのはうちのメイド長（仮）の妹と居候、それにお馴染みの二匹だ……本当に食い物のことに関しては、妙に勘の働く者たちである。

ちなみに、おやつの代わりに作ったのはお好み焼きだ。ソースがないので生地を醤油や濃いめのだしで味付けし、さらにマヨネーズをつけて食べたのだが結構おいしかった。

皆からも高評価をもらったのだが、お好み焼きにというよりは、どちらかというとマヨネーズの評価の方が良かったように思える。何げに今世で初めて作ったマヨネーズだが、こってりとしていて中毒性がある（アウラ＆アムール談）のだそうだ。ジャンヌにじいちゃん、それにスラリンたちも気に入ったようなので、今後うちの定番調味料になることだろう……作るのは主に俺になるだろうが。

マヨネーズ降臨から数日後、クリスさんとアイナが隣の土地の権利書を持ってやってきた。二人によると、この権利書を受け取った瞬間から隣の土地は俺の土地となるそうだ。ここで、『俺とじいちゃんの土地』ではないわけは、土地の権利をオオトリ家で買うことになった為、オオトリ家当主である俺の土地となったからだ。ちなみに、じいちゃんはついでとばかりに今住んでいる屋敷がある土地の方も俺名義に変えたらしく（曰く、生前贈与なのだそうだ。あと数十年は死にそうにないが……）、今年から両方の土地の税金を俺が支払わなければならなくなった。なお、税金は年五万G×2（元の土地と隣の土地がほぼ同じ大きさなので）の一〇万Gで、数年分の前払いができるとのことだったので五〇年分先払いしておくことにした。

一般人がこれだけまとめて税金を払うのは珍しい……というか初めてのことらしいが、高位の貴族にはよくあることらしいので、前例があると判断され問題なく支払いを許可された。

「とりあえず、これで今日の私の仕事は終わりね～おいで、シロウマル」

クリスさんは仕事が終わったのをいいことに、シロウマルをモフりながらうちに居座るつもりのようだ。

「全くクリスときたら……連れてきてしまって、申し訳ありません」

　アイナはクリスさんを（名目上の護衛として）連れてきてしまったことを謝りながら、アウラたちの仕事ぶりを確かめていた。

　クリスさんがシロウマルをモフり始めて（アイナがアウラたちを監督し始めてから）数時間後、疲れた様子のアウラが休憩しに居間にやってきた。そして、シロウマルをモフり続けてご満悦のクリスさんを見て、何か都合が悪い顔をし始めた。

「アウラ、顔がブサイクになってる」

「失礼なっ！」

　アムールがぶつけた辛辣な言葉をアウラは強い口調で否定していたが、その顔を見ていた俺とジャンヌは、アムールの言葉を肯定する為に頷いた。

「本当に失礼なっ！　ごほんっ……クリスさ～ん、新しく入ったかわいこちゃんがいますぜ～」

「ますますブサイクになった！」

　アムールの再度の指摘を完全無視し、アウラは揉み手をしながらクリスさんの方へと近づいた。あれではまるで色町の下品な客引きのようだ……行ったことはないけど、見たことはある。大事なことだからもう一度言うけど、見たことだけはある！

「うっ！」

　背中に何か鋭い視線を感じ、咄嗟に振り返ってみると、少し離れた所からアイナがこちらを見ていた。

（本当に行ったことはありませんね？　マリア様に誓えますか？）

（自信を持って誓えます！）

口パクで訊いてくるアイナに、俺は即座に口パクで返事をした。俺の返事に満足した様子のアイナは、俺に向けていた以上の鋭い視線をアウラに向けている。ただ俺と違い、アウラはクリスさんのことで頭がいっぱいになっているのか、鋭い視線に全くもって気づいた様子はない。

「新しいモフモフ？」

「今連れてきますね～」

そそくさと居間から出ていくアウラ。部屋を出る時にアイナの横を通ったのだが、アウラはアイナの存在に全く気がついていなかった……というよりも、アイナが気配を綺麗に消していた。あれがクライフ直伝『気配遮断の術』なのだろう……適当に言ってみたが、本当にありそうで少し怖い。

「お待たせしました～ご要望のかわいこちゃんです～」

しばらくして戻ってきたアウラは、服と顔を汚して髪をボサボサにしながら、ディメンションバッグをクリスさんに手渡した。

「この中にいるのね。どれどれ……ふごっ！」

何の疑いもなくバッグの口を開けて中を覗き込んだクリスさんの顔面に向かって、黒い生き物が勢いよく飛び出してきてぶつかった。アウラは子羊たちを紹介した時にやられたことを思い出し、子羊Ｉを紹介する名目でクリスさんを巻き込んだのだ。

ちなみに子羊Ｉの体当たりをまともに食らったのは、俺たちの中ではアウラだけである。俺とじいちゃんとアムールは普通に避けたし、シロウマルには弾き返され、ソロモンには届かなかった。なお、スラリンに関しては、体当たりをした瞬間絡め取られて身動きがとれない状態に陥っていた。

ジャンヌはスラリンが子羊Iを絡め取った時のターゲットにされていたが、スラリンが間に入った為、被害はなかった。アウラに関しては、そんな俺たちの様子を見て、子羊Iの体当たりはそれほど大したことがないのではないかと油断した瞬間に食らったのだ。

「めーーっ！　めっ？」

クリスさんに体当たりを成功させた子羊Iは、勝鬨を上げるかの如く吼えたが、クリスさんから離れる前に空中で捕まった。そして……

「モフモフーーー！　モフモフモフモフモフ、モフーーーー！」

クリスさんが壊れた……じゃなくて、子羊Iは奇声を上げるクリスさんに抱きしめられながら、体中をモフられた。クリスさんは困惑する子羊Iを無視し、子羊Iの背中の毛に顔を埋めながら両手でお腹の毛をモフり続けた。

「め、めぇぇぇ……」

クリスさんが子羊Iを解放したのはモフり始めてからおよそ三〇分後のことで、その間なすすべなくモフられ続けた子羊Iは、ダウン寸前のボクサーのようにフラフラになっていた。なお、その間子羊IIの方はというと、ディメンションバッグの中でスヤスヤと寝息を立てていた。

「ふぅ……満喫した」

子羊Iを解放したクリスさんは満足げな顔で椅子に座り、すっかり冷めた緑茶を飲み干した。ちらりと視線を動かすと、アイナがいつの間にか捕まえたアウラを廊下の端へと引っ張っていくのが見えたが、当然見て見ぬふりした。

「ところでテンマ君。あの子の名前は何ていうの？」

「さっきクリスさんが捕まえていたのが『メリー』で、バッグの中で眠っているのが『アリー』

「もう一匹いるの！」っていう……」

言い終わる前に、クリスさんはメリーが入っていたバッグを回収に行った。そして、クリスさんに解放されたメリーは、アリーを見捨てて猛ダッシュでその場を離れていった……

「さあ出ておいで～」

「めっ？」

バッグの中で寝ていたアリーは、クリスさんの言葉を聞いて素直に出てきたところを捕まり、そのままモフられた。ただメリーと違うところは、クリスさんのテンションが少し落ち着いていたことと、アリーがクリスさんにモフられても動じなかったことだ。それにしてもアリーの奴、モフられながら寝ようとするとは思わなかった。

なお、名前に関してはいつまでも子羊Ⅰ・Ⅱと呼ぶわけにはいかなかったので、有名な童謡と牡羊座の『アリエス』から取ったのだ。アリーは女の子みたいな名前だが、『アリ』だとボクサーみたいだし、女の子のメリーより大人しい性格だから似合っていると思う。

「メリーの時にも思ったんだけど、この子たちの毛ってものすっごくフワフワね」

実はこの二匹、もらった当初は毛がゴワゴワしていた上に、泥やホコリまみれで汚れていたのだが、屋敷に帰ってきてからシャンプーやリンスを使って洗った結果、ものすごく柔らかで光沢のある毛を持つ羊に生まれ変わったのだ。ちなみに地肌は白色で、暗闇だと真っ白な顔が空中に浮かんでいるみたいに見える。

「さてと……そろそろ仕事に取りかかりますね。クリスさんはゆっくりしていてください」

　隣の土地の権利を正式に手に入れたので、そろそろ整地作業に入りたいと思う。書類が届いたらすぐに取りかかるつもりだったのだが、クリスさんの暴走のおかげで取りかかるタイミングがズレてしまった。

「せっかくだから、私も見に行くわ」

　このままアリーたちでモフり天国に突入すると思われていたクリスさんが、予想を裏切ってついてくると言い出した……とかびっくりしていたら、ちゃっかりアリーを抱いたまま立ち上がっていた。そして、その後ろにはシロウマルを従え、尚且つメリーが逃げ込んだディメンションバッグを持っているので、どうやら外でモフり天国を楽しむようだ。

「わしも手伝うとするか」

「なら私も手伝います」

「頑張る」

　俺とじいちゃんが働くというので、ジャンヌは慌てて手伝いを申し出た。アムールは自分だけが残るのが嫌なのだろう。そのまま皆で連れ立って外へと向かうと、廊下の隅で正座をさせられた状態でアイナに説教を食らっているアウラが見えた。もちろん、全員揃って見て見ぬふりをした。何故なら皆、怒ったアイナが怖いからだ。

「とりあえず、何をしたらいいのか指示を出してくれい」

「えっと、じいちゃんは境目になっていた塀を綺麗に撤去してほしい。ジャンヌとアムールは、じいちゃんが壊した塀をゴーレムたちに指示を出して片付けさせてくれ。それと片付ける時は、素材ごとに分けてまとめておいて。俺は隣の土地を下見してくるから……あっと、じいちゃんは塀を壊

し終わったら、俺の所に来て、一緒に下見しながら相談に乗ってほしい」

「わかったのじゃ」

「わかった」

「りょ～かい」

それぞれにしてほしいことを言って、俺は新しい土地の下見を始めた。ざっと見る限りでは、うちと同じく四角形の土地だった。なので、整地はやりやすいだろう。問題は焼けた屋敷のゴミと、敷き詰められた石畳や飾りとして置かれていた庭石や木の処理だ。

「全部一緒くたに壊していって土の中に埋めてもいいけど、畑も作りたいしジュウベエたちの運動場も作りたいから、一個一個取り除いていくしかないか」

幸い大容量のマジックバッグを複数持っているので、置き場所に困ることはない。最初にやることを決めた時、ちょうど塀を壊し終えたじいちゃんが俺の所にやってきた。

「終わったぞい」

「ちょうど良かった。まずは屋敷の残骸や庭にある岩や木なんかを取り除こうと思うんだ。この間言った通り、こっちの土地の大部分はジュウベエたちの放牧地にするから、なるべく全部回収したい」

「わかったのじゃ。それなら何体かゴーレムを呼ぶとするかのう」

「そうだね。それと、順番としては屋敷の残骸、庭の木々、庭石や石畳の順番でいこうと思う」

「ふむ、屋敷の地下室はどうするつもりじゃ？」

「地下室の床や壁も回収して、できれば屋敷の基礎の部分も掘り起こしたい」

「完全撤去というわけじゃな。とりあえず、出たゴミは全部まとめてマジックバッグに入れればいいんじゃな」

「それでお願い。一通り終わってから、使えそうなものとそうじゃないものに仕分けするから」

軽く打ち合わせをして、それぞれ反対側から作業に入っていった。お手伝いに呼んだ数体のゴーレムには、それぞれが抱えることができる大きさのものを集めさせ、俺とじいちゃんは抱えられない大きさのもの（柱や焼け残った壁など）を、魔法などで解体していった。たまに調子に乗って、拳や蹴りで壁なんかを壊したりしていたんだけど、小さな破片が増えるばかりだったので途中から封印した。

「大体片付いたようじゃの」

「それじゃあ、地下室の方を片付けようか」

事前にもらった見取り図によると地下室は二部屋あり、倉庫と食料庫として使われていたそうだ。貴重品の盗難防止やネズミなどの侵入を防ぐ為か、地下室の入口や壁などは分厚く造られており、通気口や排水口にも頑丈な柵がはめ込まれていた。

「まあ、ある程度の魔法が使えれば、あってないようなものだけどね」

お隣さんは地下室に侵入できる者はいないと思っていたのか、魔法に対する防御は考えていなかったみたいだ。まあ、元々大した物は置かれていなかったみたいだけど、火事から守れたことを考えれば結果的には正解だったのかもしれない……が、俺にとっては邪魔でしかない。

「床はそのままでもいいと思うけど、壁は壊して撤去。残った穴は、草原か森から土を持ってきて埋めようか」

「それでいいじゃろうが、土の中にいる虫が気になるのう……ミミズなんかならいいが、下手に毒虫なんかが紛れておって増えでもしたら、被害はうちだけでは済まなくなるかもしれんからのう」

「ディメンションバッグの中で燃やしてから持ってこようか？」

「そうじゃな。王都の中で燃やすのは、色々とまずいからのう」

俺とじいちゃんなら、王都の中で魔法を使っても飛び火など起こすことはないと思うが、絶対ということはないし、火事が起こった跡地で火を使うのは周囲の住人の不安を煽ることになる。あまりバッグの中で燃やすことなどしたくはないが、大量の土を一番安全に熱することができる方法なので、バッグが駄目になる可能性があるが仕方がない。まあ、予備の予備があるので、それを使えばいいだろう。

「すぐ行くのか？」

「そうする。今から行ったら、夕方くらいには帰ってこられると思うから」

森はジンたちと狩りに行った場所だ。あの時は地龍を発見し狩るという、王都付近では前例のない出来事があったが、あんなことが短期間に二度も起こるとは思えないし、多少は土地勘があるので他の森へ行くよりは効率よく集めることができるだろう。

「なら私もついていく！」

突然後ろからアムールが飛び出してきた。あちらの作業は大方終わったそうで、こちらの手伝いに来たそうだ。

「う～ん……まあ、いいか」

最初は速度重視の為、俺一人で『飛空』を使って行こうと思っていた。しかし、アムールをライデンに乗せて、俺がその速度に合わせて飛んでいけば、行きと帰りにかかる時間が増えたとしても、森での作業を短くできればトータルでかかる時間は変わらないと判断したのだ。

「あとはスラリンとソロモンとシロウマル……」

アムールに続いてやってきたスラリンたちを見ると、スラリンとソロモンは何の問題もなかったのだが、シロウマルの背中に余計な人物がいた。クリスさんだ。

クリスさんはシロウマルの背中にまたがるのではなく、背中に抱きついて体全体でシロウマルの毛並みを堪能していた。

「シロウマルは無理か……留守番頼むな」

「ガウ……」

シロウマルは俺についてこられないことを悲しんでいるみたいだが、いつも可愛がってくれているクリスさんを振り払うことができず、泣く泣く諦めた様子だ。当のクリスさんは俺の言葉に気がつくこともなく（というか、シロウマルが歩いたことにも気がついていないようだった）、シロウマルの背中でトリップしていた……クリスさんにとって、モフモフとは幻覚作用を伴う麻薬のようなものなのだろうか……

俺はじいちゃんに後のことを頼み、さっそく森へと向かった。森までの道中、アムールはライデンに俺と乗れないと愚痴っていた以外には、特に問題なく到着した。

「それじゃあ、アムールはゴーレムを数体連れて土の採取に行ってくれ。土は、預けたディメンションバッグの半分くらいを目安に頼む。草が混じってもいいから、ガンガンやってくれ。ソロモンとライデンはアムールが土を集めている間、空中から周囲の警戒だ。スラリンは俺についてきてくれ」

「わかった」

「キュイっ！」

俺はアムールたちに指示を出して、森の入口で別れた。

「それじゃあ、俺たちは腐葉土でも集めるか」

森に来た理由の一つに、腐葉土を集めたいからというのがあった。どうせなら、胡椒や唐辛子を栽培するついでに、畑を作ろうと思ったからだ。

ただ、腐葉土の方も変な虫がいたら困る。カブトムシ程度なら問題はないが、ムカデなども潜っている可能性があるので、殺虫はしなければならない。しかし、燃やして虫を殺すとなると、腐葉土の持つ保水性などが損なわれるかもしれないので、こちらは凍らせて虫を殺すつもりだ。

「腐葉土は俺の方で集めるから、スラリンはミミズを集めてくれ」

そう言って俺は、スラリンにスコップと忍者熊手とバケツを渡した。道具だけを見るなら、今から潮干狩りでもするような装備だ。もしくは、釣り餌を集める釣り人。

潮干狩り装備を持ったスラリンはお供に数体のゴーレムを引き連れ、木の根元や石の下を掘り始めた。

「俺の方も取りかかるか」

開始早々に、次々とミミズを探し出すスラリンから少し離れた位置に移動し、足の感覚を頼りに腐葉土を探していった。集め方は単純で、足で踏んでみてフカフカしている所を探し、つま先で軽く掘ってみて腐葉土だったなら、指示した範囲の土をゴーレムに集めさせるのだ。俺が場所を探してゴーレムに掘らせる、を繰り返すという作戦だ。

実際にこの方法により、一か所で多くの腐葉土が取れなくても、回転効率が良かったので思ったより早く腐葉土を集めることができた。

「こんなものか、予定より早かったな」

開始からおよそ一時間。ゴーレムたちによって集められた腐葉土は、ディメンションバッグの半分近くを埋めた。正確な量はわからないが、一トンは軽く超えているだろう。

「よしさっそく、『ブリザード』」

俺はディメンションバッグに放り込んだ腐葉土に向かって、かつてセイゲンのダンジョンでGたちを凍らせた魔法を放った。途中何度か魔法を止めて、ゴーレムに腐葉土の上下をひっくり返させて、全体をムラなく凍らせた。あとはこのまま放っておけば、害虫などは死滅するだろう。まあ、害虫と一緒にミミズなどの益虫も死んでしまうだろうが、ミミズはスラリンに集めさせているので問題はない。

「俺の方はこれでいいとして、スラリンは……」

自分の分の作業が終わり、スラリンが向かった方を見てみると、だいぶ離れた所にゴーレムの姿がちらりと見えた。そのゴーレムを目印にして近づくと、そこにはバケツいっぱいのミミズを集めたスラリンがいた。

「かなり集めたな……さすがに釣り餌なんかでミミズには慣れている俺だけど、これだけ集まると引くな……」

張り切って集めてくれたスラリンには申し訳ないが、さすがに数千はいると思われるミミズが蠢いている映像は、かなり衝撃が強い。

数は多すぎるが、土地の広さを考えたらミミズの数千くらい問題はないと思うので、土魔法で数個の箱を作り、ミミズを適当に分けて入れた。一応ミミズでも通れないくらいの空気穴を空けておいたので、屋敷に戻るくらいの時間なら持つだろう。

これで俺とスラリンの仕事は終わったので、これまで連れて歩いていたゴーレムたちの核をバッグに戻し、スラリンを抱えてアムールたちの所へ移動することにした。

「さてアムールは……って、この跡をたどっていけば、『探索』を使わなくても会えそうだな」

アムールと別れた地点に到着すると、地面に掘り起こしたような跡が続いていたのだ。確実にアムールとゴーレムたちによって作られた跡だろう。

「キュイ～～～！」

数百メートルほど跡をたどっていくと、俺たちを発見したソロモンが文字通りすっ飛んできた。

「あっ、テンマ」

ソロモンに続いて、アムールが草むらをかき分けながらやってきた。その後ろからは、預けたゴーレムが続々と列をなしてこっちへ向かってくる。

「ん」

アムールは、預けていたディメンションバッグの口を開いて中に入っている土を俺に見せてきた。バッグの中には予想よりも多い土が入っており、容量の四分の三以上は入っている。大体五トンはあるだろうか？

「結構多いけど、何とかなるか。ありがとう」

アムールに礼を言って、俺はさっそく土を消毒することにした。ただ、このままの状態で魔法を使って燃やしても、土の表面だけしか火が当たらないので、先に土魔法で中心に大きな穴を空けた。そこに水分の抜けた木を砕いたもの（隣の土地を整地している時に回収したもの）や木炭を入れ、それに向かって火魔法を使った。

何度か火魔法を使っているうちに火は大きくなり、木炭も赤々とした色になってきた。そうしているうちに大量の煙がバッグから溢れてきたので、風魔法で散らしていった。これは他の人が煙を見て、火事が起こっていると勘違いしないようにする為である。

風魔法を使用すると同時にバッグ自体が燃えてしまわないように、いつでも水魔法を使える準備もした。一応マジックアイテムであるディメンションバッグは、たとえバッグの口を閉じていても火だるまになることはないだろうが、空気を送る為に口を開けていると、口の周りが熱で溶けたり燃えたりする可能性があるのだ。

念の為、俺たちは地面に置いたバッグから距離を取り、危険がないか監視しながら時間を潰した。始めてから大体二時間ほどで中の火は自然に消え、バッグ自体も煤（すす）が付いたり変色したりといった以外の問題は起こらなかった。使い捨てても覚悟したディメンションバッグだが、これならまだ使えるだろう。もっとも、土の匂いや焦げた匂いが強いので、スラリンはともかくシロウマルたちは中に入るのは嫌がるだろうし、食品なども入れるのは抵抗があるので、今後は汚れてもいいもの専用になるだろう。

そろそろ帰ろうかとアムールたちを探すと、なだらかな丘になっている所でアムールとソロモンは角ウサギを追いかけ回している。ライデンは何故か別行動で、一人で草原を走っていた。

「お～い、そろそろ帰るぞ！」

　俺の声に反応したソロモンが、角ウサギを追うのをやめてまっすぐに飛んできた。アムールは反応が遅れて、ソロモンからかなり遅れている。

「テンマ、角ウサギ捕れた」

　遅れてきたアムールが差し出してきたディメンションバッグには、一〇羽の角ウサギが入っていた。ただ、自慢げなアムールたちには申し訳ないが、木で組んだ物干し台のようなものに、一〇羽の角ウサギが首から血を流しながら吊り下がっている光景がいきなり目に入ってきたので、思わず目をそらしてバッグを閉じてしまった。

「今日の夕食にでも使うか」

　それだけ言ってから、帰りの準備を始めた。まあ、帰りの準備といっても、忘れ物がないか軽く確かめてから、ライデンを呼ぶだけなので数分で終わるはずだ。すぐに大きな声で名を呼ぶと、俺の呼び声に反応して地響きを立てて走り寄ってくるライデン。何故かその顔は、赤く染まっていた……

「ライデン……」

　近寄ってきたライデンは俺の目の前で体を翻し、どこかへ案内したいのか前足の蹄で地面を叩いていた。

「わかったから、ちょっと待てって……スラリン、頼む」

　ライデンの背にまたがろうとした時、手のひらにべっとりと赤い色の液体が付いた。匂いを嗅いでみると、どうやら血のようだ。このままでは股の部分が血まみれになってしまうので、スラリンに頼んでライデンの顔や体などを綺麗にしてもらった。

「さてと、準備ができたから案内してくれ」

「ゴー！」

ライデンの背にまたがるとすぐにアムールも俺の後ろに乗った。アムールは小柄だしライデンは大きいので、乗るだけなら問題はない。あるとすれば、鞍（くら）が一人用なので走ると危険なくらいだ。全速力で走ればアムールが転げ落ちる危険性もあったが、目的の場所はここから近いらしく、駆け足くらいの速度でライデンは走り始めた。

走り始めて二〜三分ほどで目的地が近くなったようで、ライデンは速度を落とし始めた。

「あれか……確かにあれじゃあ、ライデンが血まみれになるはずだ」

ライデンの背中の上から見えたのは、真っ二つにされた数匹のトカゲだった。トカゲと聞くと小さなものを思い浮かべそうだが、半分にされたトカゲの大きさは、片方が一メートルを軽く超えている。

ライデンから降りて『鑑定』で調べてみると、ソウゲンオオトカゲという魔物らしい。ランクはCで、見た感じは鋭い爪と大きな牙、それと太い尾で攻撃するのだろう。胴回りは大きな個体で二メートルを超えており、色は茶色で鮫肌（さめはだ）のようにザラザラしている。

「食えるのかな？」

触ってみた感じでは親鳥のような弾力があり、硬そうではあるが食べることはできそうだった。皮の方はそれなりに丈夫そうなので、使い道はあるだろう。全部回収すると、ライデンは嬉しそうに後ろ足だけで立ち上がっていた。いきなり立ち上がったせいで、背中に乗っていたアムールが一瞬落ちそうになったが、何とかバランスをとって落馬を免れていた。

「ライデン、危ない」

いきなり立ち上がったことに対し、アムールはライデンの首を叩いて抗議したが逆に拳を痛めてしまったようで、逆の手で赤くなった拳を揉んでいた。そしてライデンは、何も感じていないみたいに平然としていた。

「とにかく、帰るぞ」

そろそろ帰らないと、屋敷に帰り着く予定時刻に遅れてしまうかもしれない。土を入れる作業は明日に回すしかないだろうが、せめて角ウサギやソウゲンオオトカゲの解体は今日中に終わらせたい。できれば夕食前に。

なので、帰りは行きよりも速度を上げてみたが、ライデンとソロモンは問題なくついてくることができた。アムールは少々危なかったが、ライデンの鞍の前方に取り付けていたグリップを握りながら、何とか王都まで無事にたどり着くことができた。結局屋敷に着いたのは日が暮れる少し前で、アイナたちが調理を開始しようかというところだったので、急いで角ウサギを二羽捌いてアイナたちの横で調理をすることにした。

作る料理はウサギの唐揚げだ。これだと軽く下味を付けて小麦粉をまぶして揚げるだけなので、短時間で量が作れる。

「いったださま～す！」

並べられた晩ご飯に、真っ先に手をつけたのはクリスさんだった。続いて僅差でアムール、そしてアウラだ。ただ、アウラはその直後にアイナに怒られていたので、実際に唐揚げを口に入れることができたのは最後から二番目（最後はアイナ）だった。

唐揚げは瞬く間になくなり、クリスさんとアムールからおかわりを要求されたが、解体した角ウサギは全て使ったので要求には応えることができなかった。

夕食後、残りの角ウサギを解体し、いつでも唐揚げを作れる状態にしてマジックバッグに保存した俺は、ソウゲンオオトカゲの解体に入る前の一休み中に、クリスさんを引きずって玄関へと向かうアイナを発見した。

クリスさんは縄でグルグル巻きにされた上、猿轡（さるぐつわ）をされて身動きどころか声も出ない状態であり、うちの屋敷内でなく、さらに二人の関係を知らなかったなら、間違いなく人攫いと断定するところだ。

「アイナ、クリスさんは何をしたんだ？」

俺に気づいたアイナは、軽く頭を下げてから今の状況の説明を始めた。

「今日からここに住んで、モフモフ王国を作るとか寝言を言っていましたので連れて帰るところです。抵抗されそうでしたので、非力な私でも持ち運びしやすいように縄でくくっただけですのでお気になさらず」

その言葉を聞いてクリスさんの方に目を向けると、あからさまにクリスさんの目が泳いでいた。

そこで俺の取るべき正しい行動とは、もちろん……

「小さい馬車とゴーレムを貸すから、気をつけて帰れよ。それと、ディンさんによろしく言っておいてくれ」

速やかにクリスさんを運搬……連れて帰れるように協力することだ。ついでに、ディンさんにチクってもらう。

「ありがとうございます。ちゃんとディン様には、今日のことをしっかりとご報告します」

アイナは俺の言いたいことをちゃんと理解し、ディンさんへの報告を約束してくれた。もちろんクリスさんも俺の言っている意味を理解しているようで、急に激しく首を横に振り始めた。それはもう、首の筋を痛めてしまうのでは？　と心配するほどの激しさだった。

そのまま玄関までついていき、アイナとドナドナされるクリスさんを見送った俺は、ソウゲンオオトカゲの解体を手早く済ませた。

幸い、ソウゲンオオトカゲの数は多かったが、半分にぶった切られているおかげであまり品質にこだわる必要がなく、首や足を落として内臓をかき出し、胴体にパッパと切れ目を入れてからバリバリと豪快に皮を剝げば、大まかな解体は終了だった。一応魔核を取り除いた後の内臓も保存していたが、後日調べた結果、食用にも薬用にも使えないとわかったのでまとめて焼却処分した。

後日といえば、あの日からクリスさんは一〇日ほど顔を見せなかった。新しいモフモフがいるのに変だなと思っていたら、どうもあの日のうちにアイナがディンさんに報告を行ったらしく、クリスさんはうちに遊びに来ることができないほどの厳しい訓練を課せられた。次に遊びに来た時には、比較的懐いていたはずのアリーに完全に忘れられるという地獄を味わうのだった。

第八幕

「隣の土地の大部分を芝生にしたいんだけど、やり方って知ってる？」

「わしも芝生のことはよく知らんからのう……屋敷の芝生もアレックスが手配した者が全てやっておったし、放ったらかしにしておっても、いつの間にか綺麗になっておったからな」

土を取りに行った次の日、土地を均等に均し終えた俺は、次の段階に進もうとしてやり方を知らなかったことに気がついた。一応、前の持ち主が植えた芝生はできる限り回収したが、土地の大部分にとなると量が足りないし、そのまま植えて枯れてしまわないか心配になったのだ。

なので、じいちゃんに訊いてみたのだが、さすがのじいちゃんも芝生の植え方は知らなかった。全て王様任せだったらしい。王城に行ってクライフさんにでも訊いてみるかと思った時、門が開いて団体客が入ってきた。

「ん？　マークたちじゃな」

やってきたのはマークおじさんとマーサおばさんたちだ。おじさんとおばさん（＋ククリ村の人々）はこの屋敷に自由に出入りできるようになっているので、王都に移り住んだ時から俺が来るまでじいちゃんの介護（じいちゃんは否定しているが、話を聞くと介護にしか思えなかった）をしてくれていたらしい。

「テンマ、マーリンさん、帰ってきたと聞いて寄らせてもらいました」

マーサおばさんはそう言っているが、後ろにいるマークおじさんたちを見てみると、ただ寄っただけではないということがひと目でわかる。何せ、各々食材や酒といったものを抱えているのだ。明らかに宴会をする気満々である。まあ、皆にもお土産があるのでちょうどいいタイミングではあるし、いつものことなので気にする者はいない。

「ちょうど良かった。この土地に芝生を植えたいんだけど、誰か知ってる人いる？」

「俺で良ければやってやるぞ」

芝生のことを話すと、すぐに声が上がった。昔ククリ村でヤギを育てていたおじさんで、赤ん坊の時にヤギ乳をいつも分けてくれた人だ。確かククリ村の広場なんかに、花などをよく植えていた気がする。ちなみにシロウマルもヤギ乳で育った為、今でもヤギを見ると尻尾を振っていたりする。

おじさんはすぐに芝生を植える予定の土を摘まんで調べ始めたが、すぐにダメ出しをした。何でも、今の土だと保水性が高い為水はけが悪く、種を蒔いても根腐れする可能性があるらしい。これを防ぐ為には、砂を混ぜるなどして水はけを良くする必要があるとのことだ。それと今のように平らにするのではなく、ほんの少しだけ傾斜をつけて水たまりができないようにした方がいいらしい。

種はおじさんの知り合いで取り扱っているそうなのでお願いすることにした。今蒔けば、ギリギリ雪が降る前に根付くらしい。ただ、ある程度根付くまではジュウベエたちを放してはいけないとのことだった。傾斜自体は一時間もあれば作ることは可能だが、砂はおじさんの知り合いに頼んだとしても、この土地に使う量を揃えるのに時間がかかるそうで、自分で調達した方が早いと言われた。

「じゃあ、中央辺りを丘のようにしてみようか。その方がジュウベエたちの運動量も増えるだろうし」

丘といっても、一メートルもないくらいの高さにする予定だ。それくらいであれば作りやすいし水の流れが良くなるだろうし、何よりも見てわかるくらいの傾斜の方が作りやすい。

それから簡単な見取り図を地面に描いて皆に見せたところ、何故かマーサおばさんをはじめとしたククリ村の女性陣の反応が良かった。そのことを訊くと、どうやら新しい土地の四分の一近くを畑にすると計画したのが原因らしい。

そもそもククリ村では自給自足が基本だったので、少量ではあるが各家々の家庭菜園で作物を作っていたのだ。それが王都に移り住んでからは土に触れる機会が極端に少なくなった為、小さな鉢に花を植えるくらいしかできずにストレスがたまっていたのが、今回の計画で一気に解消されそうだということだった。

俺としても主に畑に植えるのは唐辛子や胡椒のような調味料になるもので、他は適当に季節のものを育てるくらいしか考えていなかったので、それらの面倒を見てくれることを条件に貸し出すことを了承した。

俺の了解を得たマーサおばさんたちは、おじさんたちを畑予定地に引っ張っていき、すぐにでも畑として使えるように耕させ始めた。おじさんたちは面倒臭そうな顔をしながらもおばさんたちが怖いみたいで、文句一つ言わずに大人しく命令に従っていた。そんなおじさんたちに巻き込まれないように、俺とじいちゃんは土に混ぜる砂を作る為に石を魔法で細かく砕いていたのだが、気がついた時にはいつの間にか四分の一の予定だった畑が、土地面積の三分の一にまで大きくなっていた。そのことをマーサおばさんに問いただすと、各自がそれぞれ自由に使える最低限の広さを計算したところ、四分の一では手狭だったから……だそうだ。

まあ三分の一を畑に使われたとしてもジュウベエたちを放せる広さは十分にあるので、俺もおじさんたちと同様に黙って従うことにした……何故なら今のおばさんたちは、絶対に逆らってはいけない雰囲気を醸し出していたからだ。

畑の方はおじさんたちに丸投げし、俺とじいちゃんは土の作り直しに取りかかった。作り直しといっても、今敷き詰めている土をゴーレムたちに集めさせて、先ほど作った砂と腐葉土を混ぜるだけだ。特に砂を多めに混ぜることで排水性が向上するので、全体の半分近くを砂に替えた。そのせいで余った土は、一旦マジックバッグに保存し、隙を見て森か草原に捨てに行くことにする。

以前の土を取り除いてから新しい土を入れるまで二時間ほどかかったが、ゴーレムを多数使用したおかげでほとんど疲れることはなかった。畑を作っていたおじさんたちも、俺たちとほぼ同じくらいの時間で終わっていたが、あちらは俺たちと違って全て人力であった為、疲労困憊（こんぱい）といった様子だった。もっとも、作業に従事させられていたおじさんたちと違い、ほとんど指示を出していただけのおばさんたちはあまり疲れていないようで、これから何を植えようかと相談していた。

「皆様、そろそろ休憩にしませんか？」

作業が一段落したのを見計らい、アイナが濡れた手ぬぐいを持ってやってきた。人数分をきっちりと冷やして持ってくるあたり、妹とのメイド力の差を感じる……まあ、元々のスペックや経験値が違いすぎるので、当然といえば当然だが。

「比較対象がアレなのが悲しいですが、ありがとうございます」

そしてさらりと俺の思考を読み取るし……そんなに読みやすいのか？　俺って？

ちなみにこの疑問だが、後に訊いたところ自分（アイナ）とアウラの間を目線が数度行き来した上に、アウラの所でかわいそうな奴を見る目になったから気づけたのだそうだ。何故メイドにそんな武道の達人のような技術が備わったのか不思議ではあるが、王族に仕える身としては大なり小なりこのような技術が必要とされるのだとか。まあ、ここまで使えるのはアイナとクライフさんの二人というところが、唯一の救いだろう。こんなのがゴロゴロいたら、王城に気軽に行くことなんてできないからな。何がバレるかという恐怖で……

遅めの昼食は、皆で食べられるようにバーベキューにしたそうだ。バーベキューと聞くと、肉や野菜を串に刺しただけのように思えるが、二〇に届く人数分を用意するのは手間がかかるし、肉や野菜にも下処理や下味が付けられているので、さすがうちのメイド長（仮）といったところだ……そろそろ（仮）を取ってもらいたいが、さすがにアイナをマリア様が手放すとは思えないし、引き抜いたら引き抜いたで俺とアウラの気の休まる時間が減るだろうし、ジャンヌとアウラがアイナに認められるほどに成長するまでどれだけ緊迫の時間が続くのかわからない。そう考えたら、片手間でも現状（俺から見たら）完璧にこなしてくれているので、（仮）でも問題はないかな。

そんなことを考えながらバーベキューを楽しんでいると再び門が開き、またも数人の客がやってきた。

「ソ～ロ～モ、ぐふっ！」

やってきたのは、王都では数少ない年下の知り合い三人と、その護衛である近衛隊の副隊長とアイナの上司の執事だ。なお、ソロモンの名前を最後まで言えなかったのは当然ルナで、その理由は走り出した瞬間に、ティーダに後ろ襟を摑まれて首が絞まったからだ。危険な行為だがティーダは慣れているようで、絶妙な力加減でルナを止めていた。

「先生、お邪魔します」

三人組の最後の一人はエイミィだった。その腕にはいーちゃんとしーちゃんが抱かれており、背中にはくーちゃんが張り付いている。二羽は以前見た時よりも成長しており、抱きかかえるエイミィは少しキツそうだ。そんな二羽は、すぐ近くにシロウマルがやってくると羽をバタつかせ、シロウマルの背中に飛び乗った。くーちゃんはゴルとジルを見つけると、前足を上げながら突撃していった。ゴルとジルも前足を上げて歓迎しているようだった。

「久しぶり、エイミィ。それとこれ、南部のお土産ね」

軽くなった腕をほぐしていたエイミィに、サナさんに頼んだハンカチの柄を見せながら渡し、このハンカチの意味を教える。意味を知ったエイミィは困惑していたが、少し眺めてから綺麗に折りたたんでポケットに入れた。

「他にも、いーちゃんとしーちゃんにもお土産があるぞ」

名前を呼ばれたのを理解したのか、二羽はシロウマルの背中から下りて俺の方へとやってきた。ついでに、お土産という言葉に反応したシロウマルを従えて……

「ほら、森で捕まえてきたミミズだ」

お土産の正体を知ったシロウマルは、とたんに興味をなくしてバーベキューの肉をもらいに行ったが、二羽は喜んでミミズをつつき始めた。まだ畑にミミズを放していないが、いーちゃんとしーちゃんが食べたくらいでは、スラリンの捕まえた量を壊滅させることはできない……と思う。

さすがにエイミィもミミズくらいでは動じることはなくなったようで、ミミズを忙しそうに食べる二羽を微笑ましそうに見ていた。まあ、イモムシのすりおろしに比べたら、ミミズの踊り食いなど苦ではないだろう。鳥の餌やりとしては当たり前のような光景だし、ただ見ているだけでいいし。

その後は新たに加わった五人も食事に参加し（もっとも、クライフさんはほとんど給仕に回っていたけど）、いつも以上に賑やかな昼食となった。

「そういえば先生、学園の授業が簡単すぎる気がするんですけど……」

エイミィが言うには、学園で今習っているところはかなり前にアグリたちに教えてもらったところらしく、はっきり言って拍子抜けなのだそうだ。

「えっ？　それはおかしいな……」

「それは多分、テンマ様の勘違いが原因ではないかと思われます」

いつの間にか俺の背後に回っていたクライフさんが、耳元で俺の疑問に答え始めた。突然のことに飛び上がりそうになったがエイミィの手前ということもあり、何とか堪えることができた。いつものことだが、クライフさんは気配を消して俺の背後をとってくるので、心臓に悪いことこの上ない。

「どういうことですか？」

何とかいつも通りの声で訊き返すことができたが、おそらく俺がかなり驚いていることは、この性悪執事にはバレバレだろう。その証拠に、とても満足そうな顔をしていた。

「簡単なことです。テンマ様はマリア様にエイミィ様の学力を訊かれた時に、『平均レベルくらいはある』と言われたそうですが、テンマ様が学園を視察なさったのは高等部のみでございます。そして、エイミィ様の学部は中等部……つまりテンマ様は、中等部としての学力を訊かれたマリア様に対し、高等部に当てはめた場合の学力をおっしゃったのです。多少の誤差はあるでしょうが、さすがに中等部と高等部では、学力に明らかな差が出ますので」

それを聞いた俺はかなり驚いた。確かに高等部の下位の生徒しか見ていないとはいえ、まさかエイミィの学力がそこまで上だったとは思わなかったのだ。何せ、俺が教えたのはかけ算割り算あたりまでで、それも魔法の片手間に教えたくらいだったからだ。

「おそらくですが、テンマ様が基礎を教え、セイゲンテイマーズの皆様が各自で応用を教えたことで、知らないうちに勉学の内容が中等部レベルを超えて、先へ先へと進んでいたのではありませんか？」

確かにクライフさんの言うことは一理ある。おそらくだが、「ここはもうやった？　じゃあ、その先を教えようか」、「これができるんだったら、その応用も教えようか？」、「少し難しいかもしれないけど、この問題ができるならこれもできるよ」……みたいなことがループして積み重なったのではないかと思われる。

実は最年長であるアグリは当然として、他のセイゲンテイマーズのメンバーも意外と頭がいいのだ。何せ、自分たちで商売や特殊な仕事をしていたりする為、各々が普通とは違った経験を積む上に、困った時のアグリ頼みで自然と知識が身につくのだ。しかも頼られたアグリはただ自分が助けるだけではなく、何故できないのかなどを、自分の経験を交えて教えていたりするそうで、ある意味貴族でよくある専属の家庭教師がついているようなものなのだ。もちろんエイミィ自身の才能も当然あるが、そんなテイマーズに勉強を教えられたことで、当然の如く中等部レベルを超えてしまったのだ。

「まあ、勉強ができるのはいいことだ。できて損はない！　だから、復習しているつもりで、基礎を学び直せばいいよ」

「そんなものですか？」

「多分、そんなものだ」

最後は自信がなくなってきてしまったが、間違ったことは言っていないはずだ……クライフさんとアイナが冷ややかな視線を送っているが、無視して「復習は大事だ」と大切なことなのでもう一度言っておいた。実際、学園での勉強が物足りないだけで、他に問題があるわけではないのだ。

「まあ、勉強の方はそれでいいとして、魔法の方はどうだ？」

「魔法の方が楽しいです！」

学園では色々な魔法が見られるので、見学するだけでも楽しいのだそうだ。それに加え、勉強と違ってやることが多いので、物足りないということは今のところないらしい。

「ただ、実践訓練は辛いです……」

「あのですねテンマさん、学園では武器を使った訓練があるのですが、エイミィはそちらの方は評価が低いのです。もちろん、低いといっても経験者と比べてということですし、魔法も含めた総合順位なら、間違いなくクラスどころか学年でもトップクラスに入ります！」

ティーダが言いよどんだエイミィに代わって説明してくれたが、どうも実践訓練が辛いだけではないようだ。

「もしかして、クラスの中にエイミィを良く思っていない奴がいるとか？」

「「！」」

「しかもそいつらが自分の成績は棚に上げて、実践訓練だけが不得意なエイミィの陰口を叩いているとか？」

「「‼」」

「ついでに、エイミィが王族と知り合いなのが気に食わないとか？」

「‼」

「えっ？」

俺なりに考えられるテンプレを言ってみたが、ことごとく当たっているようだ……もっとも最後の質問は、ティーダ自身は気がついていなかったみたいだが、これもまたテンプレだろう。

「まあ、ポッと出の優秀な新入りに嫉妬する気持ちはわからんでもないが、当事者のエイミィとしてはたまったもんじゃないよな……手っ取り早いのはエイミィの実践訓練での強さを上げることか」

「それなら、ティーダ様が今後エイミィに関わらないというのも……いや、何でもない」

ジャンさんは選択肢の一つとして挙げただけだろうが、ティーダにすごい顔で睨まれてすぐに撤回した。

「まあ、選択肢の一つとしてはありです……けど、多分それは悪手ですね」

俺が選択肢として認めた発言をした瞬間、ティーダの顔が真っ青になったが、悪手だと言ったら元に戻った。

「何でだ？」

「ティーダがエイミィから離れたら、嫌がらせをしている奴らはティーダがエイミィを見捨てたと思って、次から嫌がらせを強めますよ」

「あ～……確かに」

ジャンさんも、俺の説明を聞いて納得していた。何せそいつら（おそらく女子生徒たち）は、ティーダに気があるか将来的に伴侶として権力を欲しているはずなので、水に落ちた犬（エイミィ）をここぞとばかりに完膚なきまでに潰そうとするはずだからだ……目先のことに囚（とら）われすぎて、その結果がどうなるかは考えないだろう。それができるならそもそも、俺とじいちゃんの関係者であり、ティーダが近くにいるエイミィに嫌がらせはしないはずだからな。

「だから、一番いいのはエイミィ自身が強くなることで、次は目で見える形でエイミィに嫌がらせをすると損をすると理解させることかな」

「最初の方はわかるが……二番目はどうやって？」

ジャンさんが不安そうにしているエイミィとティーダの代わりに訊いてくるので、にやりと笑いながら……

「王都にはもう一人、エイミィと間接的ではあるけど関わりがあり、尚且つ上位貴族の出身で使いやすくて学園で名が知られていて、呼べば超高確率で使えるおまけがついてくる奴がいるんですよ」

エイミィとティーダは誰かわかっていないみたいだが、周りで聞き耳を立てていた皆は「あっ！あいつか！」みたいな顔をしていた。それは……

「三馬鹿の鬼畜担当！」

「カインな。エイミィが鬼畜で覚えたらどうするんだ？」

「大丈夫。いずれバレる！」

自信満々のアムールだった。確かにいずれはバレるだろうが、最初くらいはカインが頼れる奴だと勘違いさせてやろうぜ。カインの為に……

「ちなみにアルバートは没個性で、リオンはヘタレ脳筋。三人揃って三馬鹿！　もしくは腐女子のアイドル！」

「は、はぁ……」

アムールの怒濤（どとう）の説明に、エイミィは困惑顔だった。確かに言い得て妙だが、アルバートに関して言えば、没個性というよりは周りに比べて特に目立つものがないだけだと思う……顔はイケメンと言っていいけど、サンガ公爵と似ているせいで目立たないだけ……うん、確かに没個性かもしれない。アイドル発言とリオンに至ってはノーコメントで。

「とにかく、まずはエイミィの地力を上げる。これは主に体力作りに主軸を置いて、技術は二の次だ」

「初歩でも、技術を集中的に鍛えた方が早くないか？」

「短期的にはそうかもしれないですけど、元々エイミィはテイマーで魔法使いだから、いーちゃんしーちゃんたちとの連携スタイルが定まっていない以上、技術より体力アップを先にしておきたいし、素人のエイミィに色々な戦闘技術を教えても、かえって弱くなる可能性が高いと思います」

「まあ、確かにその方が無難か」

ジャンさんの疑問にそう答えると、思い当たる節があるのか納得していた。忘れがちになるが、ジャンさんは近衛隊の副隊長なので新人の面倒などを見ることも多く、その分失敗例も見てきているのだろう。

「で、魔法に関しては、『強化魔法』を中心に鍛えていこうと思う。これを効果的に使えるだけで、強さが数段飛ばしで上がるからな。つまり、長期的には体を鍛えることで強くなり、短期的には強化魔法で嫌がらせをしてくる奴らを黙らせる。ついでに強化魔法を練習することで、魔力の底上げも狙うという作戦だ。カインたちとの顔合わせは、抑止力を見せる感じかな？」

何だかエイミィが乙女ゲームの主人公のような立ち位置になりそうだが、エイミィの安全確保も俺の仕事だろう。それに、三馬鹿とはお土産の件で会う必要があるし、エイミィはサモンス侯爵が所属するセイゲンテイマーズの一員なので、いずれ挨拶させようと思っていたのだ。唯一の心配は、エイミィが三人のファンに睨まれないかというところだが、年齢差や俺やサモンス侯爵との関係を知れば、手を出す可能性は低いだろう。何だかんだであの三人のファンは、お行儀のいいお嬢様が多いからな……腐ってはいるが！

「というわけで、さっそく呼び出してみた」

「「何が何だかわからないんだけど！」」

さすがにトリオを組んでいるだけあって、ぴったりと息の合ったツッコミだった。

「テンマさん、よくこんなに短時間で三人を探してこられましたね」

ティーダの疑問に対し、俺はある意味人外の執事を指差した。

「なかなか大変でしたが、私の情報網をもってすればお三方を探し出すなど朝飯前でございます」

……ところでテンマ様。いくら執事相手とはいえ、人を指差すのは感心しませんぞ」

執事の情報網とやらはとても気になるが、訊くと何故か後悔することになりそうなので無視する。

ついでに執事にしてはまともな忠告も、何か裏がありそうなので無視をした。

「テンマ、頼むから私たちのことは無視しないでくれ」

　そのまま忘れ去られそうなことを察知したのか、アルバートが本気の声と顔で懇願していた。

「大体わかったが……貴族の次期当主をここまでこき使う平民は、どこを探してもテンマぐらいなものだぞ」

　アルバートは俺の説明を聞いた後で、呆れながらため息をついていた。それに対して今回の本命であるカインは苦笑し、リオンは対応を二人に任せてマークおじさんたちに交じってバーベキューを楽しんでいる。

「まあ、虫除けになるのは構わないよ。元々父さんからエイミィのことは聞いていたし、何かあったら助けるようにも言われていたからね」

　カインはそう言いながら、エイミィの頭を撫で始めた。エイミィは突然年上の男性に頭を撫でられて驚いていたが、嫌がっている様子はなかった。その様子を見たティーダは焦りながら、何故か俺の方を見ている。

「カイン、何でその子を撫でているんだ？　もしかしてタイプか？」

　そんな状況で現れたのは、三馬鹿のヘタレ脳筋ことリオンだった。その言葉に俺とティーダは、「よくぞ訊いてくれた！」と心の中で喝采を送りながら、カインの返事に注目した。

「違うよ！　ただ、こんな年下の子と接する機会はほとんどないからね。妹みたいだなって……うちは弟がアレだから」

「あ～……何というか、すまん」

「全くだよ。今度僕お見合いする予定だし、仮にエイミィに手を出そうとしたら、色々な意味で終わっちゃうから……社会的にも物理的な意味でも……」

リオンの質問にご立腹のカインだが、その中には聞き逃せない言葉があった。

「へっ？　カイン、見合いすんのか？」

「そだよ」

間の抜けたリオンに対し、あっけらかんと答えるカイン。その言葉に俺たち一同はかなり驚いていたが、中でも一番驚いていたのはクライフさんだろう。驚きすぎて、目ん玉が飛び出そうになっている。おそらく、趣味と実益を兼ねて貴族の情報を集めているのに、自分の知らない情報がこんな所で飛び出たからなのだろう。あまりにも珍しい光景なのでスマホがあったら連写して保存し、さらにバックアップをとっておきたいくらいだ。

「そろそろ将来のことも考えないとね。理想はサモンス家を継ぐ時までに複数の子がいることだけど、最低でも結婚くらいはしておかないとね……何かあって急に当主になった時に、伴侶がいないと色々面倒なことになるらしいし」

「本当は遅いくらいなんだけどね……」と、いつもの調子で至極真面目な話をしていた。

「ようやくカインもそう考えるようになったか」

カインの考えに、一番先に反応したのはアルバートだった。何故そのような言い方をするのか不思議に思っていると、

「テンマ様。アルバート様には婚約者がおります。確か、伯爵家のご息女だったと思います」

クライフさんが、名誉挽回（ばんかい）とばかりに即座に耳打ちしてきた。確かにアルバートの立場からすれば、婚約者の一人や二人いてもおかしくはないが、婚約者がいるのに三人でつるんでバカなことをやっているのかと思うと、見たこともないアルバートの婚約者に少し同情してしまった。

「とりあえず、二人の将来設計のことは置いといて……エイミィとの顔合わせは成功……というか、いざという時の後ろ盾になってくれるということでいいんだな？」

この三人に対して遠回しな言い方は面倒臭いので、ストレートに訊くことにした。先ほどからリオンが一言も喋（しゃべ）らないのが少し気になるが、三人を呼んだ目的が達成されるのかの方が重要なので無視して訊いてみると、アルバートとカインは思っていたよりあっさりと頷いた。

「私個人としてもサンガ公爵家としても、テンマの弟子の味方をすることを約束しよう。ただし、公爵家に害が及ばない範囲でだ」

「サモンス侯爵家は、もちろんエイミィの味方になるよ。エイミィが僕の友人の弟子であり、所属しているテイマーズギルドに父さんが代表として収まっている以上、エイミィはある意味『王族派』にいるみたいなものだしね」

二人共多少含みはあるものの、エイミィの後ろ盾を約束してくれた。無論これは、俺が王族派を離れない限りという条件でのことだろうが、それがあれば二人が一般人（エイミィ）の後ろ盾になる口実ができるからだろう。そうすれば他の王族派の貴族に何か言われても、「龍殺し（テンマ）と賢者（マーリン）を王族派に繋ぎとめる為だ」と言えるだろうし、他の派閥の貴族に何か言われれば、「なら同じことやって、味方に引き込めば？」とでも言うのだろう。

「それで、リオンはどうするの？」

「納得いかねぇ……」

カインの言葉にそれまで動きを見せなかったリオンが、ゆっくりと口を開いた。しかも、否定するような言葉だ。

「いや、別に無理にとは言わないが、ハウスト辺境伯家としても益のある話だろう？」

アルバートの言葉を聞いたリオンは、アルバートとカインを睨むように目を見開いた。

「そっちじゃねぇ！　うちとしてはテンマとの関係を考えたら、その子の後ろ盾になるのはこっちが頭を下げてぇくらいだ！　俺が言いたいのは、何でアルバートだけじゃなくて、カインにも見合い話が来てるのかってことだ！　俺の所には一つも来ないのによぉ！」

「そっちかよ！」

リオンの心の叫びを聞いて、俺は思わずツッコミを入れてしまった。確かに俺とハウスト辺境伯家との関係（あくまでも世間が思っている関係）を考えれば、エイミィの件はリオンからすれば改善の一助になる可能性があるので断るのはおかしい話だ。それにしても、「叫びたくなるほど、リオンにはお見合い話が来ないのか？」と思っていたら、何故かアムールがリオンの前に立ち塞がった。

「それは仕方がない。こっちの二人は黙って静かにしていれば問題ないけど。リオンは黙って静かにしていても暑苦しい！　何も知らない女が見たら、どっちを選ぶかはわかりきっている！」

ビシッとリオンを指差して、事実を突きつけるアムール。その言葉にリオンはショックのあまり石のように固まり、カインは腹を抱えながら座り込んで大爆笑し、アルバートは手で口を押さえて笑いを堪えている。そして当然の如く、その周りで話を聞いていた俺たち（マークおじさんたちを含む）は、大声で笑った。さすがにクライフさんとアイナはおおっぴらに声を出さなかったが、笑いを堪えるのに必死の様子だった。おじさんたちはおそらく、リオンは大貴族の嫡男というよりは俺の友人で、他の二人よりも自分たちに気質が近いと感じているのだろう。自分たちの元領主の息子であるので、二人よりは近しいと感じているのかもしれないが……単にリオンが貴族らしくないからなのかもしれない。

「ま、まあ、リオンがモテないのは仕方がないとして、どうやって三人とエイミィを結びつけさせるかだな……嫌がらせをしている奴らに、エイミィと三人の関係をわからせないと意味がないし……」

強引に話を本題に戻した俺は、未だにアムールの口撃で動けなくなっているリオンを放ったらかしにして、アルバートとカインに訊いてみた。二人も笑いを収めるのに苦労していたが、息を切らせながら真剣に考え始めた。そして出した答えは……

「俺たち三人で、将来の同僚・家臣候補を下見するという名目で学園に行こう。学園長には本当のことを話す必要はあるだろうが、他の職員ならばそれで誤魔化すことができるだろう。その見学の最中に、たまたま野外で授業をしていたティーダ様のクラスを訪れて、エイミィの存在に気づいて話をするという方向に持っていこう」

「その時に、僕が父さんの話を出してエイミィを助けるように言われていると言えばいいよ。エイミィを通じてテンマを引き込みたいと言外に匂わせておいて、それに気がついたアルバートとリオンがそれを阻止しようと、両家も自分の所にエイミィを引き込もうとする。それで三すくみになる形を作って、最終的に三家がエイミィの力になることで、揃ってテンマに恩を売る形で収める感じにしようか」

二人共、時間をかけて詳しく話し合ったわけではないのに、どういう感じでどのように持っていくかの道筋をすぐに立てた。もう少し煮詰める必要はあるだろうが、このままでも十分通用しそうだった。

「だけど、急に現れて争い出して、その上自分たちで問題を解決したら、さすがにわざとらしすぎないか？」

エイミィにはかなりの権力を持った味方が複数いるとわからせればいいだけなので、たとえ嫌がらせをしている生徒にバレてもいいとは思うが、生徒の中には将来本当に同僚や部下になる者もいるかもしれないので、三人の仲が悪いとか生徒たちの目の前で喧嘩をしていたとかを実家に伝えられたら、それを証拠として王族派を切り崩そうとするかもしれない。三人に近い者なら気にしないだろうが、末端に行くほど信じてしまう者が出るだろうし、王族派の将来に不安ありと、改革派に寝返る者も出てくるかもしれない。

そのことを話すと、二人もそれはまずいと他の案を出そうと考え始めたが……

「じゃあ、喧嘩する必要なくない？　三人が、エイミィちゃんと仲がいいと思わせればいいだけなんだし」

と意外なことにルナの口からそんな言葉が出てきた。確かに、仲がいいところを見せるだけなら喧嘩をする必要はないが、問題はそれをどうやって実現するかだったが……

「お兄様に止めさせれば？　元はお兄様のせいなんだし、責任を取らせないと」

と、またまたルナから提案が出された。確かにその場で三人を止めることができる人物がいるとすれば、皇太孫であるティーダしかいない。

「悪くないんじゃないか？　三人が険悪になりそうなタイミングでティーダが止めれば、三人の『喧嘩』が、ちょっとした『口論』くらいにしか見えないだろうし、それくらいは貴族にとって日常茶飯事だ。それにティーダが年上の三人、それも将来の王族派の重鎮候補を抑えるだけの器量があると、その場の生徒に思わせることができるかもしれない」

「その上、そんなテンマに恩を売りたい三人と、それを抑えるだけの器量を持ったティーダ様がエイミィの後ろ盾になっていると思わせるのか……生徒たちがそのことを理解できなかったとしても、生徒がその話を実家に伝えるだろうから、生徒の親がエイミィに手を出さないように、もしくは仲良くするように言う可能性が高いというわけか」

「エイミィに媚を売る生徒が出てくるだろうけど、嫌がらせをする生徒はほぼいなくなるだろうね。かなりぶっ飛んだ性格をしていなければ、の話だけど……一応訊くけど、クラスの全員が嫌がらせをしているわけではないんだよね？」

「はい。多くはないですけど、クラスにもお友達がいます」

カインの質問に、それまで黙って聞いていたエイミィがそう答えた。それならその子たちやティーダが間に入ることで、悪い考えを持っている生徒は近づけないだろうとのことだった。その子たちにそんな力があるのかとも思ったが、現時点でエイミィと仲良くしようということは本心からそう思っている子もいるだろうけど、俺という後ろにいる保護者を意識している子（貴族出身者）もいるだろうから、ここぞとばかりに働いてくれるだろう。もちろん、この話はエイミィには内緒だ。いずれ気がつくかもしれないが、俺たちが今教えることではない。

知れない。さきほど記憶の中に〈なっち〉が出て来たが、そのときも、特に彼女に行ったことに対する罪悪感は生じなかった。遭遇時に思い出していたら躊躇くらいはしたかもしれないが、それでもスタンドを振り下ろしていただろう。そのくらい、他人に対して淡白な性格だという自覚はある。

――よかったよ。俺が思っていた以上に、お前がクズ野郎で。

僕たちは、いったい……どういう人間だったのか。

サンルームを出て少し進むと、もう西端の階段だった。

昇り着いた階段口に、フロア案内図があった。「地下本館B1F」とあるので、この階が実質的に地下研究所の最上階なのだろう。

図を見ると、通路を左に少し進んだ先に、「地上直通EVホール」と書かれたスペースがあった。――ここがゴール？　意外と早いな。

やや拍子抜けしつつ向かおうとすると、『待て』と制止が入った。

『そっちじゃない。右だ。通路の右に向かえ』

「右？」

トオルは監視カメラを見上げ、困惑顔で案内図を指さす。

「左、じゃないのか？」

『直通エレベーターのホールには、〈飲みたがり〉たちがわんさか集まっているんだ。あそこが出口だってことを覚えているんだろう。タワマン並みのエレベーター通勤ラッシュを避けたきゃ、まずは連中をあの場所から引き離さないと』

「引き離すって……どうやって？」

『右に迂回（うかい）すると、また別の通路からエレベーターホールに出られる。そちらの通路は長い直線で、両端に防火用のシャッターがあるんだ。お前がそこに連中をおびき出してくれれば、俺がシャッターを下ろして通路内に閉じ込める。成功したらお前はまたこちら側に戻ってきて、悠々とエレベーターに乗ればいい』

「……つまり、僕に囮（おとり）役をやれと？」

『さっきの〈中島〉を見たろう。連中の運動能力は格段に低下している。仮にお前が小学生でも、余裕で逃げ切りだ』

――本当だろうか。

疑念が再び芽生える。今度は〈声〉が本物かどうかについての疑念だ。自分とカズトの関係性はともかく、〈声〉がカズトを利用して自分を騙そうとしているなら、この指示は何らかの罠である可能性がある。

『どうした、トオル？　疲れているならすまないが、なるべく急いでくれ。思ったより電源の減りが早いんだ。どこかで漏電しているのかもしれない』

疑心を顔の下に隠しつつ、言われた通り右を行く。すると通路の途中に、トイレの入り口があった。ＷＣのルームプレートが入り口の上に突き出ている。

そこを通り過ぎようとした瞬間、はっと体が固まった。

誰か――いる？

入り口近くの洗面台付近に、白衣が見えた気がした。誰かが隠れて自分を見張っている？

まさか、と脳に閃き(ひらめき)が走る。自分以外にも、生き残りの所員がいる？　そいつが地上の仲間と協力して、僕を〈飲みたがり〉たちに差し出し、その隙に地上に逃げようとしているのだとしたら――。

『……おい。なぜ戻る、トオル？』

〈声〉を無視し、通路を引き返す。スタンドを構え、トイレの前に立った。

『トオル！』

スタンドの柄を握りしめ、中に勢いよく飛び込む。

だがすぐに、力なく手を下ろした。

確かに人はいたが、生きてはいなかった。死人だ。〈飲みたがり〉たちに追い詰められて観念したのか、洗面台の手すりに引っ掛けたタオルで、座り込むような姿勢で首を吊って自決していた。

『……〈皆藤(かいどう)〉だ』

トイレにも監視カメラがあるのだろう。〈声〉が説明する。

『同業他社の製薬会社でＭＲをやっていたが、睡眠導入剤を仲間内に大量に横流ししていたことがばれ、懲戒免職となった。女癖が悪くて、やつがここに来た後も、複数の女性所員がドラッグレイプ被害を訴えていたな』

トオルは遺体を見る。確かに白衣の胸元には、「皆藤義正（よしまさ）」と書かれたネームプレートがあった。が、トオルの視線を引き付けたのはそこではない。その胸ポケットに差された、一本のボールペンだ。

惹（ひ）き込まれるように手に取る。会社のノベルティなのだろう。太いペン軸部分には、金文字で社名のロゴが刻んであった。

ノストラ・フェルーダ。

震えが走った。

「カズト」

必死に声の震えを抑えながら、尋ねた。

「答えられる範囲でいい。一つだけ、教えてくれないか？」

『何だ？』

「僕たちも——悪い人間だったか？」

長い沈黙があった。

『俺たちは……〈善（よ）きサマリア人（びと）〉だよ』

「善きサマリア人？」

『〈自分を愛するように、汝の隣人を愛せよ〉——俺たちはここで、多くの人命を救っていたんだ』

＊　＊　＊

自殺未遂後、カズトはしばらく療養生活に入った。その沈黙がトオルには怖かった。自殺を妨害した自分を、きっと彼は許さないだろう。

「トオルさん、カズトさんのお見舞いに行っていないんですか？」

事件から一週間ほど経ったある日、採血中にユメノ先生が訊いてきた。本当に空気が読めない人だなとトオルは苦笑いしつつ、頷(うなず)いて答える。

「あれ以来、何だか顔を合わせづらくて」

「ああ……まあ、そうですよね。なんて声掛けていいか、迷っちゃいますよね。わかります」

何を？　と思わず訊き返しそうになった。そんなこちらの表情をどう解釈したのか、彼女は優しく微笑(ほほえ)み、「大丈夫ですよ」と下手なウィンクをする。

「言葉なんていらないから、勇気を出して会いに行ってみてください。意外と相手も待っているかもしれませんよ――ああ。そういえば、トオルさん」

「はい」

「ヨキサマリア人(びと)って、ご存じですか？」

「ヨキサ――え？」

「この前、カズトさんの病室に行ったら、お礼と一緒に言われたんです。あなたはヨキサマリア人ですね、って。マリア、とついていたので、一応誉め言葉と受け取ったのですが……」

「ああ」

つい口元が緩む。

「〈善きサマリア人〉ですね。善きは善悪の善きで、サマリアというのは地方の名前。聖書から出た言葉です」

――〈善きサマリア人〉とは、キリスト教の聖書の一節から生まれた言葉だ。

自分もカズトから聞いた。その元となったのは次のようなたとえ話だ。ある日、強盗に襲われて怪我をした旅人が、道端に倒れていた。そこを通った一人目の祭司と二人目のレビ人は、旅人を見捨てて素通りした。しかし三人目のサマリア人は旅人の前で足を止め、哀れに思って宿に連れて帰り、治療と施しを与えた。

そしてキリストはこのたとえ話をしたあとに、信者たちに向かって問う。通りかかった三者のうち、旅人の良き隣人となった者は誰か、と――。

ようは「困った人を見捨てない高徳な人」を意味する、賞賛の言葉だ。だがそれをカズトが言ったというのなら、もちろん誉め言葉ではない。ただの皮肉だ。

「へえ。そんな言葉があるんですね」

やはり誉め言葉だったと解釈したのか、ユメノ先生は無邪気に嬉しそうな顔をする。

それを見て、少し意地悪い気持ちが芽生えた。

「ですが——僕は、必ずしも前の二人が、冷たい人間だったとは思いませんがね」

「え？　どうしてです？」

「判断材料が少なすぎるんですよ。強盗に襲われた現場を見たならともかく、ただ怪我を負ったように見える何者かが、道に倒れていただけでしょう？

そいつは逆に強盗側で、旅人を襲ったところを、返り討ちにあったのかもしれない。あるいは怪我人を装い、助けに来たお人良しを食い物にしようとしているのかもしれない。あるいは危険な伝染病に感染しているのかもしれない——いろんな可能性を考えたら、怖くて近づけないんですよ。もし本当に怪我人だったら申し訳ないなと罪悪感を抱きつつ、急ぎ足で駆け抜けた者も中にはいたんじゃないでしょうか。

そして人を救う宗教なら、そういった人の心の弱さにも寛容であるべきだと思うんです」

ユメノ先生は少し考え込む仕草を見せたあと、なるほど、と呟いた。

「そういう危険性もあるのか。なら、私なんか危ないですよね。そこまで知恵が回らない」

少し溜飲が下がった。同時にやや子供っぽかったかとも反省する。こんなことで彼女をやり込めても、何一つ意味はない。ただの八つ当たりだ。

軽い自己嫌悪に陥っていると、くすりと彼女が笑った。

「……何か？」

「そうは言っても、トオルさんは結局あのとき、輸血に協力してくれたんだな、と思って」

——ちり、と胸に火が付く感覚があった。

「ユメノ先生は……自分が犯罪行為に加担しているという意識は、ないんですか？」

「犯罪行為……」

採血装置のモニターを眺める彼女の顔が、やや虚ろになる。

「自分の所属する企業が、致命的な欠陥品を医薬品市場に垂れ流し、それで莫大な利益を得ていることへの罪悪感は？　製法を独占し、国に対し未承認のプロセスを組織ぐるみで隠蔽していることへの道義的責任は？　そしてそのために、二人の未成年を人身売買同然に囲い込み、その血を抜いて原料にしているというおぞましい事実への感想は？」

息もつかずに畳みかける。彼女は傷ついたというより、親とはぐれた仔ヤギのような途方に暮れた顔で、トオルを見た。

「トオルさんは……」

しばらくして、哀しそうな声で言った。

「今の生活が、辛いですか？」

一瞬、反応ができなかった。

「答えになっていなくてすみません。もちろん、悪いことだとは思っています……。ただ正直、話が大きすぎて、私には善悪の判断さえできないというか。確かにこの会社のしていることは、決して許されないことだと思います。でも、かといって事が公になって製品の供給が止まれば、多くの人が苦しんでしまいますし――。

……すみません。ただの言い訳ですね。私だって結局、報酬につられてきたわけですし。カズトさんの誉め言葉は返上します。私は〈悪いサマリア人〉です」

トオルは壁を向く。議論にすらならないことに気付いたからだ。最初から白旗を上げている相手を、それ以上打ち負かすことはできない。もはや彼女に対しては、何の怒りも苛立ちも感じなかった。ただひたすらに――不快だった。

＊＊＊

『――ル！　トオル！』

名前を呼ばれ、思考が中断した。

『大丈夫か？』

「あ、ああ……悪い。少しぼうっとしてた」

『……その手に握っているのはなんだ？　ペンか？』

言われて、自分がペンを握りしめていたことに気付く。端に社章のマークがはっきりと見えていた。

『もしかして……何か思い出したのか？』

どう答えるか悩んだ。ここでとぼけるのも、かえって不自然か。

「この会社のことだけだ。ノストラ・フェルーダというのが、確かこの会社の名前だったよな」

『ああ』

――今から数十年前、世界を疫病の災禍が襲った。

ネズミ耳コウモリ由来だという新種のレトロウイルスは、高い感染力と強毒性を両立させたばかりか、症状回復後も罹患者の生殖能力に深刻な後遺症を残した。そのため世界人口は右肩下がりに減り、各国の研究機関の中には、今世紀中の人類の絶滅を予測する試算もあった。

その破滅への雪崩を食い止めたのが、ノストラ・フェルーダだ。ノ社の開発した薬は高い治療効果を発揮し、人類待望の〈治療薬〉として瞬く間に市場を席巻した。新興の創薬ベンチャーに過ぎなかったノ社はこれにより一気に製薬業界トップに躍り出、時価総額で世界有数の大企業の仲間入りをし、世界中の人々から現代の救世主だと掛け値なしの賞賛を浴びた。

「それが、ノストラ・フェルーダ。そしてここはノ社の研究所だ。だが思い出したのはそのくらいで、この研究所の役割やここで僕たちが何をしていたかまでは理解していない。教えてくれ、カズト。僕たちはいったいここで、どんな役回りを担っていたんだ？」

思い出したことを教えすぎないよう、台詞に虚実を織り交ぜつつ、慎重に訊ねる。

同じく〈声〉のほうもどこまで話すべきか迷うように、少し答えに間が空いた。

『……血清だ』

「血清？」

『ノ社が開発したのは、登場してまだ日の浅いＲＮＡ治療薬でも、常に陰謀論めいた世迷い言が付きまとうワクチンでもない。ただの血清だ。――〈血清療法〉については知ってるか？』

「いや」

　すると話題を逸らすように、〈声〉が説明を始める。それによると、体内に免疫システムを持つ動物は、病気や毒に冒されたときに、それに対抗する抗体を血液中に作り出すらしい。その抗体を血清として取り出し、治療薬として用いるのが〈血清療法〉だ。代表的なのが蛇毒の血清で、この手の治療法は大昔から行われているのだという。

『昔からある製法だけに、使う側も安心だったんだろうな。ノ社の〈治療薬〉はすぐに世界中の医療機関に普及し、市場をほぼ独占した。そうしてノ社は人類の救世主としてもてはやされたが、同時に激しい非難も浴びた』

「非難？　どうして？」

『薬がそれだけ公共性の高いものとなっても、特許を手放さなかったからさ。それどころか、製品の品質保持を理由に特許期間の延長を認めてもらうよう、莫大な資金を投じて各国でロビー活動まで始めた。

　連中が躍起になるのも当然だ。なぜって、かの薬はその製薬工程に、決して公にはできない未承認プロセスと原料を用いていたのだからな』

　ぴくり、と、頭の中で何かがうずいた。

　未承認のプロセスと——原料。

「……それが、僕たちの血液ってことか」

『そうだ』

「つまり——ウイルスを僕たちに注射し、血清を作っていたと？」

『少し違う。血清そのものは、遺伝子組み換えした生後十日未満の新生仔牛を使って生成している。問題は、その血清にとんでもない副作用があったってことだ』

「副作用？」

『〈飲みたがり〉になってしまうんだ』

忌々しそうに言う。

『詳しい作用機序は俺もよく知らない。最悪だったのは、この副作用がかなりの年月を過ぎた後でないと発症しないことだ。最初の症例が確認されたときには、薬はすでに治験をパスし、人類待望の新薬として世界中にばらまかれていた。

連中は金に飽かせて事実を揉み消しつつ、副作用を解決する研究を急いだよ。しかし成果は一向に上がらず、事が明るみに出るのは時間の問題だった。が——どういう悪運か、あと数日ですべてがご破算という間際になって、連中はジャックポットを引き当てた』

「ジャックポット？」

『俺だ。俺の保護者が、大金目当てに連中のアンダーグラウンドな人体実験に応募していたんだ。俺を被験者としてな。その結果、俺の血液中の免疫グロブリンが見事に副作用を抑え込むことが確認され、連中を、ひいては世界を破滅から救った』

くっくっと、イヤホンから押し殺した笑いが漏れる。

『泣けるだろ。つまるところ俺たちの血は、連中の欠陥品の副作用を抑えるための添加剤にすぎない。そして世界はそんな腐った事情などつゆ知らず、連中が売り捌く〈治療薬〉を神の恩寵のようにありがたく頂戴しながら、今日も平穏に暮らしている。〈善きサマリア人〉に幸あれ』

エレベーターホールには、十体以上の〈飲みたがり〉たちがたむろしていた。ホールは休憩所も兼ねているのか、ソファやテーブル席、自販機や壁掛けのディスプレイまである。大半はソファや椅子に座ってじっとしており、その静けさはどことなく病院の待合室を彷彿とさせた。

観葉植物の陰から覗いていると、〈声〉が急かすように言った。

『早く連中を通路におびき寄せてくれ。例のシャッター閉じ込め作戦を実行するから』

「……こいつらは、どうして発症したんだ？」気になって訊ねる。「僕たちの血があれば、副作用は抑制できるんだろう？」

『言っただろう。バイオハザードが起きたんだ。発症した実験体のラットやサルなどが研究区画から逃げ出し、所員に血液感染させて回った。治療薬の副作用とは違って、発症後の血液はほぼ潜伏期間なしに毒性を発揮するんだ——だが安心しろ。逃げ出した分はすでに捕らえて焼却処分したか、区画内に閉じ込めてある。それにどちらにしろ、俺たちは発症しない』

バイオハザード。記憶にふと、爆発のシーンが蘇った。その事故は、やはりあの爆発が関係しているのだろうか。

『なあに、ビビる必要はない。連中の動きは鈍い。踊りながらでも逃げ切れるさ。方法は——そうだな。音だ。音を使って連中の注意を引き付けろ』

「音か……歌でも歌うか？」

『歌――』

一瞬、〈声〉が接続不良でも起こしたかのように途絶えた。

『……それでもいい。まかせる。準備ができたら合図をくれ』

自分で言い出したことだが、さすがに人前で音痴を晒す勇気はない。トオルはホール内を見回し、ディスプレイに狙いを定めた。あれを地面に叩きつけ、注目を浴びるとしよう。

ホールに入ろうとしたところで、ふと足を止めた。

ディスプレイ前の椅子に座っている老人が、じっとこちらを見ていた。瞳孔が大きく開いた木の洞のような目と、視線がかち合う。気付かれた？　いや、その目はこちらを見ているようで、焦点が合っていないようにも――。

目。

――お前の、その目。

――いいな。

脳内に、記憶の風が吹き荒れる。

＊　＊　＊

あれからカズトは順調に回復し、やがていままでの生活に戻った。反対にトオルは自室に引きこもりがちになった。カズトの報復を恐れたからだ。

だが限界はある。ある日、カズトに遭わないよう深夜にトレーニングルームに行ったところで、ばったり出くわしてしまった。

「やあ、兄弟」

あるいは行動を読まれ、待ち伏せされたのかもしれない。不気味な笑みに、脳裏にシャワールームの一件が蘇った。防衛本能が働き、腰を落として身構える。

「おいおい。もっと嬉しそうな顔をしてくれよ。友達がいのないやつだな。それに、どうして一度も見舞いに来てくれなかったんだ？　ずっと待ってたのに」

「……僕の顔など、見たくもないだろうと思ったから」

「どうして？」

カズトは笑って片手を挙げると、採血の注射痕が無数についた手首の内側をこれみよがしに見せる。

「この世で二つしかない貴重な血を分けてくれた、命の恩人なのに？　なんか熱いよな、こういうの。これで俺たちは文字通り、血を分けた兄弟ってわけだ」

カズトが歩み寄ってくる。逃げようとしたが、まるで詰将棋のようにベンチプレスの一角に追い詰められた。

「あのときの、お前のあの目」

重りの付いていないバーベルのシャフトを手に取りながら、じっとこちらを見つめてくる。

「すごく良かった」

――あれで殴る気か？　トオルが再び身構えると、カズトは声を上げて笑った。

「そう警戒するなって。本当に俺は怒ってないんだ。むしろ感謝している。俺に素晴らしい天啓を与えてくれた、お前のその目に」

ベンチに寝そべり、重り無しのシャフトでリフティングを始めた。いかにも長い療養で落ちた筋肉のリハビリを始めた、といった感じだった。

「何を……企んでる？」

腕の上下が止まった。カズトはシャフトをラックに引っ掛けて起き上がると、天井の監視カメラにちらりと目配せをして、しぃーっと唇に人差し指を立てる。

「まだだ。まだ言えない。変に期待を持たせて、お前をぬか喜びさせたくないんだ。だがこれだけは言える。もし俺の思惑通りに事が運べば――お前、絶頂するほど喜ぶぜ」

＊＊＊

『――何ぼうっとしてる、トオル！』

イヤホンの〈声〉で、また我に返った。見ると、先ほどの老人が椅子から立ち上がり、両手を伸ばしながらこちらに向かってきている。

すぐさまディスプレイを持ち上げ、手前の床に力の限り叩きつけた。

ガッシャーン！

派手な破壊音がした。ホールにいた〈飲みたがり〉たちが、一斉に振り向く。

うー、と低い唸り声が合唱のように響いて、全員がこちらに向かってきた。

ここまでは、計算通りだ。

『よし。そのまま通路に引いてくれ、トオル。点滴スタンドも忘れずにな』

「……やっぱりまだ必要か、これ？」

『スタンドは護身用の武器になる。そしてお前の血は最後の切り札だ』

自分の血が入った血液パックを見上げ、流血した〈なっち〉の顔を思い出した。この血が発症防止の〈薬〉だということは、発症した連中にとっては〈毒〉だということか。

――カラカラ。

そこで、車輪の音が聞こえた。

最初は点滴スタンドのキャスター音かと思った。だがどうも感じが違う。それよりもっと大きく、滑らかに車軸が回る音。

歩きつつ、集団を振り返る。中に一人、背の低い中年の女性がいた。一様に緩慢な動きの中、彼女だけがなぜか、近づくペースが速い。

――カラカラカラ。

見ているうちに、女性がどんどん前に出て来た。ついには最前列も抜き去って、一番槍のように集団の先頭に躍り出る。

そこで、初めて気付いた。

背が低いのではない。座っているのだ。徒歩より格段に速く、平らな路面では十分に機動性の高い――。

車椅子に。

＊　＊　＊

しばらくすると、カズトは車椅子を使い始めた。まだ体が疲労しやすいからという理由だったが、観察するうちに、あの車椅子の下に何かを隠して自室に運んでいるのだ、とトオルは気付いた。最初のうちはその意図がわからず悶々としていたが、やがて疑うことにも疲れ、何も考えなくなった。

その反動として――甚だ不本意だが――トオルはユメノ先生とよく話すようになった。言葉に裏がなく、喜怒哀楽がわかりやすい。ある意味カズトと正反対の彼女は、唯一トオルが無防備でいられる存在といえた。もっとも彼女の無思慮な言動には、幾度となく神経を逆撫でされたが。

「トオルさんは――」

その日も採血がてら、彼女の能天気な質問から会話が始まった。

「自分の血が誰かの命を救っていると思うと、嬉しくないですか？」

「まったく」

あの〈サマリア人〉の会話を経たあとで、なぜこんな無神経な台詞を口にできるのか。思慮がないどころか、昆虫程度の脳の神経回路しかないのではないかとつい疑ってしまう。

「そうですか……。私、O型なんですよ」

「はい？」

「知ってますか？　O型って、どの血液型にも輸血できるんですよ。私、どんくさくてあまり人の役に立てることはないんですが、唯一それだけは取り柄だと思っていて」

自分も同じ血液型ですとは、とても言い出す気になれなかった。というか、カズトへの献血を頼んできたくらいだから、彼女もそのことは知っているはずだが——おそらく忘れているのだろう。

「それってつまり……損、ってことですよね」

相変わらず危なっかしい彼女の穿刺(せんし)の手つきを眺めつつ、トオルは言う。

「損？」

「O型はすべての血液型に輸血できる。けれど、O型に輸血できるのはO型だけ。O型は、他の血液型から何の恩恵も受けられないんです。ただ一方的に利用されるだけだ」

無事針が刺さり、彼女の目が採血装置を向く。まるでオーブンの温度を確認するようにモニターの数字を眺めながら、しまりのない笑顔で言った。

「それも格好いいじゃないですか。なんだか、けなげで」

お花畑、とでも評したい彼女の血液型観に比べ、その対極にあるのがカズトだった。

カズトは自分の血液の恩恵を受ける、すべての人間を憎んでいた。

一度、その憎しみの源はどこにあるのだろうと考え、噂好きの御影奈々に訊ねてみたことがある。

「あの子が人間不信な理由？　そりゃあ、叔母さんでしょ」

「叔母さん？」

「これ、言っていいのかな」

御影奈々はいかにも言いたそうな薄ら笑いを浮かべて言った。

「私から聞いたって言わないでね。あの子、大好きな叔母さんに売られたんだよ」

カズトが愛着障害だと嘯いたのは伊達ではなかった。まず事実として、カズトはかなりのネグレクト家庭で育った。そしてその人でなしの両親は、カズトがまだ小学生のころ、カズトが重度の火傷で入院すると——火傷の原因は、一人留守番中のカズトが寒さに耐えかね、コンロの火で暖まろうとしたことだった——周囲から責任を追及されることを厭い、彼を病院に預けたまま煙のように行方をくらました。

そうして病室に捨てられた彼に唯一、人間らしい愛情を注いでくれたのが、彼の叔母だった。夜、ミイラのように全身包帯を巻かれた幼いカズトが苦しんで呻いていると、誰かが彼の手を握り、優しい子守唄を歌ってくれた。それはどんな鎮静剤よりも覿面に痛みに効いた。やがて奇跡的に回復したあと、見舞いに来た叔母におそるおそる子守唄のことを尋ねると、叔母は微笑んで自分が歌ったと明かし、「うちの子になるか」と温かく尋ねてくれた。

叔母宅に身を寄せてから、カズトは幸福だった。日に三度の食事、毎晩の入浴、清潔な衣服。叔母には子供がいなかったせいか接し方はぎこちなかったが、それでも幼いカズトの愛情欲を埋めるには十分であり、その恩義に応えるように、カズトも小さな体いっぱいに喜びを示し、全身全霊で彼女を愛した。

そしてカズトが人体実験の被験者として売られたのは、その同居生活開始からわずか半年後のことだった。叔母はカズトが入院していた病院の医師からノ社が裏で募集している非人道的な実験の話を聞きつけ、金になると目をつけて、先回りして養子縁組を図ったのだ。

後日、その経緯を案内人づてに聞かされたとき、カズトの人への愛情は死んだ。この話を知り、〈近親相姦野郎(インセスト)〉という悪態がどれだけ彼の逆鱗(げきりん)に触れたかを、トオルは骨の髄まで理解した。

＊＊＊

『すまない、見逃した！』

鼓膜(こまく)に響く〈声〉が、トオルを現実に引き戻す。

『そいつは北山啓子、夫の殺害容疑で指名手配中の元薬剤師だ。足が悪いのは知っていたが、あの中に混じっていたとは思わなかった』

ちらりと振り向き、身震いする。生前の業が顔に出ているのか、山姥(やまんば)のような形相だった。

『そのまま走れ！　今、シャッターを下ろす』

宣言通り、通路の先で防火シャッターが下り始めた。意外と距離がある。トオルはスタンドを抱え、無我夢中で走り出す。

『滑り込め！』

床を蹴り、腰高ほどまで下がったシャッターの隙間に頭からダイブする。

一瞬、患者衣の裾を摑まれた感覚があった。

だがすぐにその力がふっと消え、ガシャンと音が響く。

トオルは勢いあまって床を滑り、突き当たりの壁に衝突した。痛みを堪えつつ振り返ると、そこには誰もいなかった。ただ、閉まったシャッターの手前に、千切れた手首が転がっていた。

『毒のせいかな。北山の体が脆くなってて助かったな』

〈声〉がホッとした調子で言う。

『ひとまず、計画通りだ』

＊　＊　＊

「喜べ、トオル。いよいよ計画の準備ができた」

その日、カズトはついに〈企み〉の内容を告げて来た。

「何の計画だ？」

「脱出計画。来月、俺たちはこの忌々しい檻を出て、自由になる」

――脱出計画。例のサンルームの秘密基地で話を聞きながら、トオルがまず感じたのは落胆だった。散々引っ張ってきて、それか。

「すまない。その計画には乗れない」

「まあ聞けよ」

「ここを出ることに魅力を感じないんだ。脱出してどうする？　その後の生活は？　ノ社の追っ手から逃げ回って、結局隠れて暮らすはめになるのがオチだ。同じ日の当たらない生活なら、ここにいたほうが数万倍いい」

「お前は想像力が足りない、トオル。もう少し視野を広げてみろ。俺たちが脱出した後、世界はどうなる？　俺たちの血という恵みを失った、世界中の病に苦しむ憐（あわ）れな患（わずら）い人（びと）たちは？」

半開きだったトオルの目が、そこで大きくなった。

「まさか」

カズトが微笑む。

「俺たちは何もしないんだよ、トオル。ただ、逃げるだけだ。その結果、俺たちの知らないどこその誰かがどんな迷惑をこうむろうと、知ったことじゃない」

「無意味だ。僕たちが消えれば、また別の誰かが生贄にされるだけ――」

「その確認に手間取ったんだ。俺たちのバックアップはない。連中のビジネスは薄氷を踏むがごとしだ」

「バックアップがない？」

思わず訊き返す。

「採血場所は、世界中でたったこの一か所だけだったってことか？　バカな。これだけの規模の話だぞ。万が一そうだったとしても、他の採血候補者のリストくらい――」

「ない。その証拠に、俺が療養中で採血できなかった時期も、新顔は補充されなかっただろう？　連中が血眼になって三人目を探している記録は山ほど見つけたが、当たりを引き当てたという報告はゼロだ。事の性質上、大っぴらに調査できないこともあるだろうが、そもそもこの血の発現自体が稀なんだ。

抗原自体が希少な上、副作用の抑制効果を発揮するのはＹ染色体ハプログループＤ―Ｍ55のモンゴロイドに限られるらしい。中でも北方モンゴロイドと南方モンゴロイドの両方のＤＮＡを持ち、他民族の流入も少ない日本人の血液が一番有望だそうだ。連中がこの地下研究所を日本に作ったのもそれが理由だ。三人目のハッシュ・コリジョンが生じる確率は、天文学的に小さい」

言葉を失う。衝撃に身動き一つ取れなくなるこちらの様子を見て、カズトが勝ち誇った顔でにじり寄ってきた。まるでダイヤの輝きに見惚れる女性客を前にした宝石商のように、さらに甘い調子で囁きかける。

「ベンチに控えはいない。今俺たちがここを発てば、人類は間違いなく存亡の危機に立たされる。

――世界がゆっくりと滅亡に向かうさまを、その目で見たくないか、トオル？」

ぶるりと、体に震えが走った。

「……なあ、カズト」

「なんだ、トオル？」

「世界の人口って、今何人だ？」

「今年頭の時点で、約百億千百二十万人だ」

「百億千百二十万人を、僕たちは見殺しにするのか？」

「そうだ」

カズトのぎらついた眼光が、目の前に迫る。

「重ねて言うが、俺たちは何もしない。ただ見ていいるだけだ。俺たちは〈悪しきサマリア人〉となって各地を巡礼し、世界の終末をただの行きずりの傍観者として見届ける。この観光プランはどうだ？」

顔を上げる。カズトの溶岩のように滾るその目を見て、初めて追従ではない笑みが浮かんだ。

「——ぞくぞくする」

＊＊＊

時間差でもう一方のシャッターも下ろし、〈飲みたがり〉たちを無事通路内に封じ込めたと〈声〉の報告があった。ホッと一息つき、最初の手筈通りに元来た通路を引き返す。

『今、エレベーターのかごを地下に送っているところだ』

〈声〉が言う。

『さっきまでは下ろすに下ろせなかったんだ。音に反応した連中が、扉を壊す恐れがあったからな』

耳を澄ますと、確かに遠くでゴゥンゴゥンと重い機械音が響いている気がした。

「……地上は今、どんな様子なんだ？」

『こっちか？　こっちは静かなもんだ。生き残った所員は全員退避したし、〈飲みたがり〉は感染可能性のある者も含めて根こそぎ処分された。あとはオゾンガスの消毒待ちだよ』

「カズトは、どうして逃げなかったんだ？」

『逃げる？　お前を置いてか？』

当然のように〈声〉は答えた。親友として百点満点の回答。

『どうした？　ようやく地下牢から出られるってのに、あまり嬉しそうじゃないな』

「いや――」

――世界がゆっくりと滅亡に向かうさまを、その目で見たくないか、トオル？

――ぞくぞくする。

『それはどうでもいいが……トオル。一つ、悪いニュースだ』

「なんだ？」

『もうすぐ、非常電源が落ちる』

「……エレベーターが、動かなくなるってことか？」

『その動力分は何とか確保する。だが一往復分でギリギリだ。その分を残すため、足りなくなりそうになったらほかの電力はカットしたい。照明や監視カメラ、それに無線電波も』
「つまり……これから連絡が取れなくなると？」
『場合によっては』
ついイヤホンに手をやった。何の支援もなしに暗闇に取り残されることを想像し、ゾッとする。
『移動は大丈夫だ。非常灯の案内がある。地上に出たらエレベーター脇の見取り図を確認して、〈第二図書室〉に向かえ。その書棚の一つに、中央管理室の入り口がカモフラージュされている
——待て』
〈声〉が、緊張を帯びる。
『なんだ、この音？』

＊＊＊

——なんだ、この音？

歌声のような妙な物音に、トオルは医務室で目を覚ました。どうやら採血中に眠ってしまったらしい。

身を起こすと音が止み、衝立の陰からユメノ先生が顔を出した。

「おはよう。ずいぶんよく眠っていましたね。寝不足ですか？」

「いえ、まあ……」

笑ってお茶を濁す。まさか脱出計画に胸を躍らすあまり、寝つきが悪くなったとは言えない。するとユメノ先生はトオルに顔を近づけ、じっと目を覗き込んできた。

「トオルさん……最近私に、何か隠してませんか？」

ドキリとした。まさか、今ので勘付かれた？　いや、さすがにそんなはずは——。

彼女はふっと笑い、身を離して再び衝立の陰に消える。なんだ？　戸惑うトオルをよそに、今度はふいに照明が消えた。突然の暗闇に身動き一つとれずにいると、赤い光がぼわっと目の前の空間に浮かび上がる。

「ハッピーバースデー、トオルさん」

ロウソクの立ったケーキを持って、彼女が近づいてきた。

「サプライズです。トオルさんが誕生日のことを隠すから、危うく見逃すところでしたよ。本当はほかの所員も誘いたかったんですが、みんなあの子は冷めてるから、こんなことをしても喜ばないって——そんなことないですよね？」

うんともすんとも言えなかった。彼女の音程の外れたバースデーソングを聞いて、先ほどの音の正体はこれか、と気付く。

燃え立つロウソクの火を前に、狼狽して訊ねた。

「これ、どうすればいいんですか？」

「どうって、吹き消してください。——まるで生まれて初めて誕生日ケーキを見たみたいな反応ですね」

「はい。生まれて初めてです」

ユメノ先生の紙皿を用意する手が止まった。

「僕が養子だってことは、調査書に書いてありますよね？」

動揺のあまり、口走る。

「養父母は養子の誕生日は祝わなかったんです。ああ――違うな。僕以外に養子はあと三人いたんですが、一番年下の女子は可愛がられていたので、実子同様にお祝いされていました。まあ僕自身、ちょっと変わった性格だったので、それも毛嫌いされていた一因だとは思いますが――」

「なんで」彼女の声が引き攣る。「そんなにたくさん、養子を……？」

「補助金目的だったと思います。少子化対策で、自治体から結構な給付が出ていたので。そんなわけで、ノ社から大金で契約を持ち掛けられたときも、養父母は大喜びで僕を売り渡したんです」

ノ社に自分の血が発見されたのは偶然だった。修学旅行中に体調を崩し、教師に連れていかれた病院がノ社関連のところだったのだ。これがもし自宅で発病していたら、歯医者代さえ渋る養父母のことだ。病院そのものに行かせてもらえず、自宅療養させられていたに違いない。

ユメノ先生は照明をつけると、どこか虚ろな顔でベッドに腰を下ろした。

「あの……私に弟がいるってことは、前にお話ししましたっけ？」

「はい」正確には他の所員から聞いたが。

「弟も、同じなんですよ」

「同じ？」

「誕生日は、親に冷遇されていたというか。うちの場合は母親が毒親で、最初は弟を溺愛していたんです。なのに弟が小学校に入ったころから、急に態度が冷たくなって」

「急に冷たく？　どうして？」

「知りません。そういう母親なんです。飽き性というか、気分屋というか……。たぶん、子供を育てるのが面倒になってきたとか他に興味を持つものが出てきたとか、その程度の理由だと思います。でも弟は自分のせいだと思って、一生懸命母親の機嫌を取ろうと勉強などを頑張っていたんです。だから私、弟がどうにも不憫で……」

それから彼女はいかに自分が弟を可愛く思っているか、滔々と語った。いかに弟が賢くけなげで、優しい心の持ち主か。彼女の弟が闘病中であり、その治療費のために彼女がここで働いていることをトオルが知らなければ、とても聞くに堪えないような弟自慢だった。

だがその自慢が長時間に及び、さすがのトオルも忍耐の限界が迫ったところで、彼女がぽつりと言った。

「その弟が、つい一昨日、病気で亡くなったんです」

目の周りが、みるみるうちに赤らみだす。

「ごめんなさい。辛くて」

トオルは呆気にとられた。急な告白に困惑し、静かにすすり泣く彼女を見守るうちに、やがてそうか、と気付いた。彼女は今、僕を利用したのか。

あの妙に浮かれた誕生祝いは、弟を失くした哀しみを紛らわすためのパフォーマンスだ。今の謝罪も自分が泣いたことではなく、彼女自身の気慰みにトオルの誕生日を利用したことを謝罪したかったのだろう。

だがそう気付いたあとも、不思議と不快な気はしなかった。ただ彼女を憐れに感じた。そして自分でも驚いたことに――無意識に手を伸ばし、生まれて初めて、人の頭を撫でた。

＊＊＊

――音？　トオルは我に返ると、じっと耳を澄ませた。確かにガインガインと、何か固いものに力任せに体当たりするような音が、遠くの方から壁に反響して届いてきている。

『……まずい』

〈声〉が呟いた。

『シャッターが破られた』

「シャッターって……さっきの？」

『違う。研究区画のシャッターだ。ケージから逃げた実験動物たちを閉じ込めていたんだが、エレベーターの音が刺激してしまったらしい。特に一匹、元気が有り余っているやつがいる』

「実験……動物？」

『やばいな。来る』

〈声〉が焦りを帯びる。トオルの耳にも、明らかに大型動物のものと思しき足音が聞こえて来た。次いで咆哮。勢い余ったように壁に激突する音。

足音が、クレッシェンドのように音量を増す。

『走れ！』

トオルは弾かれたように走り出す。

脇目もふらずにエレベーターホールに駆け込んだ。〈飲みたがり〉たちの姿はなかったが、エレベーターもまだ到着していない。固く閉ざした扉を背に、トオルは〈声〉に向かって問いかける。

「エレベーター到着まで、あとどのくらいだ？」

『約一分だ。今、階段前の防火シャッターを下ろした。これで少しは時間稼ぎが――』

バリン！　とガラスでも突き破るような音がして、咆哮がビリビリと空気を揺るがした。

『……できなかったか』

足音が迫る。トオルは震える手でスタンドを構えた。だがすぐに足音はスローペースになり、それに代わり、ふんふんと鼻で嗅ぎまわる音が合間に混じり始める。

通路の角から、低い唸り声とともに毛むくじゃらの獣が姿を現した。

巨大な犬。

粘液のように滴る涎と充血した赤い目に、視線が釘付けになった。

『あと三十秒。ここをお前の墓場にしたくなきゃ、何とか耐えろ、トオル』

＊＊＊

お墓の世話くらいはしてあげたくて、と彼女は言っていたが、一週間経っても彼女が職場を去る様子はなかった。弟が死去した以上、ここで働く理由はないはずだが。すぐには辞められない契約になっているのだろうか。

「そりゃあ、辞められないだろう」

例のサンルームで密談中、それとなくカズトに訊くと、彼は呆れたように言った。

「ここまで企業の暗部に食い込んでいるんだ。本人の意思がどうであれ、連中が手放すわけがない。飼い殺しだよ」

「……死ぬまでここを離れられない契約、ってことか？」

「ない話じゃない」

彼女はそれを承知で契約したのだろうか。考えていると、妙ににやついた顔でカズトがこちらを見ていることに気付いた。

「何だよ」

「いや。お前って最近、よくユメノ先生を気にしているよな。惚れたか？」

「そういうのじゃない」

カズトはへっと笑うと、近くに生っていたバナナの房から実を一本もぎとる。

「なんでもいいが、勘付かれるなよ。それより、当日の段取りについてだが──」

カズトが話し始める。トオルは表情を引き締めた。今日の密会の目的はこれだった。いよいよ具体的な脱出方法が明かされる日が来たのだ。

「……バイオハザード？」

最初にその単語を聞いたときは、あまりピンとこなかった。

「そうだ。調べたところ、この研究所はN県山中の地下深くにある。地上に通じるエレベーターはたった一基で、操作は地上の中央管理室からしかできない。俺たちというより、所員の逃亡を警戒しているんだろう。地上の建物内にも幾つも検問ゲートがあるし、敷地は高電圧フェンスで囲まれ、警備員も二十四時間体制で巡回している。さすがに銃器は携帯していないが」

絶望的じゃないか、とまず思った。

「それと、バイオハザードを起こすことが、どう関係が？」

「地下でバイオハザードが起きたら、連中はどんな対応をすると思う？」

「防護服に身を包んだやつらが、大挙して押し寄せてくるだろうな」

「ああ。マニュアルにもそう書いてある。それを利用するんだ」

「……やってきた連中の誰かから防護服を奪って、そいつに成りすますと？」

「ご名答」

カズトの話では、作戦は二段階に分かれるらしかった。まず第一段階では、実験動物のいる研究区画で偽のアラームを出し、防護服を奪う要員をおびき寄せる。マニュアルでは、最初の確認は地上の所員ではなく、地下の所員――地下では人員が限られるため、全所員が何らかの業務を兼任している――の警備当直が行うことになっているらしい。

首尾よく防護服を奪ったあと、作戦は第二段階に入る。その研究区画で、実際にバイオハザードを起こすのだ。ここで本格的に地上から大量の作業員が送られてくるだろうから、混乱に乗じ、地上と地下を行き交う彼らに紛れて脱出する――というのが大まかな流れだった。

もちろん今のはかいつまんだ説明であり、防護服の奪い方や地上に出た後の検問ゲートの抜け方など、カズトはもっと詳細な対策を立てていた。彼はいまや研究所のセキュリティシステムさえ完全に掌握しており、その作戦に不安要素はない。何といっても彼は天才なのだ。

ただ一つ、気になる点はあった。

「この作戦だと……最終的に、地下の所員たちも全員、感染リスクを負うのか？」

「まあな。だが、何を気にする？　これから百億人超の人類を見殺しにしようってのに」

カズトはすぐに愉快そうに笑うと、さも馴れ馴れしくトオルの肩に腕を回してきた。

「わかってるよ。ユメノ先生だろう？　お前がそう言うと思って、ちゃんと手は打っておいたさ」

「……というと？」

「この作戦の決行日は、彼女の弟の月命日だ。彼女は墓参りのため、外出許可を取っている。いくら悪徳企業でも、さすがに冠婚葬祭に出るくらいの福利厚生は与えているらしい」

気持ちが軽くなったことに、自分でも驚いた。そこまで気にしているつもりもなかったのだが。

「すまない。別に日和ったわけじゃないんだ。ただ、なんというか……」

「いいさ。人間だもんな。そういう矛盾した感情も嫌いじゃない——俺も子豚が主人公の感動映画を見たあと、がつがつトンカツを喰うよ」

＊　＊　＊

左腕の感覚がなかった。

嚙まれたのだ。腕ごと喰いちぎられたかと思ったが、巨犬は嚙み付いた瞬間、なぜか甲高い声を上げて後ろに飛びのいた。床の上で数回のたうち回ってから、ぐるると唸り声を立てて起き上がり、急に警戒するように距離を取り始める。

『……お前の血が、よっぽどまずかったんだろうな』

〈声〉のジョークに、トオルは引き攣り笑顔で答える。

「そういや僕の血は、連中にとっては〈毒〉だったな。それを学んで、とっとと退散してくれないかな？」

『どうかな。あのワンちゃん、そこまで賢くないみたいだぜ』

〈声〉の言う通り、巨犬は慎重な動きを見せつつも、立ち去る気配はなかった。なぜ血が吸えなかったのかと不思議がっている様子だ。もう一度確かめにこられたらまずいな、とトオルはジンジン響き始めた腕の痛みを我慢しつつ思う。あの顎の力だ。たとえ血を吸われなくても、噛まれた箇所によっては致命傷になりかねない。

睨み合いを続けていると、背後からチャイム音がした。

『エレベーターが到着した。今から扉を開けるが、すぐには乗るな。相乗りされないよう、閉まり出した瞬間を狙って飛び込め』

無言でうなずく。背後で音もなく扉が開いた。駆け込みたい気持ちを抑え、ゆっくりと後ずさりする。

扉が閉まりはじめたところで、後ろに跳んだ。

途端に巨犬も動いた。逃げる獲物を追う肉食獣の本能だろう。矢のような速さで突っ込んでくる。

動きを牽制しようと、トオルは咄嗟に点滴スタンドを巨犬の鼻面に向かって突き出す。

すると巨犬はぱっくりと口を開け、スタンドを先端から飲み込んだ。

え？　と頭が空白になる。巨犬はスタンドを半ばまで飲み込んだまま、閉まる扉の間に鼻先を突っ込んできた。安全装置が働き、扉が再び開き始める。

悠然と中に入ってくる毛むくじゃらの生き物を、トオルは呆然と見つめた。

牙の間で、ぼりんとスタンドが折れる。巨犬はこちらを見下ろすと、まるで嘲るように口の端を吊り上げた。

ぐいんと、全身が引っ張られる感覚があった。

体ではなく、服に噛みついたのだ。巨犬はそのまま首を振り、トオルの体をエレベーター内の壁や床、天井に玩具のように叩き付け始める。

噛み殺すのではなく、叩き殺す方針に転換したらしい。〈声〉が何やら叫んだようだが、イヤホンが外れて何も聞こえなくなった。思ったより賢いじゃないか、この犬——そんな思考を最後に、トオルの意識はブラックアウトした。

＊＊＊

サンルームで寝落ちしたトオルは、鼻歌のようなものを耳にして目を覚ました。

目を開けると同時に、音が止む。最初に気付いたのは、自分の胸の上に置かれた温かい手だった。続いて、体に掛けられた萌黄色（もえぎいろ）のカーディガン。そして頭上から注がれる、子供の寝顔を見守るような穏やかな眼差し（まなざし）。

ユメノ先生。

「……いつから、そこに？」

起き上がろうとすると、彼女は少しばつが悪そうに手を引き、誤魔化し笑いをした。

「十分ほど前です。久々にここで休憩を取ろうと思ったら、お目当ての場所にトオルさんがいたので……ここ、特等席ですよね」

「すみません。先取りしてしまって」

「いいんです。それに、こちらこそすみません」

なぜか謝罪してくる。

「正直に言いますね。今、トオルさんのこと、ずっと弟のつもりで眺めていたんです。これ、よくやってしまうんです、私。看護師時代も同い年くらいの子が入院していると、つい弟を重ねて感情移入してしまったりして」

「……弟さんは、僕に似ていたんですか？」

ユメノ先生は無意識のように手を伸ばし、トオルの額の髪をかき分ける。

「少し似ているところは、あります」

「たとえば、年齢とか、髪質とか……親の愛情を知らないところ、とか」

近くを流れる人工滝の音が、沈黙を埋める。

「私……弟には、負い目があったんです」

彼女は静かに続けた。

「母親に冷遇されていたのは、私も同じでした。そんな環境が嫌で、看護師になるという理由で、早々に家を出てしまったんです。一人残された弟が、どんな目に遭うかはわかっていたのに。その報いでしょうね。次に弟と再会した時には、もう手も握れない状態でした。そのときひどく後悔して、誓ったんです。金輪際、弟を見捨てるのは止めよう、って。そのとき、勤めていた病院の先生から、ノ社の契約の話を聞いて……」

——それで、悪魔に魂を売り渡した。

「今は……どうなんですか」

ひどい質問だと思いつつも、訊かずにいられなかった。

「どうって？」

「後悔、してませんか？　この企業と契約してしまったことに。たぶん契約は、弟さんが亡くなったあとも続くんでしょう？　働く意義を見失ってしまいませんか？」

「ああ……」

彼女は少し遠い目をする。

「どうなんでしょう。今は気持ちを整理するので精いっぱいで、そこまで頭が回らないというか。むしろこうして強制的に働かされたほうが、余計なことを考えずに済むので良かったのかも」

曖昧な笑みを浮かべて、こちらを見る。それからふと気づいたように「あ。この角度はちょっと似ていますね」と呟くと、額縁の傾きを直すような手つきで、指先でトオルのこめかみと顎に触れた。

「……トオルさんは、ないんですか？」

「何がです？」

「後悔。ここに来たことへの」

「後悔も何も……僕には選択肢自体、ありませんでしたから」

「そうでしたね。すみません、一緒にしてしまって……」

彼女は再び微笑むと、そっと頬に触れてきた。

「理不尽ですよね、世の中って。けど、安心してください。私は〈善きサマリア人〉ではありませんが、トオルさんを見捨てて一人で逃げたりはしません。もう同じ後悔はしたくないので。この命が尽きるまで、ずっと暇つぶしの相手をして差しあげますよ」

＊　＊　＊

暗闇の中で、目を覚ました。

身を起こそうとして、全身に激痛が走る。体中の骨がばらばらになりそうだった。しばらく声もなく喘(あえ)いだのち、患者衣のポケットをまさぐり、ペンライトをつける。

目の前に、巨犬の死骸があった。

犬は全身の穴という穴から、血を垂れ流して死んでいた。〈なっち〉と一緒だ。血を吸ったのか？　不思議に思ってさらにライトを近づけると、犬の口からチューブが飛び出ていることに気付いた。それを引き抜き、納得する。

スタンドを噛み砕いた時、輸血チューブも飲み込んだのだ。その針が内臓に刺さり、自分の血が注入されたらしい。

まさに九死に一生。だがそれを知っても、トオルの顔に喜びはなかった。むしろなぜ生き延びた、と自分の悪運を呪う気持ちのほうが勝(まさ)っていた。

なぜなら——今の昏睡の間に、すべてを思い出したからだ。

あの脱出の日までに、いったいい何が起こったのかということを。

＊　＊　＊

「カズト。決行の日は早められないのか？」

彼女の手のひらの感触がまだ頰に残るその晩、サンルームの定期会合で、トオルはカズトに詰め寄るように訊ねた。

「……ユメノ先生の安全を保障しなくていいなら、可能だが」

木で鼻をくくったような返事に、トオルは言葉に詰まり、目が泳ぐ。

「どうした。彼女に情が湧いて、決心が鈍りそうになったか？」

「いや。待ちきれないだけだ」

はあん、とカズトが見透かしたような笑いを浮かべる。

「建前はよせよ。——そんなに彼女に未練があるなら、いっそすっきりさせたらどうだ？」

「すっきり？」

「いいか」

にやつきながら言う。

「ここでは俺たちは王様なんだぜ。誰も俺たちの暴挙を止められないし、就業規則にもある通り、連中にとってそれはむしろご褒美だ。性暴力被害ともなれば、きっとたんまり見舞金が——」

気付くと、右の拳をカズトの顔面に叩き込んでいた。

想像以上の軽さで、カズトが吹っ飛ぶ。トオルは一瞬啞然と自分の拳を見つめ、慌ててカズトに駆け寄ろうとした。

だがカズトはすぐに起き上がると、待て、とトオルを手で制した。ちらりと天井の監視カメラに目をやる。トオルもハッとするが、警報が鳴る気配はなかった。屋根のように覆う巨大なバナナの葉たちが、目隠しになってくれたらしい。

「いい反応だ」

切れた唇の血を拭いながら、カズトが言う。

「すまない。今のは——」

「いいんだ」

強い声で制する。

「上っ面の弁明はいらない。俺が知りたいのは、そういうお前の素の感情だ。あの日俺は、お前の目に本物の渇望を見たから、全力を尽くしてその欲求を満たしてやろうと思った。

キーマンはお前なんだ、トオル。お前が心変わりしたなら、もはや計画の存在意義はない。だから聞くが、どうなんだ、トオル？　お前はまだ、この計画を続行したいか？　それとも——」

「もちろん、やる」

まっすぐカズトの目を見据えて、答える。

「彼女のことは誤解しないでくれ。僕は死性愛好症（タナトフィリア）とやらかもしれないが、弱いものを虐（いじ）めて喜ぶ趣味はないんだ。仮に全校生徒を銃で皆殺しにするつもりで学校に侵入したとして、途中で明らかにいじめられた形跡のある生徒に遭遇したら、僕は見逃す。今はそういう気持ちだ」

しばらくにらみ合いが続いた。やがて、カズトはふっと力を抜いて笑うと、ポケットに片手を入れた。何かが入った茶色い紙袋を見せてくる。

「それは？」

「手製の爆弾だ。薬品保管庫のニトログリセリンなどをちょろまかして作った。計画では、これで研究区画のエアダクトや実験動物のケージを爆破し、バイオハザードを引き起こす。ただし、もしお前が心変わりしていたら、今ここで爆発させるつもりだった」

一瞬顔が引き攣る。

「冗談だよ。そのくらい、俺も本気だってことだ。今夜、空調管理システムの定期アップデートを利用して、偽アラームを出す時限式のバグを仕込む。一度仕込んだら変更不可能だから、もう後には引けない。覚悟はいいな？」

トオルはうなずく。カズトは満足そうに笑い、近づいて肩を気安げに小突いた。

そしてついに、決行の日を迎えた。

＊　＊　＊

一歩踏み出すたびに、重力が増すかのようだった。

エレベーターは地上に到着していた。だが〈声〉が言っていた通り電力が尽きたのか、照明はなく、拾ったイヤホンにも反応がない。エレベーターまで誰かが迎えに来る様子もなかった。巨犬に蹂躙（じゅうりん）され、死んだと思われたのか。

仕方なく、トオルはペンライトと非常灯の明かりを頼りに、暗闇の通路を歩き出した。〈声〉の事前の指示通り、エレベーター脇の見取り図を確認し、〈第二図書室〉に向かう。

――ずっと、考え違いをしていた。

重い足を引きずりながら、トオルは己の甘さを噛み締める。

〈声〉は本物なのか、それともＡＩが模した偽物なのか。記憶が戻る前は、それが最大の問題だと思っていた。本物であれば、〈声〉は信用できる。偽物であれば、研究所側が仕掛けた罠の可能性がある。その真偽をゴール到着前に見極めることこそが、自分の命運を分ける鍵なのだ、と。

そうではない。気付くべきだった。始めから、この二択に正解などないのだと。どちらを選ぼうと、この導きの先に救いはなかったのだと。

仮にあの〈声〉が、本物のカズトのものだったとして――。

カズトが、自分に味方することなどありえないのだ。

＊　＊　＊

「どういうことだ、カズト！」

混乱が、口から怒号となって飛び出る。

「ユメノ先生は、墓参りで不在だったんじゃないのか⁈」

カズトは舌打ちした。壁に押し付けられたまま、不貞腐れたように目を逸らす。

「予定が変わったんだろう。この程度の番狂わせはある」

「番狂わせって——」

「いいから、早く防護服を着ろ、トオル！」

問答無用とばかりに、カズトが声を被せる。

「連絡が途絶えたのを不審に思って、第二陣がくるぞ！　その前に次の準備を終えなきゃ、すべてがパーだ」

——計画は、第一段階までは順調だった。

カズトの仕込んだバグは無事発動し、システムはバイオハザードを警告する偽のアラームを発した。直後に確認にやってきた防護服姿の当直所員二人組を研究区画の実験室で待ち伏せ、防護マスクの死角から急襲。麻酔薬を注射して意識を奪い、強奪した防護服に着替えて、本体をロッカーに隠したうえで、彼らに成りすます——。

アクシデントは、その着替えのときに起きた。

「ユメノ……先生……？」

二人組の片方の防護マスクを外したところで、トオルは唖然とした。そこに現れたのは、まぎれもないユメノ先生の顔だったからだ。

それに気付いた瞬間、反射的にカズトの胸倉を摑み、壁際に追い込んでいた。

「……悪い偶然が、二つ重なったんだ」

なおも手を放さないトオルに、カズトは嚙んで含めるように言う。

「一つは、彼女が墓参りの予定を急に取りやめたこと。もう一つは、なぜか今日の当直まで代わっていたことだ。俺の調べでは、それは皆藤となっちのペアのはずだった。俺がマスクを外した相手は皆藤だったから、おそらくなっちに交代を頼まれたのだろう。皆藤はユメノ先生を狙っていたから、口説く機会を作るためになっちを買収したのかもしれない」

「そんなことって……」

「運が無かったと思って諦めろ。それより、早く防護服を着ろ。時間がない」

「けれど――」

「早く防護服を着ろって言ってるんだ！　もう起爆装置のタイマーは作動してるんだぞ！」

一瞬、トオルの力が緩んだ。その隙にカズトがトオルの手首を捻(ひね)り上げ、拘束を抜ける。倒れている皆藤に近づくと残りの防護服を脱がし、さっさと着替え始めた。

カズトがもう一つの防護服を指さし、言った。

「早くするんだ、トオル」

無意識に、トオルは一歩後ずさる。

「いやだ」

「トオル」

「着たくない」

カズトが薄く目を細めた。

「頼む、トオル。後生だから、俺の言うことを聞いてくれ」

なおもトオルが動けずにいると、耳が不穏な物音をとらえた。遠くから集団が駆けてくる足音。動きづらい防護服を着ているからだろう。そのテンポは遅く、しかし一定のリズムで確実にこちらに迫ってくる。

カズトの顔に焦りが浮かんだ。一度実験室の入り口のほうを振り向き、それからトオルの顔、ついで足元のユメノ先生に目をやって、クソ、と小さく毒づく。

「トオル」

低い声で言った。

「選べ。俺か、ユメノ先生か」

トオルの目が、二人の間を振り子のように揺れ動く。

体が、動かない。

カズトが、ふっと笑った。

「そうか」

キーロックを解除する音がして、扉が開いた。防護服と消毒タンクで武装した集団が及び腰で入ってきて、トオルとカズトの姿を見て足を止める。

数瞬、困惑の空気が流れた。だがいち早く状況を察したのか、リーダー格らしき者が何かを叫び、ワンテンポ遅れて集団が反応する。防護服の塊がまるで示し合わせたように、きれいに二手に分かれた。直後に、一斉に二人に襲い掛かる。

カズトの体が、無数の手に摑まれた。強引に床に引き倒されながら、カズトはこちらをじっと見続ける。トオルもドミノ倒しのように折り重なる体の下敷きになりながら、声もなく相手の目を見返し続ける。

こちらを凝視しながら、カズトが身をよじった。体の下から無理やり右腕を抜き出す。その腕を、なぜかガッツポーズのように頭上に掲げた。一瞬意図を理解できなかったが、すぐにその手に握るものの正体に気付き、トオルの心臓が止まる。

手製の爆弾。

「裏切り者」

指が何かのスイッチを押し、爆弾を宙に放り投げた。

視界の中心に、閃光（せんこう）が走った。

＊　＊　＊

〈第二図書室〉の書棚の前で、トオルは立ち尽くしていた。

これ以上進む勇気が出なかった。果たしてこの先にいるのは、本物のカズトなのか。それともやはりこれは罠で、中に入った途端、自分はまた囚われの身となるのか。

罠であってほしかった。今一番恐れるのは、この中に生きたカズト本人がいること。そして彼が、ここまで自分を招き寄せた理由を知ることだ。

あのカズトが自分の裏切りを赦したとはとても思えないし、ただの善意で助けることはそれ以上に有り得ない。だとしたら、彼が自分をここまで生かして導いた真の狙いとは――。

逡巡（しゅんじゅん）していると、唐突に書棚の一つがスライドした。

はっと身を固くする。中から出て来た人影も、同じく驚いたように立ち止まった。ペンライトの光に、ぼんやりとその顔が浮かび上がる。

カズト。

「……生きていたのか」

ＣＧでもホログラムでもない、血の通った生身の本人。

先にその言葉を発したのは、カズトのほうだった。やはり死んだと思っていたらしい。

その目を見て、口の中が渇いていくのを感じた。

「そっちこそ……あの爆発で、よく生きていたな」

「俺を押さえ付けていた連中が肉の壁になったんだ。爆弾は護身用で、もともとそこまで威力もなかったしな。連中のおかげで助かったのはそっちも同じだが、お前のほうがダメージは大きかった。――記憶は、もう戻ったのか？」

「……爆発の瞬間までは、全部。そのあとは意識が飛んでしまっているが」

「そうか。なら、あのあと起きたことを話そう」

平坦な声で言って、トオルを隠し通路に招き入れる。自分が記憶を取り戻したことを知っても顔色一つ変えず、またその目には再会の喜び一つさえない。そんな〈親友〉の態度に言い知れない不安を感じつつ、トオルは操り人形のように後に続く。

懐中電灯で暗闇を照らして歩きながら、カズトが淡々と話し始めた。

「爆発のあと、俺たちは医務室に運び込まれたんだ」

「……二人とも？」

「ああ。ただ俺のほうは軽症だったから、治療後すぐ別室に連れていかれ、そこで事情聴取を受けていた。その間に時限爆弾が爆発して、バイオハザードが起きたんだ」

「……爆弾は、あのときお前が爆発させたんじゃないのか？」

「だから、あれは護身用。研究区画に仕掛けた爆弾には、リモートスイッチ式とタイマー式の二タイプがあったんだ。計画では、防護服強奪後にまずリモートスイッチのを手動で爆破させ、あとは段階的にタイマー式で爆破させて混乱を煽るつもりだった。そのタイマー式のほうが勝手に発動しちまったってわけ。

別に狙ったわけじゃない。忘れてたんだ。一度に色んな事が起きて、俺も頭が混乱していた」

「ユメノ先生は？」

食い気味に訊ねる。

「無事か？　彼女も爆発に巻き込まれたんだろう？」

カズトは答えなかった。無言のまま唐突に足を止め、突き当たりの扉を開く。

懐中電灯の光に、広い空間が浮かび上がった。

いかにも中央管理室といった部屋だった。壁一面にはモニターが並び、その手前に操作パネル付きのデスクが陣取っている。

光が部屋の一角に差し掛かったところで、トオルはびくりと動きを止めた。

床に、防護服姿の何者かが横たわっている。

「あれは……誰だ？」

カズトの解説はない。遠目に観察すると、その防護服の腹回りが真っ赤に染まっているのが分かった。怪我をしているのか。

その脇に転がる野暮ったい黒鞄を見て、ふと顔が強張（こわば）った。

あれは……ユメノ先生の鞄？

カズトが急に早足になる。鞄を拾い上げると、踵を返してこちらに向かってきた。その顔が一瞬鬼気迫ったように見えたが、懐中電灯の光を向けられ、すぐ眩（まぶ）しさで何も見えなくなる。

「おい……何なんだよ、カズト」

手で目を庇いつつ、繰り返し訊ねる。

「ユメノ先生なのか？　何で怪我している？　やっぱり爆発のせいか？　それとも〈飲みたがり〉たちに襲われて――」

はっと、そこで息を呑（の）む。

感染……しているのか？

――そういや僕の血は、連中にとっては〈毒〉だったな。

――僕は死性愛好症（タナトフィリア）とやらかもしれないが、弱いものを虐めて喜ぶ趣味はないんだ。

そのとき、初めて気付いた。

これは救済ではない。復讐だ。

感染した憐れな彼女を、僕の血で無残に殺す。

それこそがカズトが僕をここに導いた目的だ。

咄嗟に逃げようとする。光の中からカズトの手が伸び、腕を掴まれた。抵抗するが、怪我が響いて全身に力が入らない。倒れたところにカズトがのしかかり、背中を膝で押さえつけられ、右腕を強引に引き伸ばされる。

転がった懐中電灯の光に、空の注射器のシリンジが浮かび上がった。

懇願する間もなく、針先が血管に突き立てられる。

＊　＊　＊

「――それに」

と、トオルの頬に手を当てたまま、彼女は続ける。

「きっとこれは、罰なんです」

「罰？」

「弟を見捨てた罪への。他人を見捨てた〈悪いサマリア人〉は、きっとどこかでその報いを受けるんです。因果応報、ですよ」

＊＊＊

赤い雫が、透明な管の中をゆっくりと滴り落ちた。

トオルは虚ろな顔でパイプ椅子に腰かけながら、懐中電灯が照らすカズトの作業の様子を眺める。血の流れと対象を逆にすれば、ずいぶん見慣れた光景だった。自分の腕から抜かれた血は、一度血液パックに蓄えられ、塩化ビニル製の導管を通して、今は防護服を脱いだユメノ先生の細い静脈に流れ込んでいる。

しかし、その顔が醜く流血することはない。当然だ。これは罰ではない。治療だ。

「……俺のじゃ、駄目だったんだ」

滴下の速度を調整しながら、項垂れたカズトが弁解するように喋り始める。

「俺の血はAB型で、彼女はO型。O型にはO型しか輸血できない。彼女を救うには、同じO型のお前の血が必要だった」

すっかり精彩を失った〈声〉を、トオルは知らない歌のように聴き流す。カズトはそんなこちらの反応に構わず、憑かれたように説明を続けた。彼女は感染していないこと。爆弾の爆発時はカズト同様他の所員の体が遮蔽となったため、軽症で済んだこと。だから今の怪我は爆発ではなく、バイオハザード後にパニックになった所員に刺されて負ったものであること。その現場に居合わせたカズトは彼女を庇いつつ、何とかここまで連れてきたこと――。

最後まで我慢して聴いてから、改めて訊ねた。

「なぜだ？」

「誘導中黙っていたり、さっき無理やり血を抜いたのは悪かった。心配だったんだ。お前が記憶を取り戻したら、俺のことを警戒して、話も聞かずに逃げ出すんじゃないかって――」

「そんなことは聞いていない」

乱暴に突き放す。

「なぜだ？　どうして、ユメノ先生を助けた？　僕のため？　彼女が死んだら僕が悲しむから？お前は僕の裏切りを赦したのか？」

カズトが黙った。背中を向け、返事を渋るように手でチューブのねじれを直す。

「……別に、赦したわけじゃない」

「じゃあ、なんで――」

「叔母じゃ」声が被さる。「なかった」

「え？」

「叔母じゃなかったんだ。あのとき、俺のそばにいてくれたのは。医務室で目覚めたとき、お前を看病しているユメノ先生の歌が聞こえた。俺が昔聞いたのと、まったく同じだった」

思わず立ち上がり、横たわる彼女の顔を凝視する。

――これ、よくやってしまうんです、私。

――看護師時代も同い年くらいの子が入院していると、つい弟を重ねて感情移入してしまったりして――。

――叔母はカズトが入院していた病院の医師から――。

――そのとき、勤めていた病院の先生から、ノ社の契約の話を聞いて――。

それに――と、カズトは喉から声を絞り出すように続ける。

「最初にお前を裏切ったのは、俺だ」

え？　とトオルは再び訊き返す。

「嘘だったんだよ、彼女が墓参りに行くなんて。あの日が月命日だったのも、彼女が外出許可を申請したのも事実だが、その許可は実際には下りていなかった。そしてそのことを俺は事前に知っていた。だがそれを言うとお前の決心が鈍ると思い、黙っていた」

カズトの口から、蟇蛙(ひきがえる)のようにしゃがれた嗚咽(おえつ)が漏れ始める。

「あの叔母と同類だ。俺は自分のために恩人を見捨てたクソ野郎だ。だから、俺のことはもうどうでもいい。だけど、頼むよ、トオル。彼女のことだけは、どうか助けてやってくれよ」

「カズト」

「ひどい出血なんだ。内臓も傷ついているかもしれない。とりあえず血止めはしたが、ここに来るまでにだいぶ血を垂れ流した。たぶん今の採血量じゃまだ足りない。もっと血が――お前も怪我しているし、余裕がないのはわかっているが――」

「カズト」

「それに、このままじゃ彼女は外に出られない。感染の疑いがあるものは容赦なく処分される。地下の生き残りも、建物を出た途端に蠅（はえ）みたいに撃ち殺された。だがな、わかるだろ、トオル？　俺たちの血は感染者には〈毒〉だ。逆に言えば、俺たちの血を輸血し続けている限り、彼女の感染は疑われない。この輸血は証明になる。だから、だから――」

「カズト――」

足を引きずって近寄り、親友の肩にそっと手を置く。

「見ろよ」

子供のように泣きじゃくるその顔に頰を寄せ、そっと指さす。

ユメノ先生が、うっすらと目を開け始めた。

アート　Q-T A
デザイン　坂野公一（welle design）

本書は全編書き下ろしです。

著者略歴

阿津川辰海（あつかわ・たつみ）

1994年、東京都生まれ。東京大学卒。2017年、新人発掘プロジェクト「カッパ・ツー」により『名探偵は嘘をつかない』でデビュー。20年に刊行した『透明人間は密室に潜む』で本格ミステリ・ベスト10で第1位。23年『阿津川辰海　読書日記かくしてミステリー作家は語る〈新鋭奮闘編〉』で第23回本格ミステリ大賞〈評論・研究部門〉を受賞。近著に『黄土館の殺人』。

織守きょうや（おりがみ・きょうや）

1980年生まれ。イギリス、ロンドン出身。早稲田大学法科大学院卒。2012年『霊感検定』で第14回講談社BOX新人賞Powersを受賞し、13年にデビュー。15年『記憶屋』で第22回日本ホラー小説大賞読者賞を受賞、後に映画化される。21年『花束は毒』で第5回未来屋小説大賞を受賞。近著に『キスに煙』。

斜線堂有紀（しゃせんどう・ゆうき）

1993年生まれ。上智大学卒。2016年『キネマ探偵カレイドミステリー』で電撃小説大賞メディアワークス文庫賞を受賞しデビュー。20年『楽園とは探偵の不在なり』が各種ミステリランキングを席巻。近著に『プロジェクト・モリアーティ』。

空木春宵（うつぎ・しゅんしょう）

1984年、静岡県生まれ。駒澤大学文学部国文学科卒。2011年「繭の見る夢」で第2回創元SF短編賞佳作。19年『ミステリーズ！』vol.96に「感応グラン=ギニョル」を発表し話題に。近著に『感傷ファンタスマゴリィ』。

井上真偽（いのうえ・まぎ）

神奈川県出身。東京大学卒業。『恋と禁忌の述語論理（プレディケット）』で第51回メフィスト賞を受賞し、2015年にデビュー。23年に刊行した『アリアドネの声』『ぎんなみ商店街の事件簿』がＳＮＳを中心に話題を呼び、ベストセラーに。

ミステリー小説集　脱出

2024年５月25日　初版発行

著　者　阿津川辰海
井上 真偽
空木 春宵
織守きょうや
斜線堂有紀

発行者　安部 順一

発行所　中央公論新社
〒100-8152　東京都千代田区大手町1-7-1
電話　販売 03-5299-1730　編集 03-5299-1740
URL https://www.chuko.co.jp/

ＤＴＰ　ハンズ・ミケ
印　刷　大日本印刷
製　本　小泉製本

Published by CHUOKORON-SHINSHA, INC.
Printed in Japan　ISBN978-4-12-005785-4 C0093

中央公論新社　好評既刊

夜の道標

芦沢　央

殺人犯を匿う女、窓際に追いやられながら捜査を続ける刑事、そして、父親から虐待を受け、半地下で暮らす殺人犯から食糧をもらって生き延びる少年。守りたいものが絡み合い、事態は思いもよらぬ展開を見せていく。日本推理作家協会賞受賞作。

単行本

灰かぶりの夕海

市川憂人

どうして彼女がここにいる。俺の前から、永遠にいなくなってしまったはずの彼女が――。目の前に現れた亡き恋人と、二度死んだ恩師の妻。灰色のベールが取られた時、この謎の真の姿が現れる。《世界の色》がガラリと変わる驚愕必至のミステリ。

単行本

そして誰かがいなくなる

下村敦史

大雪の日、大人気作家の御津島磨朱李の新邸のお披露目会が行われた。招かれたのは作家と編集者、文芸評論家と……。最初は和やかな雰囲気だったが、次第に雲行きが怪しくなっていく。著者の自邸を舞台にした、前代未聞のミステリー！

単行本

ヘルメス

山田宗樹

地下三千メートルの実験地底都市ヘルメス、原因不明の通信途絶から十八年——。ただ一人の生き残りが語るのは人類の希望か、絶望か。『百年法』の著者が描く、緊迫のエンターテインメント長篇！

単行本